PALABRAS DE
FUEGO

PALABRAS DE
FUEGO

Cómo Casiodoro de Reina
entregó su vida por el libro
que cambiaría la historia

MARIO
ESCOBAR

Grupo Nelson
Desde 1798

Editora en Jefe: *Graciela Lelli*
Edición: *Juan Carlos Martín Cobano*
Diseño: *Mauricio Díaz*

ISBN: 978-1-40022-888-1
eBook: 978-1-40022-896-6

Impreso en Estados Unidos de América
21 22 23 24 25 LSC 9 8 7 6 5 4 3 2 1

Agradecimientos

A mis padres, Antonio y Amparo, que pusieron en mis manos, a la corta edad de nueve años, la primera Biblia traducida por Casiodoro de Reina y ya nada fue nunca igual.

A mis hijos, Andrea y Alejandro, con el deseo de que construyan su vida sobre la fuerte y sólida base de los libros, en especial de la Biblia.

Dedicado a los millones de hombres y mujeres que han leído la Biblia en el buen castellano de Casiodoro de Reina y a los millones que aún la leerán.

«Casiodoro de Reina escribe en un castellano prodigioso [...] con una efervescencia expresiva que solo tiene comparación con santa Teresa, san Juan de la Cruz y fray Luis de León».
—ANTONIO MUÑOZ MOLINA[1]

La traducción de la Biblia al castellano que nos llegó gracias a la entrega y esfuerzo de Casiodoro de Reina supone, más allá de su incalculable valor espiritual, una aportación colosal a nuestra cultura. Aunque hemos tenido que esperar siglos para ello, ahora nos congratulamos de que por fin escritores de la talla de Antonio Muñoz Molina reivindiquen el carácter de obra maestra de nuestra Biblia del Oso. Este académico de la RAE coloca a nuestro protagonista entre el autor de *La Celestina* y Cervantes y compara su riqueza lingüística con la de los grandes místicos de nuestro Siglo de Oro. Tanto él como otros narradores y poetas exaltan el apego del castellano de Casiodoro a la realidad cotidiana, lo que le otorga una autenticidad inigualable, a la vez que alaban la increíble altura literaria con que vierte los libros poéticos. No duda Muñoz Molina en colocar algunas de estas traducciones líricas entre los máximos exponentes de la literatura poética y sapiencial de nuestra lengua.

Sí, hemos tardado siglos en reivindicar el valor literario de Casiodoro, pero ahora nadie tiene excusa para no acercarse a un texto con todo el sabor del castellano en su momento cumbre, orgulloso heredero de tendencias semíticas de los árabes y hebreos que enriquecieron nuestra esencia durante siglos, y desinhibido defensor de la vitalidad del mensaje bíblico, incluso en aquellos pasajes del Cantar de los Cantares cuya sensualidad aún nos sonroja. Casiodoro no mutila la Biblia ni sacraliza artificialmente nuestra lengua; sacrifica años de su vida y arriesga su propia integridad personal por traérnosla con toda su fuerza. Sirva esta novela para contribuir a reconocer la trascendencia espiritual, pero también literaria, de la aportación de Casiodoro de Reina a nuestra cultura.

CONTENIDO

PARTE 2: DE GINEBRA A LONDRES

PARTE 3: HUIDA

PREFACIO

Cuando los hombres tienen que morir por sus ideas, algo nuevo está a punto de comenzar. Siempre ha sido así. Las transformaciones en el pensamiento humano son progresivas y jamás están exentas de contratiempos. En el fondo, las cosas no han cambiado mucho en estos quinientos años.

Estoy convencido de que, si preguntásemos a cualquier persona sobre cuál ha sido el escritor más importante de las letras castellanas, la mayoría respondería sin dudar que Miguel de Cervantes Saavedra, el autor de *Don Quijote de la Mancha*. Esta es sin duda una obra universal, entre las más traducidas y leídas del mundo. Únicamente hay un libro más leído y traducido que este, la Biblia. **¿Quién tradujo por primera vez al castellano** el libro de los libros?

En la mayoría de los países occidentales se admira y conoce al traductor de la Biblia a su idioma. En el caso de Inglaterra fue John Wycliffe, aunque la primera Biblia impresa fue la de William Tyndale. En el caso alemán, el mismo Martín Lutero; en el checo, Juan Hus, que dirigió a un grupo de eruditos. El primer traductor de la Biblia completa al castellano fue Casiodoro de Reina, aunque antes se habían traducido algunos fragmentos a petición de Alfonso X El Sabio y el Antiguo Testamento por parte de judíos sefardíes, así como el Nuevo Testamento por Antonio Pérez de Pineda y más tarde por Francisco de Enzinas.

Hubo un tiempo en que los libros podían cambiar el mundo, hacer tambalear los poderes terrenales más fuertes y cambiar para siempre la historia. Uno de esos libros fundamentales fue sin duda las Sagradas Escrituras. El comienzo de la Edad Moderna fue un momento de grandes cambios y expectativas. Se producía la primera globalización, la primera vuelta al mundo y el contacto entre pueblos hasta ese momento desconocidos. El invento de la imprenta y la llegada del papel permitieron la difusión de las ideas de una forma absolutamente inimaginable unas décadas antes. La formación de los estados modernos y el desarrollo del comercio favorecieron el movimiento de personas y mercancías en el Viejo Continente. En aquel momento, los reinos hispanos y las posesiones imperiales de los Austrias conformaron una Europa dinámica y en constante crecimiento. Únicamente una grieta parecía atravesar el flamante buque del Imperio español, la Reforma protestante.

Palabras de fuego es una novela histórica basada en hechos reales, pero ante todo es la aventura de la traducción de la Biblia al castellano y del hombre que se empeñó en conseguirla. El sevillano Casiodoro, nacido en Montemolín, hoy provincia de Badajoz, religioso jerónimo y teólogo, se convirtió sin pretenderlo en el escritor más influyente en lengua castellana. **¿Qué influencia ha tenido** su versión en América y España?

En América, al igual que en España, la Reforma protestante tomó la traducción de Casiodoro de Reina, revisada por su amigo Cipriano de Valera. La Biblia tuvo poca difusión en los siglos XVI, XVII y XVIII, pero los aires de libertad del siglo XIX permitieron su reedición y expansión por España y América. Para Hispanoamérica se publicó en 1865 la versión de Cipriano de Valera revisada y corregida por los misioneros Ángel Herreros de Mora y Henry Barrington Pratt. Desde entonces se han hecho numerosas ediciones y revisiones, como las recientes de 1909, 1960, 1995, 2011 y 2020, aunque además de todas estas se han hecho otras muchas revisiones no oficiales y ediciones a lo largo y ancho del continente americano. De los mil cien ejemplares de su primera versión en 1569, en la actualidad se calcula que se han imprimido más de doscientos millones de ejemplares de la Biblia de Casiodoro de Reina, la revisión de su amigo Cipriano de Valera y las innumerables revisiones de ambas.

Ante todo, *Palabras de fuego* es una novela y, como tal, pretende acercar al lector la vida de Casiodoro de Reina dentro de su contexto histórico y transmitir la apasionada e increíble historia del escritor más influyente de todos los tiempos en lengua castellana.

Prólogo

*«He buscado el sosiego en todas partes, y
solo lo he encontrado sentado en un rincón
apartado, con un libro en las manos».* [2]

Octubre de 1557, Sevilla, España

Un sacerdote, vestido por completo de negro, cruzó el puente, antes de que las luces del alba aclararan las mansas aguas del Guadalquivir. Caminaba inquieto hacia el castillo de la Inquisición. Las murallas de piedra parecían devorar los aún apagados rayos del sol y el religioso apretaba con fuerza bajo el brazo un librito que parecía quemarle por dentro. Llevaba varios días meditando cuál era la mejor solución para salir de aquel embrollo, no quería tener problemas con la Inquisición. «Sin duda, este libro es herético», se dijo mientras recordaba lo que le había sucedido. Todo se había producido por una confusión, pero no sería él quien acabara en la hoguera o encerrado en un convento por algo de lo que no tenía culpa. Se detuvo frente al portalón, que se encontraba cerrado, llamó con fuerza y no tardó mucho en aparecer un soldado.

—¿A qué vienen tantas prisas? Aún Sevilla duerme.

La voz del guarda se escuchó a través de la gruesa madera tosca y renegrida, pero después las bisagras chirriaron y frente al sacerdote apareció una figura grotesca. Llevaba un casco que le cubría en parte el rostro, pero no lograba desdibujar sus rasgos embrutecidos y desfigurados; el cuerpo musculoso no disimulaba una pequeña chepa en el hombro derecho que el uniforme no podía ocultar. El religioso pensó que se encontraba frente a las puertas del mismo infierno y que tendría que charlar con Satanás cara a cara.

—Tengo algo importante de lo que informar a los inquisidores.

El soldado observó al hombre enjuto, calvo, de ojos saltones y expresión fría. Era habitual que se produjeran denuncias anónimas contra los vecinos de la ciudad, pero no lo era tanto que un sacerdote fuera a esas horas tan intempestivas. Meditó un segundo antes de molestar al inquisidor en sus rezos matutinos.

—Está bien, pasad, padre.

El sacerdote siguió al soldado por el patio de armas de aquel viejo castillo árabe y entraron en una sala fría, desnuda y lúgubre. El soldado le mandó que se sentara en un banco de madera y se alejó. El silencio era tan angustioso que se puso en pie e intentó mirar por la ventana enrejada, aunque apenas se distinguía nada entre las sombras.

De repente, escuchó una voz a su espalda y dio un respingo. No había oído los pasos del inquisidor.

—Padre, espero que sea un asunto importante, a estas horas estoy con mis rezos.

El sacerdote se giró y contempló la figura del hombre. No pudo distinguir su edad, tampoco su complexión, llevaba un hábito negro que le cubría por completo, dejando que su rostro pálido fuera lo único que resplandeciera en la oscuridad. Notó cómo se le secaba la boca; después intentó articular palabra, pero no pudo. Adelantó las manos y le enseñó el libro.

El inquisidor miró el ejemplar; no lo tocó, como si temiera contaminarse, levantó la barbilla y esperó una explicación.

—Es un libro titulado *Imágenes del Anticristo*, al parecer escrito por un italiano.

El inquisidor vio el título en castellano, pero no se animó a tomar el libro.

—¿Por qué me traéis este libro?

El sacerdote comenzó a sudar, a pesar del frío. Intentó tragar saliva, pero tenía la boca seca.

—Me lo entregó un arriero hace unos días. Me sorprendió, después me di cuenta de que se había equivocado de persona. Se me ocurrió hojearlo un poco y encontré...

—¿Qué encontrasteis? No soporto tanto secretismo.

—Una imagen de Su Santidad el Papa.

El hombre abrió el libro por la página ilustrada y el inquisidor dio un grito tan agudo que retumbó por toda la sala. El sacerdote soltó el libro, asustado, y este cayó ruidosamente, quedando abierto por la página del blasfemo dibujo.

—Tenéis que contármelo todo, hace tiempo que sospechamos que hay una cohorte de herejes ocultos en la ciudad. Esos malditos luteranos han llegado hasta nuestra santa y amada España.

El sacerdote tomó el libro del suelo y ambos caminaron hacia la capilla. El inquisidor lo roció con agua bendita y después entraron en un confesionario.

—Perdonadme, padre, porque he pecado... —dijo el sacerdote, mientras al otro lado el inquisidor parecía impaciente por descubrir el nido de herejes que se había extendido por Sevilla.

Los primeros rayos de sol penetraron por los ventanales e iluminaron la adusta capilla. Mientras los dos hombres comenzaban a hablar, la ciudad comenzaba a despertarse, el bullicio del comercio, las correrías de los niños, las carretas y los transeúntes inundaban las estrechas calles de Sevilla. Una vez más, la luz parecía vencer a la oscuridad, aunque una noche aún más profunda estaba a punto de cernirse sobre una de las ciudades más populosas, bellas y cosmopolitas de Europa.

PARTE 1

SEVILLA

Capítulo 1

SAN ISIDORO

«Cuando rezamos hablamos con Dios, pero cuando leemos es Dios quien habla con nosotros».[3]

San Isidoro del Campo, Sevilla, 1557

Casiodoro de Reina abandonó su celda y caminó con pasos silenciosos hasta el claustro. Le gustaba aquel momento de la mañana cuando todo aún se encontraba en calma. Los pajarillos canturreaban en los jardines y el mundo se despertaba de nuevo. Llevaba tanto tiempo en el monasterio que apenas lograba recordar su vida anterior. Amaba profundamente a su hermana y sus padres, los echaba de menos, aunque desde que hacía unos años se habían trasladado a Sevilla apenas los veía. En ocasiones visitaba a Constantino Ponce de la Fuente en el Colegio de Doctrina Cristiana de la catedral y sus padres le esperaban a la salida para abrazarle por unos segundos. Ahora todo era distinto. Su vida había cambiado por completo. Las largas conversaciones con el doctor Constantino le habían convencido de que la fe cristiana era mucho más que una religión de ritos, penitencias y ayunos. Había descubierto la alegría de servir a Dios y a las personas que tenía alrededor. El maestre de la orden, Garci-Arias, se había opuesto al principio, más por temor a la Inquisición que por el pleno convencimiento de que las doctrinas enseñadas por el doctor Constantino fueran erróneas, pero ahora era uno de los que más animaba al resto de los monjes a dejar los ayunos y la dura disciplina de los jerónimos.

Casiodoro llegó hasta la entrada de la capilla; ya había atravesado el Patio de los Evangelistas y dejado atrás el Árbol de la Vida que tanto le había atemorizado al llegar al monasterio. La pintura tenía una serie de características inquietantes. Además de la representación del Árbol de la Vida del jardín del Edén, el pintor había reflejado en sus raíces un barco. En la base del tronco, dos ratas roían el tronco con la intención de arrojar de su copa a los hombres que se habían refugiado entre las hojas para escapar de la muerte. Fuera de la nave, los demonios esperaban expectantes para devorar las almas que caerían como fruta madura.

Entró en la capilla con un suspiro, varios de los hermanos esperaban ya en el coro. Solían reunirse antes de que el resto de la congregación comenzara con sus rezos matutinos.

Su amigo Cipriano de Valera le sonrió, habían llegado casi a la vez al monasterio y, aunque él se había convertido en la mano derecha de Garci-Arias, Cipriano era uno de los más fervientes seguidores de la nueva fe.

—Buenos días, querido Casiodoro.

—Buenos días, amigo. Ya estamos todos.

Cipriano miró hacia la silla vacía de Antonio del Corro, otro de los nuevos conversos.

—Falta Antonio, siempre es el primero.

Su amigo tenía razón, solía ser de los primeros en acudir a la capilla. El fervor de Antonio era tan grande que siempre parecía envuelto en un halo de misticismo.

Escucharon pasos apresurados al fondo de la capilla. Su eco se extendió por todo el edificio hasta que la docena de monjes notaron cómo se les helaba la sangre.

Garci-Arias se acercó a Casiodoro y miró la figura que corría hacia ellos desde las sombras.

—¿Quién perturba la paz de este monasterio?

La pregunta del superior se quedó flotando en el aire fresco de la capilla por unos momentos, mientras los monjes se arremolinaban a su alrededor. Cuando el rostro de Antonio se desdibujó a la luz de las velas, todos parecieron suspirar aliviados.

—¡Gracias a Dios! —exclamó Cipriano.

—¿Qué sucede, Antonio? Estáis asustando a los hermanos —le reprendió su superior.

—Mi tío... Tenemos que escapar... Julianillo...

Intentaron calmar al monje, Casiodoro puso una mano sobre su hombro y Cipriano trajo un vaso de vino.

El hombre tomó un poco para recuperar el aliento, después levantó la vista, los monjes habían hecho un corro a su alrededor.

—Están buscando... Julianillo... han descubierto que reparte libros de Lutero y Biblias.

Los monjes comenzaron a azorarse, algunos levantaban las manos al cielo, mientras otros comenzaban a rogar a Dios por sus vidas. El tío de Antonio era inquisidor, durante años les había facilitado libros prohibidos que la Inquisición requisaba a los que caían en sus garras; en dos ocasiones había logrado parar investigaciones en su contra.

—Será como cuando nos denunció esa mujer conocida de Zafra o como en los casos de Valer o Egidio, en los que se han impuesto castigos muy leves —comentó Garci-Arias.

—Las cosas han cambiado mucho, ya no está como inquisidor general el arzobispo Mendoza. Fernando de Valdés está empeñado en congraciarse con el emperador don Carlos y con su sucesor don Felipe y no cejará en su intento de encerrar y quemar a cualquiera que dé un ligero aroma a luterano —comentó Casiodoro de Reina, que desde la huida del hermano Juan Pérez de Pineda intentaba convencer al resto del grupo de que era mejor irse de Sevilla cuanto antes.

—Estamos seguros, nos encontramos a salvo. ¿Qué tienen en nuestra contra? ¿Que ahora somos buenos cristianos?

—Maestro blanco —dijo Casiodoro, dirigiéndose a su superior con el apodo que le habían puesto por su condición de albino—, tenemos libros prohibidos en el monasterio, no observamos la regla de la orden y hemos extendido la predicación luterana por toda Sevilla y sus alrededores. ¿Pensáis que la Inquisición no tomará cartas en el asunto? Tenemos que huir de inmediato y avisar a todos los miembros de la «iglesia chica».

El resto de los monjes comenzó a afirmar con la cabeza. Garci-Arias se quedó pensativo, no se sentía con fuerzas para abandonar Sevilla y recorrer los caminos inciertos del exilio, pero su deber era proteger a su grey.

—Casiodoro, Antonio y Cipriano serán los encargados de avisar a los otros monasterios y a los hermanos de la ciudad; prepararemos todo para huir esta misma noche.

—¿Dónde vamos a huir? El inquisidor general y el emperador pueden encontrarnos en cualquier lugar de Europa —comentó Juan de Molina.

—Dios nos guiará como hizo con su pueblo —le contestó el superior.

El grupo se disolvió. Mientras un grupo de monjes se dedicaba a preparar lo necesario para el viaje, Casiodoro, Cipriano y Antonio se dirigieron en sus burros hacia Sevilla. Tenían que advertir a todos cuanto antes.

La ciudad ya despertaba, los caminos hacia Sevilla estaban atestados de gente que iba a la urbe para vender sus productos, intentar embarcarse hacia el Nuevo Mundo o confundirse entre la multitud anónima que abarrotaba sus callejuelas. Los tres monjes apenas llamaban la atención, aunque en su fuero interno se encontraran completamente aterrorizados.

Capítulo 2

LLAMAS ENCENDIDAS

«La virtud resplandece en las desgracias».[4]

Calles de Sevilla, 1557

Llamaron a la puerta del aposento con tal fuerza que estuvieron a punto de echarla abajo. Julianillo se sobresaltó, pues aún estaba en la cama; se había acostado muy tarde repartiendo los últimos libros y cartas antes de regresar a Valladolid y desde allí salir de España antes de que alguien pudiera advertir a qué se dedicaba. Siempre le gustaba pasar por su patria chica antes de regresar a Ginebra, el único lugar en el que se sentía a salvo. Dio un salto de la cama y se dirigió directamente a la ventana. Siempre se aseguraba de que los cuartos en los que se alojaba tuvieran alguna vía de escape. Tomó apenas la bolsa del dinero y el jubón y salió por la ventana. Estaba gateando por los tejados cuando escuchó los avisos de «alto» a su espalda. Mientras intentaba caminar por las tejas, pensó en cuál podía haber sido el fallo que había atraído a los soldados enviados por la Inquisición. Enseguida se dibujó en su mente el rostro del sacerdote al que le había entregado un ejemplar de *Imagen del Anticristo*.

Saltó a otro tejado justo cuando el sonido de una bala le pasó rozando el rostro. Pegó un salto y cayó sobre un montón de paja de un patio, después saltó por una tapia y se escondió entre la multitud que rodeaba la catedral. Se terminó de colocar el jubón y se calmó un poco. Seguía con la respiración acelerada y confuso. ¿A dónde podía dirigirse? Enseguida recordó a don Juan Ponce de León, hijo del conde de Bailén y hermano de la duquesa de Arcos. Tomó el camino de Alcalá de Guadaira y desde allí hasta el palacio de los duques de Arcos. En el camino, un arriero de vinos que le había reconocido le llevó en su carreta hasta cerca de Mairena de Arcor. Más tarde se encontraba enfrente al portalón del alargado edificio. Llamó y salió a abrirle Ponciana, una criada muy anciana que llevaba sirviendo a la familia desde la niñez y que había abrazado con ellos la fe luterana.

—Hijo mío, ¿qué os sucede? —preguntó al hombre al verlo a medio vestir y con el rostro aún demudado por el miedo.

—Tengo que ver a vuestro amo don Juan.

—Pasad presto.

Recorrieron la planta baja hasta un gran patio, lo cruzaron ante la indiferencia de los criados que se afanaban en guardar en los almacenes las provisiones, ascendieron por unas escaleras y llamaron a la cámara de don Juan. El joven los abrió a medio vestir, pues le gustaba pasar las primeras horas de la mañana leyendo la Biblia y meditando en los libros que había atesorado gracias a Julianillo.

—¿Qué sucede, Ponciana? —preguntó a la anciana sin advertir la presencia del arriero.

—La Inquisición me persigue, no tardará en dar con todos nosotros.

Don Juan hizo un gesto para que bajara la voz. Su hermana simpatizaba con la causa, pero su esposo, no. Entraron en el aposento y se acercaron al escritorio. El noble guardó los libros en un compartimento secreto en un viejo arcón y después se sentó en la silla. Parecía agotado, pero únicamente era verdadero temor.

—Tomaremos las cabalgaduras y partiremos para Écija. Allí los monjes pueden refugiarnos hasta que pase la tormenta, después será mejor huir a Portugal y por barco a Flandes.

Julianillo asentía con la cabeza, feliz de que don Juan pareciera tener las ideas más claras y algo de temple. Él no era un cobarde, pero pensar en los métodos crueles de la Inquisición le helaba la sangre.

—¿Sabéis montar?

—Sí, siempre utilizo mi carro, pero en Suiza tengo un caballo.

Don Juan se sentó en el escritorio y escribió media docena de notas cortas, después las cerró y lacró antes de entregárselas a la criada.

—Que se entreguen cuanto antes, advertid a sus depositarios de que las destruyan después. No podemos dejar más pistas a los inquisidores.

—¿Qué hago con vuestros libros?

El noble titubeó, llevaba mucho tiempo esperando tener una Biblia y reunir un pequeño número de volúmenes cristianos. Al final los extrajo del compartimento secreto y los observó unos segundos. Había dos de Valdés, uno de Calvino, además de las obras de Constantino Ponce de la Fuente, que eran las que más apreciaba. Metió las de este último con su Biblia en latín en un pequeño bolso de piel, después entregó el resto a la criada.

—Destruidlos en la chimenea de la cocina. ¿Os ha seguido alguien? —preguntó dirigiéndose a Julianillo.

—No creo, escapé de la posada por los pelos, después me escabullí entre la multitud y salí de la ciudad. Me deben de estar buscando por toda Sevilla.

Salieron del aposento en dirección al salón principal, donde su hermana solía estar a aquellas horas tejiendo junto a sus damas de compañía. Mientras lo hacían, una de las jóvenes les leía los salmos. Se sobresaltaron al ver entrar a los hombres, pero la duquesa de Arcos no reaccionó.

—¿Qué sucede?

—No le digáis nada a mi hermano, pero la Inquisición ha descubierto a Julianillo y nos marchamos de Sevilla.

La hermosa mujer de pelo rubio y ojos azules frunció el ceño. Su cuñado era la única alegría de aquel lugar horroroso alejado de Sevilla. Su esposo se pasaba los días viajando a Salamanca y Valladolid para atender sus negocios.

—Dejad que un criado acompañe a Julianillo, no creo que la Inquisición nos haga nada a nosotros. Tenemos sangre pura y amistad con Su Majestad el Emperador.

Aquel comentario le hizo dudar. No quería escapar como un perro, pero sabía que a la Santa Inquisición no le importaba demasiado la pureza de sangre si alguien era acusado de herejía.

—Os pondría en peligro a vos y a vuestras damas de compañía. En unas semanas os indicaré nuestro destino final y cuando me aviséis de que las cosas están más calmadas regresaré a Sevilla.

La duquesa se puso en pie y lo abrazó, en el fondo se arrepentía de que el bueno de don Juan no fuera su esposo, siempre atento y cariñoso con ella. Ahora pensaba en que lo perdería para siempre, mientras notaba cómo las lágrimas le recorrían el rostro.

—¡Partid! No podría soportar que os sucediera nada malo.

Julianillo tomó la Biblia de las manos de una de las damas y la guardó en un bolso que le había dado la criada para que metiera algo de comida y dinero.

—No pueden encontrar esto.

Salieron del salón, ante la consternación de las mujeres, que se asomaron al patio para despedirlos entre lágrimas. Los dos hombres montaron las cabalgaduras y salieron al trote de la casa. El sonido de los cascos retumbó por todo el palacio y una nube de polvo comenzó a levantarse a medida que se alejaban de Sevilla. El pobre Julianillo no hacía más que lamentarse de que por su culpa la iglesia de la ciudad estuviera en peligro. La sola idea de que alguien muriera por su causa no le dejaba la conciencia tranquila. Hizo una breve oración mientras cabalgaba junto a don Juan, rogándole a Dios que guardase a tan nobles almas de tanto mal y de las garras de los inquisidores.

Capítulo 3

UN HOMBRE SABIO

«Preferid, entre los amigos, no solo aquellos
que se entristecen con la noticia de cualquier
desventura vuestra, sino más aún a los que
en vuestra prosperidad no os envidian».[5]

Casa de Constantino Ponce, Sevilla, 1557

Constantino había llegado a la edad en la que la mayor honra de un hombre es su sabiduría. Sabía que se aproximaba inexorablemente al final de los días y podía afirmar que había tenido una vida plena y satisfactoria. A pesar de haber nacido en Cuenca, amaba con toda su alma Sevilla. En el fondo siempre había sido un alma errante, siempre escapando del pasado judío de su familia, que era una deshonra en aquellos tiempos de intolerancia. Sus años en Alcalá de Henares habían sido de los más gratificantes de su vida. En sus aulas escuchó por primera vez algunas de las ideas luteranas, aunque lo que más le impresionó fue el *Diálogo de doctrina cristiana* que circuló por la universidad, para gran escándalo de los inquisidores. Tras su llegada a Sevilla y su amistad con Juan Gil y Francisco Vargas, se sumó de corazón a las ideas luteranas. Con la intención de acercar a Dios al emperador Carlos, le acompañó durante cinco años por Europa, pero el viejo monarca ya odiaba de corazón a los que hacía responsables de haberle robado el imperio. Después sirvió fielmente a su hijo Felipe, del que fue mentor en sus viajes a Italia, Alemania, Flandes, Inglaterra y Bruselas, pero el muchacho era supersticioso y tan aficionado a las reliquias que sus predicaciones parecían hacer poca mella en su oscuro corazón.

El doctor Constantino se encontraba aseándose un poco, cuando su criado le anunció la llegada de sus amigos Casiodoro y Antonio. Se puso la camisa y salió a recibirlos. Siempre era agradable ver a dos de los hombres más sabios de Sevilla a pesar de su juventud.

—Queridos amigos, cuánto bien me hacen vuestras visitas. Un viejo como yo se siente solo en la soledad de esta casa. El pobre Rufino hace lo que puede, pero él no sabe leer ni escribir, a pesar de que he intentado enseñarle en varias ocasiones.

El criado pelirrojo les mostró su sonrisa bobalicona y se retiró.

—¿A qué se debe vuestra amigable visita? No es normal que dejéis vuestro monasterio un día de diario por la mañana.

Constantino se sentó en la silla con dificultad, sentía cada vez más lentas y pesadas sus piernas, que le habían llevado por medio mundo.

—Un grave peligro se cierne sobre nosotros. Están buscando a Julianillo para interrogarlo, la Inquisición anda tras nuestra pista —comentó, inquieto, Antonio del Corro.

El canónigo no pareció alterarse lo más mínimo, había logrado dominar su hombre interior y limitar sus pasiones.

—Los inquisidores son como perros mudos y ciegos.

—Es cierto, maestro, pero la principal cualidad de un can es el olfato y ese sentido sí lo tienen muy desarrollado.

—A mi amigo Egidio le abrieron un proceso; con argucias le hicieron retractarse ante toda Sevilla, a él, que era el mejor predicador que ha conocido jamás esta ciudad. Perro ladrador, poco mordedor.

—¿Estáis seguro, maestro? Me temo que esta vez no soltarán la presa hasta acabar con ella. Tenemos que huir de Sevilla.

El viejo canónigo miró a Antonio, era uno de los monjes que más apreciaba, únicamente Casiodoro le superaba en conocimiento y sabiduría.

—Juan Pérez de Pineda lo hizo hace unos años con algunos monjes y al final no sucedió nada —argumentó Constantino.

—No está de más que os pongáis en guardia, sabemos que habéis sido predicador del emperador y de su hijo Felipe, pero en los tiempos que corren ya nadie está seguro.

El anciano miró a Casiodoro. Ya no tenía fuerzas para huir, la edad le había consumido una vitalidad derrochada con entusiasmo durante décadas. Ya lo único que le importaba eran los libros.

—Queridos amigos. La primera vez que entré en una biblioteca en Salamanca, poco antes de decidirme a ir a estudiar a Alcalá de Henares, supe que mi lugar en el mundo estaba en ese sitio. Hubiera dado todo lo que tengo y los honores que me han otorgado los hombres por dedicar mi vida al estudio, pero Dios me tenía destinado otro camino. He visto ciudades tan bellas que los ciegos lloraban de desesperación por no poder contemplarlas, palacios deslumbrantes que intentaban asemejarse al cielo, he conocido a reyes, nobles y leprosos. Dios me ha dado la oportunidad de discutir con los hombres más sabios de la cristiandad y de sentarme al lado de un molinero para hablar sobre la fuerza que necesita el agua para mover las pesadas piedras de molino. No temo a los inquisidores. Ellos pueden castigar mi cuerpo, pero mi alma no les pertenece. Recuerdo cuando me llamaron a la canonjía de la catedral de Sevilla para cubrir una vacante. Egidio me recibió con los brazos abiertos. Dos noches después de instalarme en esta casa, vino a cenar, se sentó en esa silla. Era uno de los hombres que más admiraba. Dejó la cuchara en la sopa y me miró fijamente. Sus palabras se quedaron ancladas para siempre en mi memoria: «¿Os acordáis de nuestros años en Alcalá, cuando buscábamos con desesperación la verdad? Leímos los libros de los sabios griegos y latinos —me dijo—, incluso algunos escritos de rabinos judíos y sabios musulmanes. Anhelábamos encontrar en las páginas de aquellos manuscritos la paz que deseaba nuestra alma. Nos marchamos de la universidad con más dudas que certezas, como la mayoría de los jóvenes. Un día, mientras paseaba por las calles de Sevilla, escuché a un hombre vociferar al lado de la puerta del León en el Alcázar. Se trataba de un joven llamado Valer; no era un hombre docto, pero parecía conocer las Escrituras. Me quedé escuchando embelesado mientras predicaba sobre el Sermón del Monte. Diez minutos más tarde, mis ojos estaban cubiertos de lágrimas. Aquel hombre me había descubierto la verdad del evangelio, sin todos los artificios de los teólogos y los filósofos. Habló de un Dios de amor que envió a su Hijo Jesucristo para morir por nosotros en la cruz, de cómo ese sacrificio vicario había reconciliado a los hombres con Dios, de que lo único que necesitaba para alcanzar la vida eterna era aceptar el sacrificio de Cristo, arrepentirme de mis pecados y cambiar de camino. Ya nunca más tuve miedo».

Los dos monjes escuchaban en silencio la misma historia que Constantino les había relatado unos años antes, sobre la dulce miel que había inundado sus propias vidas, devolviéndoles la esperanza y dándoles la fuerza necesaria para cambiar sus vidas.

—Ya no vivo yo, amigos, como dijo el apóstol Pablo, ahora vive Cristo en mí. No me dan miedo la muerte ni el martirio, eso siempre ha formado parte del oficio de ser cristiano.

Casiodoro tuvo que contener las lágrimas tragando saliva, después se puso en pie miró a su maestro.

—Ojalá tuviera vuestro valor.

—Es más valiente querer seguir viviendo. Vosotros tenéis que huir, encontrar un lugar en el que poder practicar vuestra fe. Únicamente os pido dos cosas: no os olvidéis de España, amadla como a una madre, no os rindáis hasta hacer llegar a esta bendita tierra la Palabra de Dios.

—¿Cuál es la otra? —preguntó, impaciente, Antonio.

Constantino se puso en pie con dificultad, apoyó una mano en el hombro de Casiodoro y contestó:

—La verdad de Dios no se encuentra encerrada en dogmas, por nobles que parezcan, tampoco en las manos de los grandes siervos de Dios —después levantó la Biblia que tenía al lado—. Esta es la única fuente de verdad, pero toda ella se resume en amar a Dios sobre todas las cosas y al prójimo como a uno mismo. No lo olvidéis.

Abrazó a los dos hombres, sabía que era la última vez que los vería en este mundo.

—Avisad a los hermanos, no necesitamos más mártires, ellos son los futuros misioneros de nuestra amada España. Un día la tierra estará preparada para la siembra y dará un abundante fruto.

Los tres lloraron amargamente por aquella separación, a pesar de que sabían que no era definitiva. Los ojos negros y enmarcados de arrugas de Constantino parecieron brillar de nuevo.

—Nunca os olvidaremos, maestro —dijo Antonio, secándose la cara con la manga de la camisa.

Salieron de la casa con prisa, aún tenían que alertar a muchos hermanos. Sentían en sus corazones una mezcla de tristeza y gozo, habían esperado ese momento desde el día que decidieron seguir las pisadas de Cristo. El precio era muy alto, aunque lo era más la recompensa, no solo la de la vida eterna, sino también la de poder encontrar un sentido a un mundo que parecía construido para favorecer siempre a unos pocos, donde los pobres, los necesitados y las almas perdidas no podían hallar jamás consuelo. Encararon las calles de Sevilla con presteza. En cuanto cayera Julianillo, las casi ochocientas almas de su iglesia no tardarían en caer también.

Capítulo 4

FERNANDO DE VALDÉS

«La envidia, el más mezquino de los vicios,
se arrastra por el suelo como una serpiente».[6]

Palacio arzobispal de Sevilla, 1557

El inquisidor general se miró por unos segundos en el pequeño espejo. Tenía la tez pálida, la nariz larga y puntiaguda, la cabeza casi completamente calva y los labios carnosos. La barba de un gris ceniza suavizaba en parte sus rasgos, pero no su aspecto inquietante.

Odiaba Sevilla con toda su alma. A pesar de haber abandonado Asturias en su juventud, echaba de menos sus bosques y sus praderas verdes. El valle del Guadalquivir era como una olla hirviente en verano, donde la humedad te hacía sudar copiosamente. Aunque lo peor era el hedor en verano, cuando las heces de miles de animales, mezcladas con los orines y el sudor de los sevillanos, hacían que la ciudad fuera absolutamente apestosa. El único sitio donde se podía oler el aroma de las flores era en los jardines del Alcázar, allí pasaba muchas horas intentando olvidar los problemas de los canónigos, el trabajo de la archidiócesis y los asuntos de todo tipo que llegaban a su despacho, ante la ineficacia de los secretarios. Fernando consideraba que Sevilla seguía siendo una ciudad mora, indolente y repleta de truhanes. Envidiaba la vida de aventuras de su hermano Juan en el Perú.

El inquisidor general miró la montaña de legajos que ocupaban su escritorio y dio un largo suspiro. Había sido obispo en Elna, Orense, Oviedo, León y Sigüenza, presidente de la Real Chancillería de Valladolid, hasta había presidido el Consejo de Castilla, pero el emperador había propuesto a su enemigo Bartolomé de Carranza para el puesto de arzobispo de Toledo y primado de España, el título que él y solo él merecía. Incluso algún día hubiera podido ser papa de toda la cristiandad.

Uno de los inquisidores llegó desde el castillo de Triana, como lo llamaban los sevillanos, y pidió a su secretario ser recibido de inmediato. No le gustaba su cargo de inquisidor general, no tenía vocación de fiscal ni de juez, pero sabía que al menos la mayoría de la gente le temía con solo escuchar su nombre.

—Reverendísimo Señor, perdonad que os robe un poco de vuestro valioso tiempo.

—Abreviad —dijo Fernando mientras observaba al hombre, un oscuro monje cuya única virtud era escarbar en las miserias de los demás.

—Es... —dudó unos segundos— por un asunto de máxima importancia. Hemos descubierto a un hereje que distribuía libros heréticos por toda la ciudad. Un tal Julián Hernández, natural de Valverde de Campos.

—¿Y qué ha contado?

—Nada, se nos ha escapado.

El inquisidor general golpeó la mesa con el puño y los legajos temblaron, pero sin llegar a desparramarse.

—Espero que no suceda como con ese clérigo que está imprimiendo pasquines contra la Iglesia y Su Majestad el Emperador y al que todavía nadie ha encontrado.

—Estamos en ello, excelentísimo padre.

—Que vigilen las salidas de la ciudad, seguro que intenta escapar.

—Creemos que hay algunos grupos secretos. Ya tuvimos un aviso hace unos años, pero no logramos seguir con la investigación.

Fernando sabía que Constantino Ponce de la Fuente era uno de los supuestos líderes luteranos, pero hasta ahora había sido imposible demostrarlo. El canónigo siempre se movía en la fina línea de la ortodoxia. Sus predicaciones eran tan populares en Sevilla que detenerlo sin una causa justificada podría haber provocado una revuelta. Tampoco se fiaba de los jerónimos de San Isidoro. Unos años antes habían desaparecido varios de los hermanos sin dejar ni rastro. Algunos rumores hablaban de que se encontraban en la herética ciudad de Ginebra.

El inquisidor general escribió un documento y después lo firmó.

—Esto os garantizará la máxima colaboración de los soldados imperiales. Removed Sevilla hasta que aparezca ese vendedor de libros heréticos.

—A propósito, el delator nos trajo uno de los ejemplares.

El inquisidor dejó encima de la mesa la copia de *Imagen del Anticristo*. Fernando no lo tomó hasta que el inquisidor abandonó su despacho, después lo abrió con dos dedos, como si estuviera envenenado, y comenzó a hojearlo, hasta que llegó a la página en la que se veía de rodillas al papa ante el demonio y una leyenda que explicaba: «De su padre el diablo recibe el Anticristo las leyes con las que tiraniza conciencias de vasallos y reyes».

—¡Por Dios, estos herejes son demasiado atrevidos!

Fernando cerró el libro de golpe, después se puso en pie y contempló la ciudad. Aquella multitud babilónica, aquella maraña de judíos, moros y extranjeros que intentaban pasar por cristianos viejos, a él no le engañaban. Aunque tuviera que condenar a toda la ciudad de Sevilla, no cejaría en su empeño de defender la verdadera fe de herejes y de sangre impura. Él era un puro y viejo cristiano del norte. Ahora que habían logrado conquistar los reinos del sur sarracenos, no permitirían que los moriscos y los judíos campasen a sus anchas, y mucho menos los luteranos, que eran la peor especie de herejes y enemigos de la Iglesia.

Capítulo 5

ISABEL DE BAENA

«El peso que se soporta y lleva
con alegría se hace ligero».[7]

Casa de Isabel de Baena, Sevilla, 1557

Cipriano había decidido acudir cuanto antes a la casa de Isabel. Estaba seguro de que en ella encontraría a María de Bohórquez, una de las mujeres más bellas e inteligentes que había conocido. Si a alguien le deseaba toda la dicha del mundo, sin duda era a ella. Llamó a la puerta con premura y no tardaron en salir a recibirle los criados de doña Isabel, todos ellos miembros de la iglesia chica, como le gustaba denominar a su grupo a los protestantes sevillanos. Los criados le llevaron hasta la pequeña capilla donde solían celebrar sus reuniones. A aquellas horas no había muchos feligreses. Además del médico Cristóbal de Losada, que ejercía como pastor del grupo, se encontraban allí doña Isabel y María.

—¿Qué os pasa? Tenéis demudado el rostro —preguntó la dueña de la casa.

—La Inquisición está buscando a Julianillo y no tardará en descubrir la red de iglesias que tenemos por toda Sevilla y alrededores.

La mujer se puso en pie. En una mesa tenía una bandeja con dulces, tomó uno y se lo ofreció al monje.

—Tomad, Cipriano. Un pan de higo siempre tranquiliza el alma.

—¿No lo entendéis? ¡Debemos huir todos!

41

—Ya sabéis lo que sucedió con la loca que denunció a Francisco de Zafra hace unos años, todo quedó en agua de borrajas —comentó Cristóbal.

—Esta vez es diferente. El inquisidor general no soltará la presa. Nunca se ha perdonado que se le escapara Juan Pérez de Pineda o la leve condena del doctor Egidio.

María parecía la única alterada por la información de Cipriano. Se acercó hasta él.

—¿A dónde podemos ir? Vivimos aquí, nuestra familia no puede huir sin más. Mi padre es uno de los grandes de España, todos respetan su apellido y su casa. No importa que sea hija natural, la Inquisición no se atreverá.

—Sí, lo hará. Las cosas han cambiado, el emperador se encuentra en Yuste y no será tan permisivo como la regenta Juana; los jesuitas están demasiado cerca de la monarquía y lanzarán a sus perros para que nos devoren.

Cristóbal pidió a Cipriano que se sentara y se tranquilizase un poco.

—Explicadnos todo desde el principio.

—Como ya sabéis, hasta ahora mi tío inquisidor nos ha favorecido e impedido cualquier tipo de investigación, pero la denuncia contra Julianillo lo cambia todo. No pararán hasta dar con todos nosotros. Los hermanos de San Isidoro estamos preparando una fuga, saldremos esta noche. Hay que avisar a los hermanos para que los que puedan escapen antes de que el brazo acusador de la Inquisición caiga sobre ellos.

—María tiene razón, no creo que prospere, pero, si prospera, ¿qué van a hacer, matar a decenas de personas de sangre pura y noble abolengo? Tenemos muchos hermanos de condición humilde, pero no se atreverán a detenernos y acusarnos a todos. Tal vez sea el momento para que todo el mundo sepa que en Sevilla hay una iglesia verdadera que no sigue las mentiras del papa.

Cipriano miraba atónito a su pastor, tenía la sensación de que no vivía en la realidad. El emperador y la Iglesia no cejarían en su empeño de exterminarlos. Cuando se rebelaron, años antes, los comuneros, Carlos V no dudó en destruirlos, a pesar de que algunos eran de la nobleza.

El joven monje se puso en pie, decepcionado. Por un lado, lamentaba no tener la suficiente fe para convertirse en un mártir, pero sobre todo no quería ver sufrir a sus amigos y hermanos. Comenzó a llorar y María e Isabel le abrazaron.

—No hay ninguna dificultad que nos mande el Señor que no podamos soportar —dijo doña Isabel.

—Por favor, escapad antes de que esos perros lleguen. Después no habrá salvación.

—No pertenecemos a este mundo, nuestro reino es celestial. La muerte no me causa temor, pero entiendo que Dios destina a cada hombre con una misión. Puede que la mía sea morir. Me quedaré con mi grey y no los abandonaré. Aun así, avisaremos a los hermanos, y los que deseen huir contarán con todo nuestro apoyo. Id en paz.

María le acompañó hasta la puerta. Antes de abrir se volvieron a abrazar.

—Os amo —dijo Cipriano con lágrimas en los ojos.

—Yo también, hermano —contestó la joven, emocionada.

—Huid con nosotros y os haré mi esposa. Sois bella, culta y buena.

La mujer agachó la cara para disimular su azoramiento.

—No puedo fugarme así, debo respetar a mi familia.

—Sentís algo por mí.

—Sois un gran cristiano y os admiro, también...

—¿También?

—Os he amado en secreto, durante todo este tiempo. Dios ahora nos separa, él tendrá sus planes. ¿Quiénes somos nosotros para contradecirlos?

—Podemos pedirle al pastor que nos case ahora mismo, seremos marido y mujer.

—Vuestros votos aquí todavía son eternos.

—Dios sabe, María, que a él le amo sobre todas las cosas, pero Jesús no impuso el celibato, fueron los concilios y los papas, a los que ya no obedecemos.

María le abrazó de nuevo y entre lágrimas le susurró al oído:

—No hay flor más bella que la que nunca se marchita, así será mi amor. No dejaré que el tiempo ni el temor lo sequen. Id en paz.

Cipriano salió de la casa aún más triste y desolado que al llegar. Temía por la suerte de todos sus hermanos, pero lo que más le dolía era que aquella hermosa y sabia mujer muriera o la obligaran a encerrarse en un convento de por vida. Se dirigió al monasterio, mientras pensaba en la frase que dijo Julio César al cruzar el Rubicón y aproximarse con sus tropas a Roma: *alea iacta est*. Sin duda, la suerte estaba echada y él no podía hacer nada para impedirlo.

Capítulo 6

FUGA

«Nadie es feliz durante toda su vida».[8]

Monasterio de San Isidoro del Campo, Sevilla, 1557

Garci-Arias lo había preparado todo concienzudamente. Sabía que era más sencillo que los monjes viajaran ligeros de equipaje para ir más rápidos. No tenían doce caballos, por lo que la única forma de desplazarse más rápido era utilizando un carro con dos de los mejores caballos de sus cuadras. Si viajaban durante toda la noche, estarían lo suficientemente lejos para burlar a los soldados. Afortunadamente, no se encontraban en Sevilla, donde por las noches se cerraban las puertas de la muralla. Aun así, los caminos podían encontrarse vigilados y siempre había delatores de la Inquisición por todas partes. Si alguien les preguntaba, debían decir que se dirigían al monasterio de Santa María del Rosario en Bornos y desde allí debían continuar al puerto de Cádiz y tomar el primer navío hacia Nápoles.

Los doce monjes se reunieron en el claustro; a aquellas horas el resto de los hermanos estaban durmiendo.

—Todo está listo, no habléis con nadie, no llaméis la atención. En cuanto lleguéis a Cádiz, deshaceos de vuestros hábitos, buscad un barco en el que os dejen viajar sin hacer muchas preguntas.

En cuanto el superior dejó de hablar, Casiodoro le observó sorprendido.

—¿Por qué nos dais instrucciones como si no fuerais a partir con nosotros?

—Mi lugar está aquí, amigo. Algunos hermanos no desean escapar, y también me debo a los que no han aceptado nuestra fe. Espero que con mi testimonio terminen de entregarse a nuestro Señor.

—Os quemarán en la hoguera. Puede que perdonen a algunos de los monjes arrepentidos, pero jamás lo harán con un superior.

—No me importa, Casiodoro. Ya no tengo edad para ir escapando por los caminos. Me hubiera gustado conocer Ginebra y al doctor Juan Calvino, nuestro buen amigo Juan Pérez de Pineda nos ha hablado también de esa maravillosa ciudad, pero nos veremos mejor en la celestial, en la que descenderá del cielo cuando venga nuestro Señor Jesucristo en gloria. Esta vida es pasajera, prefiero ir mudándome a la postrera, como decía el apóstol Pablo.

Uno a uno, todos fueron besando la mejilla de su maestro. Él les había acercado a las verdades del evangelio. Siempre se había mostrado duro y disciplinado, temeroso de que todo el convento cayera en manos de la Inquisición, pero, ahora que el peligro acechaba, parecía más seguro que nunca.

—No os olvidaremos, estaréis siempre en nuestras oraciones —dijo Antonio del Corro mientras se despedía.

—Usad la inteligencia y el buen corazón que Dios os ha dado para servirle. No descuidéis el don que hay en vos. Tenéis talento para escribir y refutar a los falsos profetas.

Cipriano le abrazó entre lágrimas.

—Que vuestro buen corazón y templanza os ayude a calmar los ánimos de estos tus hermanos, no os olvidéis de en quién habéis creído y perseverad hasta el fin.

Casiodoro fue el último de todos, se aferró a su maestro como si no fuera a soltarlo jamás.

—Sois el Moisés que necesita España, no os dejéis guiar por vuestros impulsos. Vivid la fe y templad vuestro carácter, traed a nuestro amado reino la hermosa Palabra de Dios.

—Lo haré, maestro —contestó.

—El único maestro bueno es él —dijo, señalando la cruz que tenía el monje colgada al pecho.

Los acompañó hasta el camino. Todos se subieron al carro que había estado escondido tras unos árboles y todos pasaron atrás menos Casiodoro y Antonio, que se pusieron al mando de las riendas.

—Id con Dios, cuidaos y, cuando podáis, mandadme noticias.

El superior levantó la mano y comenzó a despedirlos. Aquellos eran sus hijos que partían del hogar para hacerse dueños de sus destinos. No los envidiaba, sabía que la vida traía días duros y difíciles. Él ya había experimentado las mieles que podía ofrecerle el mundo, lo único que deseaba era que sus queridos hermanos pudieran superar todas las pruebas que iban a encontrar en el camino.

El carro se alejó en medio del silencio de la noche. La luna llena iluminaba perfectamente el camino. Casiodoro puso una mano sobre el hombro de Antonio, que gobernaba a los caballos.

—Cuando entré en San Isidoro del Campo hace diez años, pensé que ya jamás abandonaría esos muros. Fui un joven disoluto, egoísta y hedonista. Mis padres tenían tierras en Montemolín, habían logrado prosperar a pesar de su origen morisco, lograron enviarme a la Universidad de Sevilla, pero yo me gastaba su dinero en prostitutas y vinos. Una noche, cuando regresaba a casa, unos bandidos me asaltaron, me dejaron medio muerto. Un hombre que pasaba me llevó hasta el hospital y pagó mi recuperación.

—Como la parábola del buen samaritano.

—Sí, a los dos días apareció para ver cómo me encontraba. Aquel hombre me miró a los ojos, era un caballero de cierta edad. Me dijo: «No malgastéis vuestro dinero y vuestra vida con rameras y vino, únicamente servir a nuestro Señor hace al hombre feliz». Aquellas palabras no logré borrarlas de la mente hasta que ingresé en el monasterio.

—Nunca me lo habíais contado.

—Lo cierto es que no me sentía muy orgulloso de mi vida anterior, ahora entiendo que Dios me estaba preparando el camino. Siempre ha estado a mi lado, aun cuando yo le daba la espalda, esperando pacientemente como un padre.

—¿Os gustó la vida religiosa?

—Al principio sí, quería mortificarme por todo lo que había hecho anteriormente. Ayudé a mis padres a trasladarse a Sevilla con mi hermana, a la que engendraron siendo muy mayores.

Antonio giró preocupado la cabeza.

—¿Les mandasteis un mensaje para advertirles?

—Sí, no os preocupéis, ellos iban a ir a Madrid y desde allí a Navarra para cruzar a Francia. Nadie los buscará y espero verlos pronto en Ginebra.

A medida que se alejaban de Sevilla, la sensación de ahogo que los había acompañado en los últimos años comenzó a disiparse, aunque todavía no estaban a salvo. Los tentáculos de la Inquisición y el emperador eran muy largos y podían llegar a lugares inimaginables para ellos. El resto de los hermanos descansaba en la parte trasera del carromato, a excepción de Cipriano, que no lograba quitarse de la cabeza a María. Se preguntaba cuál sería su suerte. Cerró los ojos y las imágenes de todos sus hermanos en la hoguera le hizo sudar y sentir escalofríos. ¿Había una muerte peor que arder en la hoguera? Sin duda los inquisidores, con aquella y terrible forma de ajusticiar, querían mandar un mensaje a todos los herejes. Les prometían el infierno en el cielo y en la tierra.

Capítulo 7

PERDICIÓN

«Aceptar la muerte de buen grado forma
parte de lo establecido por la naturaleza». [9]

Monasterio jerónimo de la Virgen del Valle, Écija, 1557

Los monjes les habían recibido con todo su cariño, algunos de ellos habían abrazado la fe reformada y no podían menos que acoger a sus hermanos. Julianillo había pensado dejar allí a su amigo Juan Ponce de León, mientras él continuaba hasta la frontera con Francia o tomaba algún barco en la costa cantábrica. No era sencillo atravesar toda la península perseguido por los inquisidores, pero prefería arriesgarse a quedarse allí y que lo atrapasen como a un perro.

—Tenéis que dejar Écija en unos días y dirigiros a Portugal, desde allí podréis tomar un barco a Inglaterra.

—No hace falta, cuando las cosas se calmen regresaré a Sevilla. Mi familia...

—Haced lo que queráis, pero, si no os matan, tal vez os encierren de por vida en un convento.

Juan frunció el ceño. Su amigo era demasiado desconfiado, su linaje era intocable.

—Yo partiré pronto para Francia.

—¿Por qué no seguís el camino de Portugal?

—Conozco bien los caminos de España y sé cómo evitar a la Santa Hermandad que vigila las vías principales.

Mientras desayunaban, se aproximó uno de los hermanos y se sentó a su lado.

—¿Cómo os encontráis?

—Bien, gracias —contestó secamente Julianillo. No se fiaba demasiado de los monjes que no habían abrazado su fe.

—Espero que os gusten las gachas, son las mejores de la comarca. Dios nos ha dado a un buen cocinero, algo que apreciar en un mundo como este.

—Sin duda, hermano.

—¿Qué os ha hecho abandonar Sevilla? Yo prefiero esa ciudad a ninguna otra en el mundo. He pedido el traslado a San Isidoro; ese sí que es un monasterio rico, y en la universidad podría seguir con mis estudios.

—Espero que lo consigáis —dijo Julianillo con desgana, con la esperanza de que el religioso se marchase.

—La historia de este convento es muy bella. Lo fundó don Luis de Portocarrero, señor de Palma. Estaba cazando, una paloma herida se escondió entre las ruinas del que había sido el monasterio de Santa Florentina y, al intentar sacar a la paloma de un agujero, descubrió una talla de la Virgen. Bendita sea la Madre de Dios.

Los dos hombres le miraron con indiferencia.

El monje se puso en pie algo ofuscado y salió del refectorio.

—¿Creéis que nos delatará? —preguntó, asustado, Juan.

—No lo sé. Cuando me fui de España hace seis años me juré no regresar jamás. Estuve en París, la ciudad más peligrosa y apestosa de Europa. Después viajé a Escocia, una tierra fría y recóndita donde nunca sale el sol, hasta que terminé en Fráncfort y me uní a la iglesia. Allí me nombraron diácono. Había algunos sevillanos en la iglesia; me hice muy amigo de Diego de Santa Cruz. Como sabía que yo trabajaba en una imprenta, me propuso publicar libros y panfletos para repartir en España y no me lo pensé. Quería que mis vecinos y compatriotas experimentaran la fe que le había devuelto el sentido a mi vida. Llevo varios años yendo y viniendo, arriesgando la vida. Imagino que todavía no me ha llegado la hora. Ese monje mal encarado no me infunde ningún temor.

Se dirigieron a su celda tras las oraciones. Julianillo estaba preparando todo para su viaje, cuando alguien llamó a la puerta.

—¿Quién es?

—Abrid a la Santa Inquisición.

Los dos hombres se quedaron paralizados, hasta que Julianillo se dirigió a la ventana y saltó las dos plantas hacia el patio interior. Juan miró el abismo, pero no se atrevió y los soldados lo atraparon de inmediato.

Julianillo corrió todo lo que pudo hasta el río. Estaba a punto de llegar al puente cuando escuchó cómo unos caballos se acercaban por detrás. Pensó lanzarse al agua, pues aún no estaba tan frío como en invierno, y en Escocia había aprendido a nadar, pero no le dio tiempo a llegar. Un soldado saltó del caballo y le derrumbó. Rodaron hasta casi la orilla. Julianillo se puso encima con una piedra en la mano. Estaba a punto de darle en la sien, cuando le miró a los ojos. Tiró la piedra y se sentó al lado, en la hierba. El soldado se incorporó y le miró asombrado.

—¿Por qué no me golpeasteis?

—No matarás. El Rey al que yo sirvo no aprueba la violencia.

Le llevaron de nuevo al monasterio. Los monjes parecían aterrorizados. El hermano que en el desayuno había hablado con ellos señaló a los que se habían entregado a la causa luterana. Un inquisidor todo vestido de negro indicaba con el dedo a los monjes que los soldados debían detener. Al escuchar a los dos soldados y Julianillo, se dio la vuelta.

—Julián Hernández, imaginaba a un hombre más alto y gallardo.

—Olvidáis que el rey David venció a Goliat.

El Inquisidor le golpeó en la cara con un guante de cuero.

—¡No citéis las Escrituras, maldito hereje! ¡Os coseré la boca si volvéis a intentarlo!

—No lo haréis, fraile del diablo —contestó mientras el labio comenzaba a sangrarle.

—¿Ah, no? ¿Quién me lo va a impedir? ¿Ese Lutero al que servís, el violador de monjas?

—A Jesús le acusaron de ir con publicanos y prostitutas, religiosos como vosotros. Dios guarda mi alma, él tiene en su mano mi vida, no vos.

El inquisidor estaba a punto de darle una nueva bofetada, cuando llegó hasta ellos Juan.

—¿Acaso no sabéis quién soy? Mi nombre es Juan Ponce de León, hijo del conde de Bailén.

—Como si sois el mismo hijo del emperador. La autoridad eclesiástica está por encima de cualquier título y privilegio. Ponedles las cadenas y echadlos en el carro de rejas.

En cuanto se los llevaron, el inquisidor habló con el delator.

—Gracias por enviarnos el mensaje hace dos días, se hubieran escapado si no llega a ser por vuestra diligencia. El arzobispo de Sevilla e inquisidor general os concederá la petición que hagáis.

El monje se frotó las manos.

—Deseo ir a San Isidoro del Campo.

—¿San Isidoro? Hay sospechas de que en el monasterio hay un gran nido de herejes, es mejor que os quedéis en Écija.

El monje le miró sorprendido mientras el Inquisidor y el resto de los soldados abandonaban el patio del monasterio. Después se dirigió a la puerta y, antes de cerrarla, su mirada se cruzó con la de Julianillo. No había rencor ni odio en sus ojos, al contrario, el pequeño hereje comenzó a cantar. Al poco, Juan le acompañó, como si ya no les importase lo que pudieran hacer con ellos. Sus voces se escucharon mientras el carromato enrejado se alejaba, y aquella letra se quedó para siempre en su memoria:

> Castillo fuerte es nuestro Dios.
> Defensa y buen escudo;
> Con su poder nos librará
> En todo trance agudo.
> Con furia y con afán
> Acósanos Satán,
> Por armas deja ver
> Astucia y gran poder;
> Cual él no hay en la tierra.

Nuestro valor es nada aquí,
Con él todo es perdido;
Mas con nosotros luchará
De Dios, el escogido.
Es nuestro Rey Jesús,
Él que venció en la cruz,
Señor y Salvador,
Y siendo él solo Dios,
Él triunfa en la batalla
Y si demonios mil están
Prontos a devorarnos
No temeremos, porque Dios
Sabrá cómo ampararnos.
Que muestre su vigor
Satán, y su furor
Dañarnos no podrá,
Pues condenado es ya
Por la Palabra Santa.
Esa palabra del Señor,
Que el mundo no apetece,
Por el Espíritu de Dios
Muy firme permanece.
Nos pueden despojar
De bienes, nombre, hogar,
El cuerpo destruir,
Mas siempre ha de existir
De Dios el reino eterno[1].

---

1. Himno *Castillo Fuerte*, compuesto por Martín Lutero.

Capítulo 8

Viaje por mar

*«Fatiga menos caminar sobre suelo
accidentado que sobre terreno llano».*[10]

Puerto de Cádiz, 1557

Llevaban tres días en la ciudad y la tensión comenzaba a crecer. Los inquisidores ya debían de saber que habían huido de San Isidoro del Campo y no tardarían demasiado en descubrir su destino. Les habían avisado que un día saldría una nao para Sicilia y después hacia Nápoles. Tenían que convencer al capitán de que llevara a doce extraños y de que no hiciera demasiadas preguntas. Sabían que el oro podía cambiar muchas voluntades, pero no estaban seguros de que fuera suficiente para sacarlos a todos de España.

Casiodoro se dirigió con Antonio y Cipriano hasta una de las tabernas del puerto. Sin sus hábitos se sentían desnudos, como si aquellas ropas les hubieran protegido hasta ese momento del mundo que los rodeaba. El primero en introducirse en aquel mundo tan ajeno al suyo fue Casiodoro, que se había convertido en el protector de todos los hermanos. El ambiente en la cantina era desagradable, una mezcla de olor a cerdo asado algo añejo, vino avinagrado y sudor. Los tres hombres se acercaron al dueño y le preguntaron por el capitán Giovanni Santoro de la nao San Marino.

—Caballeros, es aquel hombre sentado en la mesa del fondo.

Se dirigieron algo temerosos hasta el capitán, un hombre grueso, vestido con un traje de terciopelo, una tela muy apreciada, pero raído y sucio. El hombre levantó la mirada de sus saltones ojos grises con más molestia que curiosidad.

—Capitán, somos un grupo de comerciantes que necesita ir con urgencia a Nápoles. —La voz de Casiodoro de Reina se escuchaba tan temblorosa como la de un reo de muerte ante el patíbulo.

El hombre arqueó las cejas y se mesó la barba pelirroja.

—¿Qué demonios queréis de mí? Soy un humilde capitán de barco.

—Necesitamos doce pasajes, tenemos que partir cuanto antes.

—Hay varios puertos en Valencia y Málaga desde los que salen más naos para mi tierra, ¿por qué no probáis fortuna allí?

—Necesitamos cerrar un negocio importante en Nápoles y no podemos demorarnos —insistió Casiodoro.

Al final, Antonio dejó sobre la mesa una bolsa de dinero.

—Esto será suficiente.

El capitán la tomó y, sin abrirla del todo, comenzó a contar.

—Aquí tenéis para seis pasajeros, lo siento.

Los tres se miraron, confusos.

—Si os interesa, partimos mañana al alba.

Antonio tomó de nuevo la bolsa.

—Me tenéis que pagar por adelantado.

Eran tan profanos en aquellos negocios que no sabían qué hacer. Además, ¿cómo elegirían a los hermanos que partirían en barco? ¿Y qué haría el resto?

—Los otros seis pueden salir en la nao de un amigo mío que se dirige a Lisboa, pero eso os costará algo más.

Aquella podía ser una solución factible.

Le entregaron la bolsa y cerraron el acuerdo con un apretón de manos.

Salieron de la taberna con una mezcla de confusión y optimismo. Afortunadamente, su superior les había dado suficiente oro para llegar a Ginebra sin problemas.

Se dirigieron a la posada en la que dormían y comentaron las nuevas buenas a sus hermanos. Al principio no estuvieron de acuerdo en separarse, pero al final se dieron cuenta de que no les quedaba más remedio.

Echaron a suertes a qué nao iría cada uno. A Casiodoro, Antonio y Cipriano les tocó la vía romana junto a Francisco de Farias, Alonso Baptista y Peregrino de Paz. Hacia Lisboa se dirigieron Juan de Molina, Miguel Morillo, Lope Cortés, Hernando de León, Francisco de la Puerta y Bartolomé de Gómez Hernández. Calculaban que en un mes, si todo iba bien, se verían en Ginebra.

Por la mañana temprano salieron ambos grupos por separado. Se habían despedido en los aposentos para no llamar la atención. Apenas habían abandonado la posada, cuando unos soldados llegaron preguntando por doce hombres que viajaban juntos. El posadero no supo qué contestar.

—¡Voto a Dios! ¿Hacia dónde se dirigían? —preguntó el soldado levantando al pequeño mesonero.

—Llevaban unos días en mi casa, se sentaban en dos grupos, hablaban de Nápoles. Es lo único que sé, os lo juro.

En ese momento entró el inquisidor en la humilde posada y se tapó la nariz con los dedos, parecía no estar acostumbrado al olor del vulgo.

—Mandad una patrulla para que registre todas las naos del puerto.

—Eso puede llevarnos horas, padre.

El monje no contestó, pero el soldado supo por su fría mirada que si cuestionaba sus órdenes debía atenerse a las consecuencias.

—Al mesonero y su familia detenedlos por ayudar a unos herejes a escapar.

—¡Padre, nosotros no sabíamos nada!

—La ignorancia no exime de las consecuencias de incumplir la ley del rey y de Dios —contestó mientras salía del salón.

Ajenos a sus perseguidores, los dos grupos llegaron a sus naos. El barco que se dirigía a Lisboa se acomodó rápidamente. La nao, que no era demasiado grande, estaba a punto de partir. A unos pocos metros de allí, Casiodoro y sus amigos se acomodaban en la suya.

Un marinero les pidió que subieran a bordo. Después de recorrer la cubierta exterior, les introdujo por una portezuela en los camarotes. Abrió lo que parecía un almacén, con algo de paja sucia distribuida por el suelo. Con una sonrisa maliciosa, les dijo:

—Aquí están los aposentos de vuestras mercedes.

—¿Aposentos? Esto es una pocilga —se quejó Antonio.

—Siempre agradecidos —le recordó Cipriano.

El marinero se fue y ellos dejaron sus bolsas a un lado.

—Llegaremos en unos días, recemos a Dios para que el mar esté en calma, lo demás ¿qué importa? —propuso Casiodoro.

Tras acomodarse algunos de los hermanos, Cipriano y Casiodoro prefirieron subir a bordo. Además de ellos había otros pasajeros. Una dama anciana llamada doña Filomena, junto a sus criadas, dos caballeros que iban para ocupar sus puestos de funcionarios del rey y un oficial.

Se acercaron a la borda y observaron por unos instantes el puerto y la ciudad al fondo.

—¿Pensáis que volveremos a ver alguna vez nuestra amada España?

—No debemos atesorar muchas esperanzas. Somos extranjeros y advenedizos, Dios nos dará una patria mejor, una celestial. Recuerda lo que dice la epístola a los Hebreos: «*iuxta fidem defuncti sunt omnes isti*... Conforme a la fe murieron todos estos, no habiendo recibido las promesas, sino habiéndolas contemplado de lejos, habiéndolas creído y saludado y habiendo confesado que eran solo huéspedes y peregrinos en la tierra. Porque los que dicen tales cosas declaran que andan buscando la patria. Y, desde luego, si hubiesen tenido memoria de aquella de donde partieron, bien tenían tiempo de volver. Pero desean otra mejor, que es la celestial. Por lo cual Dios no se avergüenza de ser llamado Dios suyo, pues les había aparejado una ciudad».

Cipriano conocía perfectamente aquel pasaje de las Escrituras y, aunque no hacía más que repetirlo en su cabeza, no podía dejar de anhelar su regreso algún día a Sevilla. El olor a azahar, la rica comida de las tabernas, el canto desgarrado de una gitana y el sonido de una guitarra habían sido el telón de fondo de toda su vida. Irse a los fríos reinos del norte era algo que imaginaba como una especie de condena.

—Puede que el evangelio llegue algún día a nuestra nación. ¿Acaso somos nosotros menos que los ingleses, los holandeses, los franceses y los suizos? Desde Rumanía hasta Irlanda y desde Noruega hasta Malta hay hermanos que intentan profesar su fe.

—España es un conglomerado de reinos poblados por gente dura, pero de buen corazón. Durante quinientos años lucharon contra los infieles y eso les hace orgullosos; han sido maltratados por nobles y monarcas, y eso les convierte en desconfiados. La Iglesia católica les ha obligado a dejar sus costumbres bárbaras y obedecer sus dogmas y ritos, lo que les ha convertido en escépticos —contestó Casiodoro mientras apoyaba la barbilla en la baranda.

—Dios es más poderoso que todo eso.

—Es cierto, Cipriano, pero respeta la voluntad del hombre.

—Entonces, ¿pensáis que España está perdida?

Por unos instantes no supo qué responder. Los marineros levantaron el ancla y el barco comenzó a salir lentamente del puerto.

—El apóstol Pablo deseaba ir a Tarsis, que era como los antiguos llamaban a España. Nuestra amada patria está en el corazón de Dios. Los judíos la llamaron Sefarad, posiblemente rememorando la Atlántida perdida y que los griegos creían que era un verdadero paraíso. Los musulmanes la llaman al-Ándalus. Todos los que la han habitado la han amado: generosa, fértil, bella y salvaje, como una mujer.

Cuando comenzaron a alejarse de tierra, Cipriano dio un largo suspiro. Pensó en María y temió por su vida, rogó que Dios la guardase de un destino fatal.

Cuando los soldados del inquisidor llegaron al puerto y preguntaron a unos estibadores sobre la nao que se dirigía a Nápoles, estos les indicaron que había partido media hora antes. Regresaron hasta el convento donde se alojaba el inquisidor. Temían que toda su ira cayera sobre ellos, pero tuvieron suerte de que se encontrara de buen humor, estaba tomando con los monjes algunas viandas.

—Llamad a fray Angélico y fray Celestino.

Los ayudantes del inquisidor acudieron de inmediato.

—¿Qué deseáis, inquisidor?

El hombre los contempló con cierta indiferencia, le fastidiaba tener que parar su almuerzo.

—Partiréis en el próximo barco que salga para Nápoles y encontraréis a esos monjes herejes. Os entregaré una carta para el virrey. Espero pronto buenas nuevas.

—Se hará como ordenáis, padre.

El inquisidor se chupó los dedos y continuó con su agradable comida. Sabía que era cuestión de tiempo. No había un rincón en la cristiandad donde se pudieran esconder. Hasta en los países de herejes, con los medios adecuados, se podía secuestrar a un luterano y devolverlo a su patria para que la Santa Madre Iglesia lo relajara.

Capítulo 9

YUSTE

«A mal rey, peor consejero».[11]

Yuste, noviembre de 1557

El emperador se había levantado con fuertes dolores aquella mañana. A veces se acordaba de sus viajes y gestas, para poco después sorprenderse de que el tiempo hubiera corrido tan veloz. Aún se acordaba de cuando era niño y jugaba por Gante, o de cuando recorría las calles de Bruselas siendo un mozalbete, hasta de la penosa travesía hasta España. Al principio, siguiendo los consejos de sus amigos flamencos, había imaginado a los españoles como una mezcla de sarracenos y judíos, mentirosos, ruidosos y ladinos, gritones e irrespetuosos. Le fastidiaba tener que ir a tomar las coronas de España, de las que solo le interesaban sus rentas, sobre todo el oro del Nuevo Mundo. Después descubrió la calidez de un pueblo luchador y orgulloso, la sincera amistad de unos súbditos que lo único que anhelaban era su humor. Le rompió el corazón ver a su madre Juana encerrada como una loca; regresó a Flandes con alivio, tras embarazar a la esposa de su abuelo. Cuando los Tercios comenzaron a servirle, pensó que serían carne de cañón para reservar sus fuerzas alemanas, húngaras y flamencas, pero pronto descubrió que sus españoles eran los mejores soldados del mundo. Ahora que su salud estaba quebrantada, que las pasiones de la juventud habían dejado lugar a los dolores de la ancianidad, cuando tocaba reconciliarse con Dios por sus amores secretos, los crímenes ordenados y los pecados cometidos, supo que el único lugar al que podía llamar hogar era España.

El emperador se puso en pie con dificultad, miró por la balconada, aquel monasterio acondicionado para ser su última morada era un lugar bello y solitario, alejado del mundanal ruido. El único vicio al que no había logrado renunciar era el de la gula, aunque bien lo pagaba con sus dolores y achaques.

Juanelo Turriano entró en la sala, era el único al que el monarca le daba plena confianza.

—¿Ya habéis dado cuerda a los relojes?

—Sí, Majestad.

—¿Habéis visto a Juan de Regla?

El hombre negó con la cabeza.

—Pero vienen los cuervos.

La broma le hizo gracia a Carlos. Con ese nombre se referían al grupo de consejeros que le atosigaban con asuntos y no le dejaban morir en paz.

Al poco se aproximaron Luis Méndez de Quijada, Martín Gaztelu, su secretario y Martín de Soto.

—Majestad, tenemos un asunto urgente que tratar —dijo el secretario.

—Dios mío, ni en la tumba me dejarán descansar, con razón decía mi abuelo Maximiliano que uno es emperador hasta la sepultura.

—Es sobre Sevilla. El inquisidor general nos informa de que se han descubierto algunos cenáculos secretos de herejes luteranos.

Carlos se incorporó un poco en la silla y miró a los tres consejeros.

—¿Son muchos? Esa sarna luterana me ha causado tantos problemas... No puedo creer que la enfermedad se haya extendido hasta mis súbditos más leales.

—Nos informan que por ahora hay varios monasterios de jerónimos, algunos conventos de monjas, varios nobles y comerciantes sevillanos y otras ciudades cercanas. Las pesquisas continúan. Unos monjes de San Isidoro del Campo han logrado escapar hacia Nápoles, no sabemos cuál es su destino final.

El emperador comenzó a ponerse morado y estalló en un acceso de ira que sorprendió hasta a sus colaboradores más cercanos.

—¡Escribid! —ordenó a Soto.

La primera carta estaba dirigida a su hija, para que frenara el avance luterano.

«*Pero creed, hija, que este negocio me ha puesto y tiene en tan gran cuidado y dado tanta pena que no os lo podría significar, viendo que mientras el Rey y yo havemos estado ausentes de estos Reynos han estado en tanta quietud y libres de esta desventura, y que agora que he venido a retirarme y descansar a ellos y servir a nuestro señor, suceda en mi presencia y la vuestra una tan gran desvergüença y bellaquería, y incurrido en ello semejantes personas, sabiendo que sobre ello he sufrido y padecido en Alemania tantos trabajos y gastos [...]. Y assí conviene que como este negocio importa más al servicio de nuestro señor, bien y conservación de estos Reynos, que todos los demás [...] es necesario poner mayor diligencia y esfuerço en el breve remedio y ejemplar castigo; [...] assí se deve mirar si se puede proceder contra ellos como contra sediciosos, escandalosos, alborotadores e inquietadores de la república, y que tenían fin de incurrir en caso de rebelión por que no se puedan prevaler de la misericordia [... y que] ipso facto fuesen quemados y confiscada su hazienda*».[2]

Tras redactar la carta, se sintió exhausto. Pidió a todos que le dejasen a solas. Miró el retrato de su esposa Isabel, la única a quien había amado de verdad.

—Querida esposa, ya me queda muy poco para partir con vos. Que estos malditos herejes no me roben los últimos años de paz antes de encontrarme con mi Creador. Ya sabéis que no he sido un santo, ¿acaso algún rey lo es? Pero me he movido por amor a mi casa y mis reinos. Os ruego que intercedáis por mí a la Santa Madre

---

2.   Fragmento de carta de Carlos V a su hija Juana, de 25 de mayo de 1558.

de Dios, para que la herejía luterana que me ha hecho sufrir tantas fatigas no destruya el reino de nuestro hijo Felipe.

Después se quedó dormido. Juanelo se acercó hasta él y le tapó con una manta. Aquel hombre que había gobernado el mundo, el monarca más poderoso de la tierra, parecía una sombra de sí mismo. Había dado órdenes para destruir sin piedad la herejía, aunque se tratara de súbditos leales y buenos cristianos. Ya nada podía salvar a los que no hubieran logrado huir de España antes de que la Inquisición y el monarca se lanzaran sobre ellos.

Capítulo 10

MAZMORRA

**«De una pequeña chispa puede
prender una llama».**[12]

Cárcel de la Inquisición, castillo de Triana, Sevilla, 1557

El inquisidor general nunca pasaba por allí, algo muy importante debía de ir a hacer para dejar su cómodo palacio episcopal y adentrarse en aquel edificio húmedo, pútrido y ruinoso. Los inquisidores comenzaron a ir de un sitio a otro, intentando poner algo de orden en el caos del archivo, la biblioteca y las celdas de los reos. Todos conocían al arzobispo Valdés y era famosa su severidad con los subalternos indisciplinados.

—Excelentísimo padre, nos alegra recibiros en esta humilde morada.

—Más que humilde, yo diría lúgubre e infecta —dijo el inquisidor general con un pañuelo de seda perfumado en la cara.

—Lo lamentamos, pero el cercano Guadalquivir inunda con las crecidas las celdas inferiores y la humedad lo invade todo. Esos malditos musulmanes construyeron un castillo infame.

—Eso no son excusas. Bueno, quería ver a algunos de los herejes, sobre todo al tal Julianillo. Al parecer, también servía libros al doctor Cazalla en Valladolid, otro predicador de Carlos V. La corte ha estado infestada de herejes sin que nadie pareciera advertirlo.

Muchas veces los reyes eligen a los hombres deslumbrantes y no a los sobresalientes. Por eso nosotros debemos estar vigilantes.

—¿Nosotros?

—Los guardianes de la fe —dijo el inquisidor mayor, furioso, no soportaba estar rodeado de tantos ineptos.

—Sí, claro, excelencia.

—El emperador Carlos ha pedido el máximo rigor contra los herejes luteranos. ¿Cuántos hemos capturado?

—A la mayoría, excelencia. Son centenares, la herejía estaba más extendida de lo que imaginábamos. De haberla dejado crecer un poco más, se habría contaminado toda la ciudad de Sevilla y el reino entero.

—¿Cuáles son los más ilustres?

—Una tal María de Bohórquez, hija ilegítima del juez Pedro de Jerez. Domina el latín y otras lenguas, debe de estar endemoniada, porque logra rebatir a todos nuestros monjes. También Juan Ponce de León, nieto del conde de Bailén y primo del duque de Arcos. También María Enríquez, familiar de los duques de Alcalá, y Ana de Deza, sobrina del arzobispo Diego de Deza, además de Constantino de la Fuente, Isabel de Baena y la monja de Santa Isabel, Francisca Chaves. La contaminación ha llegado a muchos monasterios de jerónimos y a conventos de monjas que dependen de ellos.

—¿Qué ha sucedido con Constantino Ponce de la fuente y Garci-Arias, el superior de San Isidoro del Campo?

—Garci-Arias y algunos de los monjes se encuentran detenidos, pero al doctor Constantino le hemos dejado en su casa.

El inquisidor general estalló en ira.

—¡Puede escaparse! Es uno de sus cabecillas, si cortamos la cabeza, matamos a todo el cuerpo. ¿No lo entendéis?

El inquisidor agachó la cabeza, como si al evitar la mirada de su superior este se fuera a calmar más rápidamente.

—Yo mismo le apresaré, pero antes quiero hablar con esa niña, María...

—María de Bohórquez.

—Aún podemos salvar su alma.

El inquisidor condujo a su superior hasta una de las celdas más oscuras y húmedas del castillo. El inquisidor general miró horrorizado cómo las ratas corrían al verlos llegar con las antorchas. Un carcelero abrió la puerta y los cerrojos chirriaron. El inquisidor puso una de las antorchas en un asidero y la celda se iluminó.

El arzobispo Valdés vio el cuerpo tendido de la mujer, tenía el traje sucio y roto. El olor era nauseabundo, nadie había retirado el cubo con sus orines y heces.

—¡Quitad eso, por Dios!

Valdés se sentó en una silla que le había traído un soldado, después pidió que los dejaran a solas.

—Puede ser muy peligroso, excelencia.

—¡Fuera!

El inquisidor general se quedó a solas, pero no empezó a hablar hasta que la mujer se apartó el pelo del rostro y levantó la cabeza.

—No vengo a condenaros, pobre muchacha, vengo a salvar vuestra alma.

María se sentó, se subió un poco el escote medio desgarrado.

—¿Salvar mi alma? ¿Acaso el diablo puede salvar el alma de una hija de Dios?

—Soy un humilde siervo del Dios Altísimo. Tal vez me veáis como a un enemigo, pero la Santa Madre Iglesia me ha elegido para preservar la fe. A lo largo de la historia ha habido muchos herejes que han engañado a almas inocentes como la vuestra. Las mujeres sois como niños pequeños, capaces de creer las mayores locuras.

María se incorporó un poco más.

—¿Vos sois un doctor de la Iglesia? Espero que comprendáis lo que digo. Esos monjes son unos ignorantes que desconocen por completo las Sagradas Escrituras.

—Dios no dio a las mujeres las mismas habilidades intelectuales que a los hombres. No voy a hablar con vos de teología, únicamente busco vuestro arrepentimiento.

María se cruzó de brazos.

—Lo único que puede sacarme de mi error, como vos decís, es que me demostréis por medio de la Palabra de Dios que estoy equivocada.

El inquisidor mayor pareció enfurecerse, pero al final prefirió mantener la calma. El alma de aquella mujer estaba en juego.

—Ese es vuestro primer error, María. Dios creó a la mujer para que estuviera sometida al hombre, que es su cabeza.

—Cuando el apóstol Pablo habla de eso en la epístola a los Efesios se refiere a la familia. También usa este argumento en la primera epístola a los Corintios.

—Erráis, pobre mujer, el apóstol Pablo prohibió a la mujer enseñar y hablar en la congregación. No podéis pretender saber de teología.

—Me temo que sé más teología que muchos borricos que se licencian en Alcalá de Henares y Salamanca. Las doctrinas de vuestra falsa iglesia enseñan cosas erróneas y, en otros casos, simples mentiras. Obligan a los hombres a comprar indulgencias, hacer ayunos y sacrificios, impartís los sacramentos como si en vuestra mano estuviera la salvación y condena de los hombres. Pablo dice claramente que el justo vivirá por la fe.

—Esas ideas luteranas os llevarán a la hoguera.

—¿Pablo era luterano, excelencia?

Valdés se puso en pie, notaba el corazón acelerado. «¿Qué se creerá esta villana?», se dijo mientras comenzaba a señalarla con el dedo.

—Fuera de la Iglesia católica no hay salvación, nuestro Señor entregó las llaves del cielo a san Pedro, el primer papa, y son los concilios y los papas los que dictan la doctrina, no una ramera.

—La única ramera aquí es la Iglesia de Roma, que se ha vendido a los reyes de este mundo. Dios os condenará por vuestros pecados y por torcer su Palabra. Cuando todos puedan leer las Sagradas Escrituras, ya no podréis engañar a más almas inocentes.

El arzobispo se tapó los oídos y comenzó a alzar la voz:

—¡Vos y toda vuestra ralea terminaréis en la hoguera, os lo juro!

Después tocó la puerta para que le abriesen. La mujer se puso en pie y se acercó hasta él.

—Yo tal vez arda en la hoguera, pero vos arderéis en el infierno, excelencia.

El inquisidor general salió de la celda con el pulso acelerado. Pensó que, sin duda, aquella mujer debía de estar poseída por algún espíritu inmundo, pues hasta el mismo diablo usa las Escrituras para tentar a los hombres, como hizo con el mismo Cristo en el desierto.

No tenía fuerzas para ir al encuentro de Constantino Ponce de la Fuente, pero al día siguiente marcharía con sus inquisidores y soldados para encerrarlo en Triana. Los malos cristianos como él eran los que echaban a perder la viña de Dios, pero, mientras él gobernara la Inquisición, nada ni nadie iba a quedar impune ante la herejía. Tenía plenos poderes de parte del emperador y de su hija Juana, la regenta, pero sobre todo Dios mismo le había elegido para mantener pura y sin mancha la fe. España era tierra de santos, pero también de herejes, debido a la contaminación hebrea y morisca. La mayoría de esos malditos luteranos tenía sangre impura y él se encargaría de verter hasta la última gota para purificar Sevilla y todos los reinos de Su Majestad.

Capítulo 11

NÁPOLES

«Todas las guerras son santas, os desafío
a que encontréis un beligerante que no
crea tener al cielo de su parte».[13]

Nápoles, noviembre de 1557

La travesía en el mar no había sido fácil. A puertas del invierno, el Mediterráneo comenzaba a envalentonarse y se creía la mar océana. Ningunos de los exmonjes de San Isidoro eran lobos de mar y pasaron los primeros días vomitando o intentando dormir en su infecto camarote. Poco antes de llegar a Sicilia, Casiodoro comenzó a sentirse mejor y salió a la cubierta. El día era calmado y soleado; el mar estaba tan manso que resplandecía como un espejo. Estaba mirando al infinito cuando se acercó uno de los pasajeros. Apenas lo conocía, pues los seis hermanos habían cenado en su camarote para no levantar sospechas. La anciana señora, llamada Filomena, se acercó hasta donde estaba y comenzó a charlar.

—Espero que se encuentren mejor vuestros amigos. Los que no están acostumbrados a la mar lo pasan mal en sus primeros viajes.

Casiodoro dudó si limitarse a saludar y retirarse o darle conversación a la dama.

—Bueno, somos hombres de tierra firme, pero a veces hay que echarse a la mar para descubrir nuevos mundos.

—Como el ilustre almirante Colón, pero vuestros amigos y vos no tenéis aspecto de ser conquistadores. Las manos finas, la piel pálida, sabéis comportaros correctamente, pero no sois caballeros. Además, mirad vuestros dedos.

El hombre se miró las manos.

—Manchas de tinta, sin duda sois escribanos o...

—No somos escribanos, somos comerciantes —dijo, incómodo, Casiodoro.

—O monjes, pero me inclino por lo segundo. Por el acento, sois sevillanos. Seis monjes sevillanos que se dirigen a Nápoles y quieren hacerse pasar por comerciantes.

Casiodoro comenzó a preocuparse. Si era algo tan evidente para una anciana, sin duda lo sería para toda la tripulación.

—No os preocupéis, sé que escapáis de España. Lo cierto es que el ambiente en nuestra amada patria está enrarecido. La Inquisición cada vez tiene más poder y está prohibiendo decenas de títulos. Una vez más, en España, el saber leer y el desear hacerlo se ve casi como un acto de rebeldía.

El monje se quedó atónito ante las palabras de la mujer.

—Mi marido era un funcionario al servicio de don Pedro de Toledo. En Italia he pasado los mejores años de mi vida, pero sobre todo en Nápoles es donde aprendí la verdadera fe. Por eso os entiendo.

Casiodoro la miró con desconfianza. Los delatores de la Inquisición se encontraban por todas partes.

—¿Habéis escuchado hablar de Juan de Valdés, hermano de Alfonso de Valdés, que fue secretario del emperador Carlos?

El hombre ni afirmó ni negó.

—Era un escritor conquense que escapó de Salamanca tras publicar su *Diálogo de doctrina cristiana*. Al parecer, se carteaba con Erasmo de Rotterdam y le interesaban los aires de Reforma que venían desde el norte de Europa. Su hermano le ayudó a establecerse en Roma, pero tras la muerte del papa Clemente VII se estableció en Nápoles. Allí es donde le conocí. Fue en el palacio de Giulia Gonzaga, mujer del duque Vespasiano Colonna.

—¿Conocisteis a Juan de Valdés? —preguntó al fin Casiodoro—. Es un escritor de una profundidad increíble, un verdadero sabio de nuestro tiempo.

—Con su predicación conquistó a la mayoría de la nobleza española e italiana de Nápoles. Trató con Garcilaso de la Vega, otro gran escritor. A arzobispos como el de Otranto, Pietro Antonio de Capua, le encantaban sus predicaciones, y el general de los capuchinos, Bernardino Ochino, lo dejó todo por seguir el evangelio que predicaba Juan de Valdés. La lista es interminable, todos los personajes importantes del reino pasaron por su casa o se unieron a las veladas que organizaban los miembros del grupo. En 1542 se descubrió que la Inquisición estaba investigando al grupo, pero Valdés murió antes. Tras su fallecimiento, el grupo se dispersó.

—Lo lamento.

—Bueno, la persecución a todos los que no aceptan los dogmas de la Iglesia es ahora más común. Algo queda del legado de Juan de Valdés, pero la mayor parte se ha perdido —dijo la señora.

—Aún nos quedan sus libros. Yo he leído alguno, como su *Diálogo de la lengua*, *Los trataditos* o el magistral *Comentario breve sobre la Epístola de los Romanos*.

Mientras los dos estaban enfrascados en la conversación, se aproximó por detrás Antonio del Corro, extrañado de que su amigo estuviera hablando con aquella desconocida.

—Dejad que os presente a mi amigo Antonio del Corro.

El monje le miró sorprendido, le estaba dando su verdadero nombre.

—No temáis, es una de los nuestros.

Pasaron varias horas hablando sobre los escritos de Valdés, los libros de Ochino y las doctrinas de Lutero y Calvino.

—Veo a Juan Calvino demasiado radical. Lo que más me gustaba de Juan de Valdés es que no perdía el tiempo acusando a la Iglesia de Roma, su mensaje era el puro evangelio de Cristo.

—Eso mismo le he dicho muchas veces a Casiodoro, pero él es de los que piensa que hay que condenar al papa y la curia de Roma.

—He tenido maestros moderados como el doctor Egidio y Constantino Ponce de la Fuente, pero creo que, llegados a este punto, cuando la Iglesia de Roma manda a sus perros para devorarnos, ya sea con la persuasión jesuítica o con la violencia inquisitorial, tenemos el derecho a defendernos.

Antonio movió la cabeza desaprobando a su amigo.

—Cuando decís qué es ortodoxo y qué no lo es, os convertís en un intolerante y un inquisidor.

—Pero, Antonio, el apóstol Pablo reprendió a los judaizantes y a los gnósticos que intentaron contaminar la pureza del evangelio —argumentó Casiodoro.

—Con la Palabra de Dios se puede corregir, pero no condenar. No somos jueces los unos de los otros; la libre interpretación es básica, de otra forma, construiremos una nueva Roma.

—No alcéis la voz. Aquí hay demasiados ojos y oídos escuchando —les advirtió la mujer.

Los dos hombres miraron por la cubierta. El resto de los pasajeros había salido a tomar el aire.

—¿Dónde os hospedaréis en Nápoles?

—Nos iremos de inmediato —contestó Casiodoro.

—Es mejor que esperéis al barco que parte para Génova los lunes, de allí podéis entrar a Francia, es muy peligroso que atraveséis Italia en estos momentos.

Aceptaron el consejo de la mujer y se alojaron en su casa, una hermosa mansión cercana al puerto. Procuraron no salir de los jardines de la casa, para no arriesgarse a ser vistos por los espías del emperador. Lo que no sabían es que, dos días después de su llegada a Nápoles, los dos frailes enviados por el inquisidor ya estaban en la ciudad.

Capítulo 12

ENVIDIA

«El tema de la envidia es muy español.
Los españoles siempre están pensando
en la envidia. Para decir que algo es
bueno dicen: "Es envidiable"».[14]

Casa de Constantino Ponce de la Fuente, Sevilla, 1557

El viejo profesor estaba inquieto, sentía palpitaciones y apenas podía dormir. No comía y se pasaba el día orando, rogando por todos sus hermanos presos por la Inquisición. Había vivido en la lejanía el proceso contra Egidio. Ahora que lo sufría en sus propias carnes, se daba cuenta de la angustia que debió de haber sufrido su amigo. A pesar de todo, era afortunado por encontrarse encerrado en su casa y no en las celdas del castillo de Triana. Al parecer, el propio emperador había intervenido para que no fuera tratado con dureza.

Unos días antes se había enterado de que el doctor Cazalla había sido detenido y la iglesia en Valladolid también había sido desbaratada. Decenas de hermanos intentaban escapar o se encontraban encerrados a la espera de juicio, aunque dudaba que se pudiera llamar juicio a un proceso en el que se te encerraba en una celda sin decirte de qué se te acusaba, te obligaban a confesar con torturas, para después enjuiciarte sin las mínimas garantías de un abogado, la posibilidad de defensa o el aporte de pruebas. De hecho, ni tu acusador tenía que dar la cara; la mayoría de los delatores eran anónimos.

El viejo Constantino ya no tenía sus libros. Era lo primero que le habían quitado los soldados al llegar a su casa, únicamente le habían permitido un misal en latín, del que al menos podía leer partes de las Sagradas Escrituras.

Escuchó un carruaje que se paraba frente a su casa y se temió lo peor. Aguantó la respiración cuando escuchó los golpes en la puerta y se puso en pie cuando los soldados y el inquisidor general entraron en su recámara.

—El doctor Constantino, adalid de la fe, predicador del emperador, mentor del joven príncipe, ahora Su Majestad Felipe II, canónigo de la catedral de Sevilla y orador famoso. ¿Me dejo algo?

—Siervo de Dios y esclavo de Cristo.

—No blasfeméis, hereje.

—¿Me llamáis hereje por nombrar a Dios Padre y a su único Hijo Jesucristo?

—Las palabras piadosas en busca de un blasfemo son blasfemia.

—Os reto a un debate sobre la verdadera fe. Seguro que podéis enseñarme mucho, excelentísimo padre y arzobispo de Sevilla.

El inquisidor general sabía que no tenía nada que hacer si se enfrentaba a Constantino.

—No discuto con herejes, ya cayó la Iglesia en esa trampa con Lutero, vuestro maestro, y sabemos cuál ha sido el resultado.

—La fe no se puede callar con la fuerza de la espada.

—Ya veremos. Para empezar, dejaréis esta morada agradable y cálida, para visitar las mazmorras de la Inquisición. Tal vez eso os haga más humilde. Os creéis superior por haber recorrido Europa y haber sido el consejero del rey Felipe, pero solo sois un pobre viejo y desgraciado.

Los soldados tomaron a Constantino por ambos brazos y lo sacaron a la calle. En cuanto atravesaron la puerta, vieron cómo la multitud se agolpaba alrededor. Al principio, el inquisidor general se asustó, creía que la turba se abalanzaría sobre ellos, pero en cambio comenzaron a insultar y escupir al desgraciado anciano.

Aquellos mismos que habían elogiado sus predicaciones y alabado su oratoria gritaban a los inquisidores que lo quemaran.

Fernando de Valdés parecía regocijarse con todo aquel desprecio. Era consciente de que jamás alcanzaría la fama y la sabiduría de Constantino, pero verle retorcerse por el lodo era una delicia. En ese momento, una piedra alcanzó al anciano en la frente y comenzó a sangrar.

—¡Rápido, al carruaje! —gritó el inquisidor general.

Los soldados le subieron a toda prisa. Justo en ese momento, Constantino escuchó una voz que decía:

—Buen siervo y fiel, ve al descanso de tu Señor.

Aquello le alentó, levantó la cabeza ensangrentada y miró al cielo azul antes de que cerraran la puerta. El inquisidor vio la paz en el rostro de su enemigo y se enfureció, le recordó al pasaje de la Escritura en el que Esteban es apedreado por la multitud y tiene una visión celestial. Por un segundo, se cuestionó si se había equivocado de bando y se había situado en el del diablo, pero enseguida su mente se centró en la importante misión que tenía por delante: limpiar España de todos aquellos herejes.

Constantino comenzó a orar en su interior. Lo hizo por todos los que iban a morir, para que no flaqueasen en su fe, también por los que, por ser más débiles o por temor a que sus familias sufrieran la misma suerte, apostatarían al ser torturados. Después rogó brevemente por los monjes de San Isidoro del Campo huidos, para que Dios los usara algún día y regresaran con las Sagradas Escrituras bajo el brazo. Por último, miró a la multitud que le gritaba y escupía. Sintió compasión por ellos, eran como ovejas sin pastor. Entre dientes, masculló una oración por todos ellos: «Padre perdónalos porque no saben lo que hacen».

Capítulo 13

CAMINO DE GÉNOVA

«Uno a uno, todos somos mortales.
Juntos, somos eternos».[15]

Casa de doña Filomena, Nápoles, 1557

Dos días en la casa de su protectora no habían logrado que se les apaciguara el alma. No conocían la suerte de sus amigos y hermanos, todo lo que habían construido con tanto esfuerzo sería arrasado en poco tiempo. Su sueño de ver a España rendida al mismo Dios que ellos adoraban, libre de supersticiones, odios, prohibiciones y desprecios poco a poco se convertía en una quimera lejana e infantil.

Casiodoro, Cipriano y Antonio se pasaban el día discutiendo de teología y filosofía con la dueña de la casa. La mujer les prestó varios libros y les agasajó con ricos manjares, pero el resto quería partir cuanto antes. Allí no se encontraban a salvo.

Uno de los días que paseaban por los jardines, Francisco de Farias y Peregrino de Paz llamaron aparte a Casiodoro para hablar con él.

—Hermano, ¿no veis el peligro que corremos al permanecer aquí? Sé que es más fácil quedarse aquí que salir a los caminos llenos de espías de la Inquisición, pero, si han enviado a alguien en nuestra busca, no tardarán en encontrarnos. Verán con qué otros pasajeros viajamos y los interrogarán a todos hasta que den con nosotros.

—Nos iremos muy pronto, Francisco.

—Deberíamos partir en el próximo barco a Génova —añadió Peregrino.

—Parte uno en una semana, iremos en ese —dijo Casiodoro.

Al ver que discutían, se acercó el resto del grupo y comenzó un acalorado debate. Cuando se aproximó la dueña de la casa, todos se quedaron en silencio.

—¿Qué sucede, hay algún problema?

—No, señora, estamos muy agradecidos por vuestra hospitalidad —comentó Casiodoro.

—Tenemos que marcharnos cuanto antes —dijo Francisco de Farias.

—Sale un barco en una semana...

—¿No hay otro antes? —preguntó Peregrino.

—Al mediodía hay un velero que se dirige a Ostia y después a Génova, pero pensé que preferíais ir directos a Génova. Es peligroso hacer escala cerca de Roma.

—Más peligroso es permanecer aquí —contestó Francisco.

—Perdonad sus modales —dijo, molesto, Casiodoro.

La mujer pareció entristecerse de repente, después miró a sus invitados con cierta compasión.

—Tiene razón vuestro amigo, es peligroso quedarse en Nápoles. Partiréis mañana para Génova. En la ciudad tengo un amigo, un comerciante que se llama Giacomo Gianniotti. Él os llevará hasta Turín y después a la frontera con Suiza. Debéis llegar antes de que la nieve os cierre el paso. Me he comportado como una egoísta y os pido perdón, me encontraba tan emocionada al poder compartir con unos hermanos en la fe... Llevo mucho tiempo sintiéndome sola.

—Lo lamentamos —dijo Cipriano.

—Os despediré con una apetitosa comida. Tendréis que partir a primera hora de la mañana.

La velada de aquella noche fue inolvidable para todos ellos. A pesar de que se sentían tristes por haber dejado su tierra y a la iglesia de Sevilla, también habían experimentado una sensación de libertad, sin temor a ser descubiertos a cada momento y vistiendo unos hábitos en los que ya no creían.

—Quiero que brindemos por vuestro viaje. Dicen que la vida es como emprender un camino que termina en la muerte, aunque nosotros creemos que ese no es el final, sino el principio. Creo que Ginebra no será el final de su viaje, sino el principio. Salud —dijo la dueña de la casa, levantando su copa.

Casiodoro miró la mesa vestida con manteles de hilo de seda, los cubiertos de plata y las finas copas de cristal. Le incomodaba aquel lujo, pero pensó en la promesa de Dios de que él llevaría a sus hijos a palacios y a los lugares más humildes para que predicasen su palabra.

—No sé lo que nos depara el futuro, no me gusta pensar en mañana, que cada día traiga su propio afán, como dijo Jesús, pero doy gracias a Dios por haberos conocido. Estos días nos han reconfortado el alma y el cuerpo —dijo, tocándose la barriga—. Salud.

Se acostaron temprano, aunque la mayoría no pudo conciliar el sueño. Emprender un nuevo viaje era arriesgar de nuevo la vida. Felipe II era dueño de media Italia, como antes lo había sido su padre, y tendrían que atravesar los Estados Papales.

Una criada los llamó temprano, salieron por una de las puertas traseras de la casa. No se veía mucha gente por las calles y una oportuna niebla los protegía.

—¿Podremos viajar con esta niebla? —preguntó Antonio a la muchacha, practicando su italiano.

—Se disipará muy pronto —le contestó.

Llegaron al puerto. Tampoco se veía demasiado movimiento. Llegaron hasta un barco relativamente pequeño y la muchacha le dijo algo al grumete que estaba limpiando la cubierta.

—Subid, ya está todo preparado. Que tengáis un buen viaje.

Unos segundos más tarde, la criada había desaparecido entre la niebla. Ascendieron por la pasarela y el grumete que limpiaba les indicó una puerta. La abrieron y entraron. Un hombre pequeño, enjuto y de pelo blanco les sonrió y les habló en un correcto castellano.

—Bienvenidos al San Urbino, es un barco modesto, pero os llevará a vuestro destino. Pararemos en Ostia unas horas.

—Habláis muy bien nuestro idioma —dijo Cipriano.

—En Nápoles mucha gente habla castellano, es el idioma de nuestros invasores.

—¿Cuánto tardaremos en llegar a Génova? —preguntó Antonio.

—Si el viento es constante y favorable, mañana estaremos en Ostia y en tres días en Génova.

Ninguno quería repetir la desagradable experiencia del viaje hasta Nápoles, pero era la ruta más segura. Un marinero los acompañó hasta un camarote pequeño, aunque limpio y con tres jergones que debían compartir. Comparado con el galeón que los había llevado hasta allí, les pareció la cámara de un palacio.

Se hicieron a la mar una hora más tarde. Fueron navegando cerca de la costa. El agua se veía de color turquesa en algunas zonas y el viento era moderado. Por la noche cenaron algo frugal y se acostaron pronto. Al despertar, se encontraban en Ostia. El velero había atracado en el puerto, pero ellos procuraron no salir a cubierta. Escucharon voces de unos soldados que preguntaban por la mercancía, pero, como el capitán había prometido, partieron poco después.

Dos días más tarde, llegaron a la populosa ciudad de Génova, uno de los centros financieros del mundo, protectorado del Imperio español, que los había defendido de los franceses. El velero entró en el inmenso puerto y atracó en una de las dársenas. En cuanto pusieron un pie en tierra, un criado de Giacomo Gianniotti les dio la bienvenida. Se sorprendieron de que ya supiera de su llegada. El criado, llamado Marco, señaló al cielo y dijo:

—*I piccioni volano più velocemente delle barche.*

Al ver que no le comprendían, repitió en castellano:

—Las palomas vuelan más rápido que los barcos.

Capítulo 14

PELIGRO

*«Qué cosa más grande que tener a alguien con
quien te atrevas a hablar como contigo mismo?».*[16]

Génova, finales de noviembre de 1557

El criado los llevó por la ciudad mientras ellos no dejaban de mirarlo todo, fascinados. Los ropajes eran de finas telas y colores brillantes, con una elegancia que no habían observado en Nápoles, donde se vestía más a la forma española, casi todo el mundo con colores oscuros. No se veían apenas mendigos y las calles de la ciudad eran limpias, espaciosas, salpicadas de palacios renacentistas, hermosas plazas y tiendas elegantes.

—La ciudad de los banqueros —dijo el criado, como si les estuviera leyendo el pensamiento.

—¿Banqueros? —preguntó Casiodoro, algo extrañado.

—Sí, los genoveses siempre han sido los banqueros del reino de Francia y del reino de Aragón. Unas pocas familias dominan la ciudad, aunque allí vive el que los gobierna a todos —dijo, señalando un hermoso palacio.

—¿De quién es? —preguntó Antonio.

—Es la residencia de Andrea Doria, uno de los hombres más viejos de Italia. Tiene más de noventa años, pero sigue dominando la ciudad.

Llegaron a una pequeña plaza y se pararon ante un edificio forrado de piedra blanca, el criado señaló hacia arriba y dijo:

—La casa de mi amo es más modesta, pero Giacomo Gianniotti es un hombre honrado, que ya es mucho al tratarse de un comerciante. Imagino que doña Filomena os aprecia mucho, ya que mi señor está ansioso por veros.

Entraron por un pasillo que los llevó hasta un gran patio cuadrado. Las tres plantas podían distinguirse en los corredores de altas columnas. En el centro, una fuente parecía amortiguar el trasiego de las pobladas calles de la ciudad. Se dirigieron por un lateral hasta lo que parecía un inmenso salón y desde allí entraron en una biblioteca. Los seis españoles se quedaron fascinados al ver tantos libros. En la biblioteca de su convento no había ni una décima parte de los que se encontraban en la casa del comerciante italiano. Un hombre rubio, de pelo muy corto, leía en un escritorio, levantó la cabeza y vieron sus ojos verdes, pequeños, ribeteados por finas arrugas. Una pequeña perilla ennoblecía su cara infantil.

—Los amigos de Filomena, una de las mujeres más cultas de Nápoles. ¡Bienvenidos a mi humilde morada! —exclamó levantando los brazos, de esa forma tan teatral que únicamente los italianos saben hacer.

El grupo de monjes no supo cómo reaccionar, estaban sobrecogidos al ver tantos libros.

—¡Oh, los libros! ¿Verdad? Hay más de dos mil volúmenes. Llevamos dos generaciones coleccionando manuscritos, incunables y libros. Este es mi mayor tesoro, aunque siempre me pregunto qué sucederá cuando muera. Soy el último de mi casa, mi mujer murió sin dejarme descendencia y no he tenido ni deseos ni tiempo de volverme a casar. Mis negocios y mis libros ocupan todo mi tiempo. Entonces, ¿ustedes son los luteranos?

—No somos luteranos, aunque en nuestro país llaman así a los verdaderos cristianos. Somos imitadores de Cristo.

El hombre les ofreció que se sentasen en una larga mesa que había a un lado de la biblioteca.

—Yo no soy luterano, protestante, hugonote o como quiera que los llamen ahora. Aunque comparto el hambre de libertad y una gran pasión por las Sagradas Escrituras, si me tuviera que definir diría que admiro a Erasmo y su mesura.

Al ver que Antonio no dejaba de mirar los libros, le comentó.

—Esa pared se encuentra dedicada a libros traídos desde España. La Biblia visigoda mozárabe, aunque también tengo obras como el *Amadís de Gaula*, el *Rogel de Grecia*, la *Arcadia*... En el otro lado, los códices atlánticos, otros sobre el vuelo de los pájaros, los del arte de la guerra están bajo llave, y allí los griegos y romanos. Sobre todo, los discursos de Tito Livio, los de César. Bueno, ya conocéis a los clásicos. Aquí, Maquiavelo con su *Príncipe* y *La mandrágora*.

—Es una biblioteca fantástica, pero no podré llevármela al otro mundo, ¿verdad?

—Nada hemos traído a este y nada podremos llevarnos —contestó Cipriano.

—Gran verdad. Como dicen los epicúreos, la muerte es una quimera porque, mientras yo existo, no existe la muerte; y, cuando existe la muerte, ya no existo yo.

—En el capítulo segundo de la carta a los Hebreos dice: «*Quia ergo pueri communicaverunt sanguini et carni*... Puesto que los niños participaron de la carne y de la sangre, también él participó, para que por medio de la muerte destruyese a aquel que tenía el imperio de la muerte, que es el diablo, y librase a todos los que por el temor de la muerte toda su vida habían estado sujetos a servidumbre». La muerte es únicamente un trago amargo, pero que nos lleva ante el mismo Dios —le dijo Cipriano.

El comerciante se puso en pie y comenzó a pasear alrededor de la mesa.

—Admiro a los que tienen fe, no me malinterpretéis. No soy una persona que niegue a Dios, pero ¿cómo podemos distinguir la verdad? Tengo amigos judíos, alguno musulmán, cristianos de varios credos y he llegado a entablar relación con los que siguen a Confucio o a Buda. Todos ellos afirman tener la verdad. ¿Existe la verdad? No lo sé.

—Erasmo, al que tanto admiráis, dijo una vez: «No obstante, cuanto más necia es una persona, más feliz es, según juicio de la Necedad, siempre que no se salga de aquel género de locura que a mí me es peculiar y que se halla tan extendido que yo no sé si entre todos los mortales podría encontrarse alguno que constantemente sea sensato y no esté poseído de cierta especie de locura».[3] La vida es un teatro, nosotros representamos un papel, Dios es el Creador y él nos conoce mejor que nosotros mismos. El único que predicó la religión del amor fue su Hijo. Amar al prójimo como a uno mismo es una locura, poner la otra mejilla al enemigo no es un acto humano, únicamente puede venir de Dios.

—Casi me persuadís, Casiodoro. Ya seguiremos esta charla más tarde. Mañana mismo partiremos para Turín. El camino es bueno y espero que no encontremos informadores del emperador. La parte más dificultosa se encuentra a partir de San Gioro, allí unos guías suizos os llevarán hasta Ginebra. Me temo que a estas alturas del año puede que ya haya nieve. Si el paso no está cerrado, podréis llegar a la ciudad en cinco o seis días, dependiendo de si hacéis todo el viaje a pie.

—¿Cuánto tardaremos en llegar a Turín?

—Iremos en una de mis carrozas, por lo que imagino que tardaremos dos o tres días. Si todo va bien, llegaréis a Ginebra antes de que termine el mes de noviembre.

—¿Habéis estado alguna vez allí? —preguntó Francisco, que era uno de los que más anhelaba llegar a la Roma de la Reforma.

—En dos ocasiones. Los comerciantes tenemos que ir a todas partes. Me parece una ciudad lúgubre, triste y austera. Juan Calvino ha prohibido la bebida, los espectáculos, cualquier tipo de fiesta. No creo que Dios esté en contra de la alegría humana. ¿No os parece?

—De la alegría no, pero del libertinaje sí lo está —dijo Cipriano.

—Esta noche seguiremos charlando, tengo mucho trabajo. Mi criado os enseñará vuestros aposentos. De nuevo, bienvenidos a Génova.

El mismo joven que los había llevado hasta allí los condujo a la segunda planta, los alojó en tres habitaciones espaciosas, bien amuebladas y aún más lujosas que las del palacio de doña Filomena. Agradecieron tener los pies en la tierra. Se encontraban cerca de su objetivo, aunque aún les acechaban muchos peligros.

---

3. De *Elogio de la locura*.

Capítulo 15

CAZA

«—¿Es usted un demonio?
—Soy un hombre [...]. Y, por tanto, tengo
dentro de mí todos los demonios».[17]

Génova, noviembre de 1557

Los frailes llegaron a Génova unos días antes que los seis monjes de San Isidoro. Habían desembarcado en Nápoles más tarde que ellos, pero, imaginando que partirían de inmediato para el norte, salieron al día siguiente. Buscaron por toda la ciudad, preguntaron en el puerto, pero nadie había visto a seis españoles viajando solos. Habían mandado cartas al inquisidor general y esperaban órdenes. Si los herejes llegaban a Suiza, ya no lograrían detenerlos a tiempo.

Con la carta de su superior, se presentaron ante Andrea Doria. Sabían que era un *condottiero*, lo que en España se consideraba un vil mercenario, pero que había logrado ser respetado por franceses y españoles. Había salvado en diferentes ocasiones a Nápoles y otros reinos de la ocupación turca y de los piratas berberiscos, aunque en aquel momento era un anciano. Ya no ejercía la guerra, había dejado su armada a su sobrino nieto Giovanni Andrea Doria, pero aún dominaba la ciudad.

Tardaron más de dos horas en ser recibidos por el almirante y mercenario genovés. Entraron en su lujoso palacio, fruto de mil rapiñas. Les sorprendió verlo sentado en un trono como un rey, pero más aún su vitalidad. Tenía la nariz alargada, la barbilla prominente con una barba canosa, los ojos vivos y oscuros, como los de un diablo, vestía todo de negro y parecía más un cardenal que un guerrero.

—¿A qué se debe la visita de los cuervos del emperador Carlos? Espero que se encuentre bien, me han informado que se ha retirado a Yuste por sus enfermedades. La única enfermedad de ese truhan han sido la bebida, la comida y las mujeres. Cuando estuvo aquí, vi cómo comía y bebía cerveza, lo raro es que aún se encuentre con vida.

Los dos frailes fruncieron el ceño, no entendían cómo se atrevía a hablar así de su señor natural.

—El inquisidor general y arzobispo de Sevilla, don Fernando de Valdés, os pide que nos proporcionéis hombres para capturar a unos herejes que se dirigen a Ginebra.

Andrea frunció el ceño y se inclinó hacia delante.

—Aquí no tiene jurisdicción la Inquisición, yo protejo a la iglesia de los herejes.

—Pero, excelentísimo...

—Yo soy aquí la máxima autoridad. Os prestaré una patrulla, no es mucho, pero tengo a todos los soldados controlando a los sarracenos, nunca se sabe cuándo van a atacar de nuevo.

—No es suficiente para cubrir todos los caminos a Ginebra —contestó uno de los frailes.

—¡Malditos cuervos! Yo diré qué es suficiente. El único camino seguro es a través de Turín, pero, si no los atrapáis antes de llegar a esa ciudad, mis hombres regresarán. La ciudad está ocupada por los franceses. He pensado en varias ocasiones recuperarla, pero los sarracenos me han tenido muy entretenido en el sur.

—Muchas gracias, excelencia.

—Id en paz, cuervos. Ya conocí suficientes en Roma, cuando era joven.

Los dos frailes salieron furiosos del salón. Aquel salvaje los había tratado como escoria, aunque lo importante era ponerse en marcha, cubrir el camino hacia Turín y esperar que llegasen sus presas.

Capítulo 16

TURÍN

«Si no quieres que el mal exista, no obres mal».[18]

Camino a Turín, Italia, noviembre de 1557

La conversación con Giacomo Gianniotti había sido muy interesante, jamás ninguno de ellos había escuchado sus argumentos y puntos de vista. Casiodoro lo consideraba demasiado cínico, con cierto aire de superioridad intelectual, pero coherente, mientras que Antonio creía que era realista, pero algo prepotente. Por su lado, a Cipriano los comentarios del comerciante le parecían inapropiados, incluso blasfemos.

—Ya conocéis las cinco vías de Santo Tomás de Aquino para argumentar la existencia de Dios de una forma racional. La primera dice que alguien originó el movimiento del Universo y por tanto Dios es su causa primigenia. La segunda es que todo efecto está provocado por una causa. El tercer argumento consiste en la explicación de que si las cosas existen es porque algo las hizo existir al principio, no provienen de la nada. La cuarta razón es los diferentes grados de perfección y bondad de las cosas, que únicamente pueden provenir de un ser perfecto y bondadoso; y por último, que el comportamiento de las cosas y animales sin conciencia son gobernados por Dios —resumió Cipriano.

—Todos ellos argumentos interesantes, de los que no dudo, pero la cuestión es qué Dios.

—Como explicó san Anselmo, si Dios es concebido como un ser supremo y es posible que las cosas que existen en la mente también existan en la realidad, podemos inferir que, al no haber nada mayor que Dios, no puede existir solo en la mente del hombre, sino que deber ser un ente real —comentó Casiodoro, mientras el comerciante parecía disfrutar con la amena charla.

—Entonces, si Dios existe, ¿por qué también existe el mal? —preguntó Giacomo Gianniotti.

Antonio sonrió al escuchar la pregunta, era un argumento clásico para dudar de Dios, al menos de uno que fuera en esencia bueno. Si Dios existe pero también existe el mal, únicamente hay dos opciones: o Dios no puede combatir el mal y, por tanto, no es omnipotente, o bien Dios permite el mal y es, por consiguiente, malvado.

—Querido Giacomo. El acertijo de Epicuro pone a Dios en un plano humano. Lo juzga a través de nuestra conciencia y moral limitadas. Por decirlo de alguna manera, juzga a un Dios omnisciente desde la mente limitada humana, y al Todopoderoso, desde la debilidad.

—Concedamos que Dios existe y es bondadoso. ¿Cuál es el verdadero? Hay tantas ideas sobre él...

—Es cierto, Giacomo —continuó Antonio—, todas las religiones pretenden conocerlo. Las más antiguas eran animistas, buscaban dar entidad a los fenómenos naturales, como la lluvia, el fuego, la luna o el invierno. Después se desarrollaron sociedades politeístas, que dieron cualidades y forma humana a las animistas, desde Afrodita, diosa de la fertilidad, a Helios como dios del sol, aunque algunas incluían al padre de los dioses, como era el caso de Zeus. Todas ellas son intentos del hombre de buscar a Dios, pero cuando Dios se manifestó al hombre se definió como «Soy el que soy», no tengo nombre, cuerpo, principio o fin. Es el Dios revelado a Abraham que prometió un día enviar a un Salvador para redimir a la humanidad.

—Entiendo lo que decís, Antonio, pero ¿por qué no terminar simplemente con el mal?

—Dios nos hizo a su imagen y semejanza, libres y con la capacidad de elegir. El obligarnos a aceptarlo nos convertiría en autómatas, en simples marionetas en sus manos.

El comerciante apoyó su mano en el mentón y se acarició la barba.

—¿Por qué la muerte de Cristo en la cruz?

—La encarnación de Cristo vino a cumplir el sacrificio necesario, los culpables no podían quedar sin castigo. ¿Preferiríais un mundo de impunidad? Todos sabemos lo injusta y vaga que es la justicia humana, muchos asesinos y criminales quedarían impunes, además de la propia injusticia de la vida. Y están aquellos que han nacido en la pobreza, enfermos sin oportunidad de tener una vida medianamente digna. Cristo vino a solucionar eso.

—Yo siempre he visto en Cristo a un ser temible y castigador.

—No, lo que hizo fue dignificar al hombre. Dios se hizo hombre para mostrar su amor incondicional —añadió Cipriano.

—Espero que podamos seguir ahondando en esto, pero nos quedan muy pocas horas para dormir. Partiremos al alba.

El grupo se dirigió a sus cámaras e intentó descansar el resto de la noche. A primera hora, el criado los despertó. Les habían preparado ropajes más adecuados ante el frío, y el comerciante les había dado algunas monedas para que continuaran el viaje.

El carruaje los esperaba en la entrada del palacete. El comerciante había conseguido unos salvoconductos que les permitieran moverse en territorio italiano, aunque en la parte conquistada por los franceses tenían que confiar en la voluntad divina.

Salieron de Génova cuando la ciudad comenzaba a despertarse y tomaron el camino de Turín, menos transitado y cuidado que el de Milán. El famoso Camino Español usado por los Tercios para llevar tropas a Flandes era mucho más peligroso. El ducado de Milán era otro de los aliados de la corona de España, aunque moverse por territorio francés también tenía sus peligros. Los franceses podían capturarlos como espías, debido a la eterna enemistad entre los reinos de Francia y España.

Viajaron hasta Alessandria sin ningún incidente y se alojaron en una de las postas de camino a Asti. No era un lugar muy cómodo, pero pudieron cenar un asado de cerdo y recuperar fuerzas.

Salieron temprano, querían hacer noche en Chieri, que ya era territorio francés, para llegar antes del mediodía de la jornada siguiente a Turín. El camino parecía seguro, pero el tiempo fue empeorando, las lluvias se sucedían sin parar y el camino comenzaba a enlodarse. Si seguía así, no podrían continuar con el carruaje.

Al final tuvieron que detenerse justo antes de llegar al territorio dominado por los franceses, en una posada llamada Drago Rosso. Los seis españoles, con el comerciante y sus criados, corrieron adentro del edificio. Ya eran las siete de la tarde y por el aguacero parecía noche cerrada. El posadero les dio las habitaciones que tenía libres, una para los españoles y la otra para los genoveses. Quedaron en verse en una hora para la cena.

Bajaron ya secos hasta el salón, pidieron algunas viandas y tomaron algo de vino. Media hora más tarde, todos parecían más relajados y optimistas.

—Si está lloviendo aquí, significa que está comenzando a nevar en las montañas. Espero que mañana lleguemos sin inconvenientes a Turín —comentó Giacomo Gianniotti.

—Os agradecemos mucho lo que estáis haciendo por nosotros —le respondió Casiodoro.

—Me gustaría poder hacer mucho más.

En una mesa cercana, dos frailes tomaban una frugal cena; no dejaban de observarlos. Antonio se percató de los dos extraños y le dijo a Casiodoro que los mirase con discreción.

—Parecen espías del emperador, aquí todavía nos pueden detener —dijo Cipriano, que estaba escuchando a sus amigos.

Casiodoro se inclinó y habló al oído de Giacomo Gianniotti.

—Es preocupante, seguro que les escoltan soldados. ¿Os habrán reconocido?

—Hemos hablado en castellano, no creo que haya muchos españoles por aquí —le contestó Antonio.

—Le pediré al posadero seis caballos. Tendréis que iros en mitad de la noche y llegar a Turín cuanto antes.

Subieron a sus aposentos, preocupados, pues sabían que en cualquier momento los soldados y sus perseguidores podrían irrumpir en ellos y detenerlos. El posadero les había hablado de una puerta que llevaba por una escalera interior hasta las cuadras; si intentaban salir por el salón, los descubrirían.

A las tres de la madrugada, Giacomo Gianniotti llamó a la puerta, les indicó el camino y, en susurros, se despidió de ellos.

—Espero que Dios o la fortuna nos vuelvan a unir. No os salgáis del camino. En Turín, acudid a la casa de Carlo Vitale, es un comerciante que tiene su tienda en la *piazza* Castello.

Bajaron por las escaleras intentando evitar que sus perseguidores los descubrieran. Afuera seguía lloviendo y, aunque no eran jinetes experimentados, en cuanto el hijo del posadero abrió las puertas salieron al galope. Sus perseguidores debían de estar al acecho, porque un par de minutos más tarde seis soldados comenzaron a seguirles.

La noche era cerrada, fría y lluviosa, las gotas gélidas les golpeaban en el rostro, los caballos relinchaban por el esfuerzo exhalando pequeñas nubes de vapor, mientras los soldados se aproximaban cada vez más a ellos.

Casiodoro iba en cabeza, su padre le había enseñado a cabalgar de niño. El resto le seguía con esfuerzo. Tras tres horas de persecución, los caballos comenzaban a estar agotados. Los soldados se aproximaban y el sol comenzaba a salir lentamente. Estaban a punto de darles alcance, cuando divisaron a lo lejos Turín. De repente, sus perseguidores se detuvieron y dieron media vuelta, estaban fuera de su alcance. Habían logrado llegar a territorio francés, por ahora estaban a salvo.

Capítulo 17

NIEVE

«Mayor es el peligro donde mayor es el temor». [19]

Turín, finales de noviembre de 1557

Los caballos llegaron reventados a la ciudad, uno de ellos se desplomó tras atravesar la muralla. Los otros españoles bajaron de sus cabalgaduras y socorrieron al pobre Peregrino, que se había dado un buen golpe. Recorrieron las calles ante la mirada atenta de los habitantes, aquella no era una ciudad tan comercial como la de Génova. La ocupación francesa apenas se notaba, ya que la ciudad estaba gobernada por la casa de Saboya. Al estar tan cerca de la frontera entre Francia y el ducado de Milán, la forma de vestir era totalmente distinta y no era extraño escuchar a gente hablando francés.

El grupo se encontraba solo, tenía que buscar al hombre que les proporcionaría sus guías. Aún le quedaban varias jornadas a pie antes de encontrarse totalmente a salvo. Preguntaron a unos carpinteros que estaban arreglando una fachada por Carlo Vitale, el comerciante que les proporcionaría ayuda.

—Su casa se encuentra al final de la ciudad, en la salida hacia Ivrea, pero tened cuidado, no es un hombre de fiar.

—¿Por qué decís eso? —preguntó Antonio en su precario italiano.

—Se comenta que es un hugonote. Esa peste de herejes franceses también está llegando hasta aquí, la traen los invasores. Espero que algún día volvamos a manos italianas.

No dijeron nada y siguieron su camino, tuvieron que atravesar toda la ciudad antes de dar con la casa. Era mucho más modesta que la de su anterior protector, pero el negocio al que se dedicaba Carlo Vitale les gustó mucho más: era impresor.

Entraron en el local de la parte baja de la casa. Una hermosa chica rubia estaba limpiando los restos de papel, mientras varios hombres se dedicaban a encuadernar y coser los lomos de los libros. Los recién llegados miraron fascinados los libros en el lugar donde les daban vida antes de que alimentaran el espíritu de los hombres.

—¿Qué deseáis? —preguntó la joven.

Todos se quedaron fascinados ante su angelical belleza.

—Somos amigos de doña Filomena, nos envía...

—No os preocupéis, nos llegaron noticias de vuestros viajes hace unos días, mi padre ya lo tiene todo preparado. Perdonad, no me he presentado, soy Lucy.

Todos se quedaron fascinados, pero el que parecía más impactado por la joven era Antonio.

La chica se colocó un poco las trenzas rubias y se ruborizó ante las miradas del grupo.

—Muchas gracias —dijo Casiodoro, para romper aquel silencio incómodo.

—¿Desde hace cuánto tiempo tienen la imprenta? —preguntó Cipriano.

La chica sonrió y Antonio se sintió morir.

—Bueno, mi abuelo aprendió el oficio en Lyon, después nos trasladamos a Turín, donde mi padre abrió la imprenta. Publicamos libros en francés y en italiano. Al estar en el ducado de Saboya y bajo protección del rey de Francia, no estamos obligados a imponer la censura del Vaticano. Algunos de nuestros libros son de reformadores.

Estaban enfrascados en la conversación cuando bajó por las escaleras Carlo Vitale.

—Amigos, me alegro de que hayáis llegado. Os encontraréis cansados y hambrientos, no os esperaba hasta esta tarde. Iremos a una posada cercana para que comáis algo, después podéis dormir la siesta, como en España. Saldremos mañana muy temprano. La nieve está llegando y dentro de poco se cerrarán los pasos hacia Suiza.

Carlo le dio sus caballos a un mozo y otro se ocupó del equipaje. Caminaron diez minutos y llegaron a la posada. Algunos lugareños los miraron de reojo al verlos pasar.

—No hagáis caso —dijo el hombre en un perfecto castellano.

La posada estaba medio vacía, únicamente había sentados al fondo unos hombres vestidos de negro y con filacterias que les colgaban de una especie de mandil.

—Jeremías, preparad seis almuerzos para mis amigos.

—Carlo, me alegra veros por aquí.

—He estado muy ocupado, el duque me ha hecho un nuevo encargo para su biblioteca. He tenido que encontrar tres incunables, corregirlos y prepararlos para la impresión.

—¿Esta vez de qué se trata?

—Nada muy apasionante. Un manual de botánica, un libro de óptica y otro de arquitectura.

—Bueno, un libro siempre es apasionante. Aún saboreo el último que os compré de Flavio Josefo sobre la historia de los judíos.

El grupo se sentó en una mesa de bancos corridos de madera. Todo estaba impoluto, como si acabaran de limpiarlo. El mesonero no tardó en llevarles empanadas de atún, fritaditas de espinacas y queso. Después trajo unas albóndigas de carne de cordero y huevos haminados.

Todos comieron con apetito, jamás habían probado aquellas delicias.

—Está riquísimo —comentó Cipriano—. Las albóndigas me recuerdan a las de mi abuela.

—¿Este lugar es un mesón judío? —preguntó con cierto recelo Francisco de Farias.

—Sí, procuro venir de vez en cuando —comentó Carlo con una sonrisa.

—¿Sois judío?

—No, querido hermano. Por lo que sé, todos pertenecemos a la verdadera iglesia.

—¿Por qué venís aquí? —insistió Francisco.

—Debemos intentar acercarnos al pueblo escogido, nuestro deber es honrarlo y llevarle la buena noticia del evangelio.

Casiodoro afirmó con la cabeza. Si de algo carecía su nación era de amor y consideración a los judíos. Se les había expulsado mucho tiempo antes y el desprecio de los españoles hacia ellos era notorio.

Jeremías se acercó y se sentó junto a Francisco, que frunció el ceño. Jamás había estado al lado de un judío y eso le hacía sentir incómodo.

—Jeremías Galera es mi nombre. Sois españoles, ¿verdad? —les preguntó en un perfecto castellano.

Todos lo miraron sorprendidos.

—Mi familia era de Toledo, allí teníamos varias cantinas y una posada, antes de que nos expulsaran. Mi padre y yo nacimos aquí en Turín, pero mi abuelo Ezequiel nos enseñó el idioma. La cocina que hacemos aquí es la misma que mis antepasados cocinaban en Toledo.

—Es deliciosa —comentó Antonio.

—Me alegra que os guste, no vienen muchos cristianos por aquí. En toda la cristiandad nos odian porque nos acusan de matar a Jesús. Puedo asegurarles que yo no había nacido.

Carlo intentó calmar a Francisco, que parecía muy ofendido.

—El sanedrín y el pueblo reunido pidieron la muerte de Jesús. ¿Acaso eso no es verdad?

—Señor don Francisco...

—Farias.

—El pueblo fue manipulado. Yo no creo que Jesús sea el Mesías, pero matarlo de aquella forma fue injusto. Les aseguro que los judíos hemos pagado un alto precio por aquella muerte infame.

—Jesús es el Mesías. ¿Acaso desconocéis las profecías? De él habló el profeta Miqueas al anunciar que nacería en Belén. Isaías aseguró que nacería de una joven virgen. En Deuteronomio se habla de que el Mesías tendría más autoridad que Moisés, por no hablar de las que hablaban de su muerte o de que sería la luz para los gentiles.

—No soy un experto en la Ley y los Profetas. Puedo hablaros de recetas y platos, pero no de profecías. De hecho, tengo una torta de miel, para que os quede un sabor dulce de la estancia en mi casa.

El hombre se dirigió a la cocina y cinco minutos más tarde les trajo unas tortas de miel.

—Las llamamos Rosh Hashaná.

El ambiente se relajó un poco y todos comenzaron a saborear los dulces. Por la expresión de sus caras, la miel endulzó la lengua de los comensales y se olvidaron de su discusión.

—Muchas gracias por todo, Jeremías, apuntad todo a mi cuenta.

—No, querido Carlo. Invito a mis compatriotas. Ojalá algún día la llave que guardo de nuestra casa de Toledo vuelva a encajar en su cerradura. Que Dios les bendiga y guarde por muchos años.

Salieron del mesón y vieron cómo los primeros copos de nieve comenzaban a caer de un cielo blanco. Carlo frunció el ceño y corrieron hasta la imprenta.

—Espero que el paso no se cierre mañana mismo. Si Dios está de acuerdo con vuestro viaje, llegaréis sanos y salvos a Ginebra; si no lo está, podéis pasar con nosotros el invierno, en la primavera será menos peligroso.

Los españoles observaron cómo la nieve comenzaba a cuajar en los tejados. Era la primera vez que la veían, no era muy común que nevara en Sevilla. Parecían como niños fascinados por la belleza blanca de los copos que comenzaban a cubrirlo todo, sin ser conscientes de que la nieve podía convertirse en su peor enemigo.

Capítulo 18

VALLE

*«La mayor declaración de amor
es la que no se hace;*

el hombre que siente mucho habla poco».[20]

Turín, finales de noviembre de 1557

El descanso fue reconfortante, no solo por la cabalgada de la noche anterior, sino también por toda la tensión acumulada en las últimas jornadas. Casiodoro se desperezó y observó al resto de los compañeros. Llevaba mucho tiempo al lado de la mayoría, los conocía en profundidad, con sus defectos y virtudes. Desde hacía años, se habían convertido en mucho más que correligionarios, eran ante todo hermanos. Después pensó en Garci-Arias y todos los que se habían quedado atrás. ¿Cuál habría sido su suerte? Por un momento se los imaginó en las terribles celdas de la Inquisición, encerrados en el castillo de Triana, intentando no negar su fe. A veces se preguntaba si lo que habían hecho escapando era un acto de cobardía o de sentido común. Tal vez fuera una mezcla de los dos. No era sencillo dejar todo atrás, con la casi total seguridad de que jamás podrían regresar, pero abandonarse a los rigores de la Inquisición se le antojaba una decisión heroica.

Se levantó y fue el primero en bajar a la primera planta, donde vivía el impresor con su hija. Carlo estaba sentado, leyendo un libro. Al verlo llegar, lo dejó a un lado.

—¿Ya habéis descansado suficiente? En breve estará lista la cena. Tenemos una cocinera excelente, es uno de los pocos lujos que me permito. La austeridad es para mí un principio vital.

—Yo he vivido como monje más de una década y, aunque mi orden no era la más austera del mundo, os aseguro que prefiero de vez en cuando la abundancia.

—El apóstol Pablo decía que hay que saber vivir con mucho y con poco, que él en toda circunstancia se encontraba satisfecho —contestó Carlo.

—Ese es el secreto, me temo: sentirse plenamente satisfechos con lo que Dios nos da —dijo Casiodoro mientras se sentaba en una silla. Después añadió—: Envidio vuestra vida: tener una imprenta, vivir en una ciudad pequeña y encantadora como esta, haber formado una familia...

Carlo cambió el gesto al escuchar aquellas palabras.

—Si os digo la verdad, hace tiempo que ya no somos una familia. Leonor, mi esposa, nos abandonó cuando Lucy era muy pequeña, de apenas un año. Se escapó con un rico comerciante de papel, desde entonces no la he vuelto a ver. No soportaba mi fe, decía que la asfixiaba, que no sabía disfrutar de la vida. Le intenté explicar el gozo que tenía en mi interior y que ya no necesitaba las mismas cosas que antes. No la culpo, ella se casó con un hombre ambicioso, despiadado, que era capaz de cualquier cosa por medrar y presumir de sus riquezas. Ella amaba los vestidos caros, que nos presentásemos en la corte del duque con nuestras mejores galas, las joyas y poder presumir con sus amigas de nuestra prosperidad, pero, cuando yo me hice cristiano, todo eso cambió. Me sentía vacío, sin vida, ya nada me estimulaba. Cuando uno ha alcanzado todo en la vida, las cosas dejan de tener valor. Al final nos distanciamos y un día desapareció. Desde entonces he cuidado de mi hija lo mejor que he podido, pero siempre he sabido que necesita a una madre.

El resto de los amigos bajó ruidosamente por las escaleras. A los pocos minutos, todos estaban sentados a la mesa. Por costumbre, solían comer en silencio, por eso Carlo intentó animarlos a hablar.

—¿Por qué os dirigís a Ginebra? Hay otras capitales de la Reforma; por ejemplo, Wittenberg.

—Es cierto, pero tenemos allí a un buen amigo. Se llama Juan Pérez de Pineda, fue un monje en nuestro monasterio hasta que hace unos años escapó por temor a la Inquisición. Nos ha prometido que nos ayudará a establecernos. Apenas tenemos nada, así que ahora deberemos aprender a vivir por nosotros mismos, sin la protección de nuestro monasterio ni el control de nuestro superior —dijo Antonio.

Lucy se quedó mirándolo fijamente mientras hablaba.

—Yo he visitado en muchas ocasiones Ginebra, admiro mucho lo que el doctor Juan Calvino ha hecho en la ciudad. Ya no hay delincuencia, tampoco pobreza ni desigualdades, las mujeres reciben instrucción, la ciudad ayuda a las familias para que puedan tener más hijos. A veces hemos pensado en mudarnos. ¿Verdad, Lucy?

La chica afirmó tímidamente con la cabeza.

—Aquí no podemos practicar libremente nuestra fe, no nos permiten construir iglesias, vivimos en una frágil tolerancia, como sucede en toda Francia. Una tolerancia que puede romperse en cualquier momento.

—Le comprendo —dijo Antonio.

—Por eso me quedo, es difícil vivir nuestra fe, pero al mismo tiempo podemos ser luz a más personas. La medicina debe estar donde se encuentra el enfermo, y la sal en la carne para que no se pudra. Lo más complejo será encontrar a un buen cristiano para que se case con mi hija.

—¡Padre, no hablemos de ese tema! —exclamó la muchacha.

—Es algo que sucederá tarde o temprano, ya vas teniendo una edad.

Tras la comida, parte de los hermanos se subieron a descansar. Casiodoro y Cipriano se quedaron conversando con Carlo, tenían la sensación de que debían aprovechar aquel viaje para aprender todo lo posible. Dios les estaba permitiendo encontrar a personas excepcionales. Antonio se apoyó en el umbral de la puerta que daba a la cocina y comenzó a observar a Lucy, que limpiaba la loza.

—¿Necesitáis ayuda?

La muchacha estaba sola con todos los cacharros.

—No, gracias.

—En el monasterio hacíamos todo tipo de tareas, los monjes no tienen criados ni criadas.

Antonio se acercó y comenzó a secar los platos sencillos de barro.

—¿Os gustaría iros a vivir a Ginebra?

—Mi padre me ha contado que es una ciudad limpia y tranquila, algo fría en invierno, aunque aquí los inviernos también son duros.

—¿A qué os dedicáis todo el día?

—No me limito a lavar platos, lavar la ropa y barrer. Ayudo a mis padres con las pruebas de imprenta y detecto las erratas, a veces se nos escapan por mucho que revisemos los textos.

Antonio parecía sorprendido.

—Mi padre me enseñó de pequeña a leer y escribir, además de latín y griego, también domino en parte el alemán y el francés.

—Increíble, me siento como un verdadero asno a vuestro lado.

La chica esbozó su sonrisa y Antonio se quedó sin palabras.

—Es una pena que tengamos que irnos mañana.

—Si Dios quiere, volveremos a vernos.

—Sería un atrevimiento pediros que, con el consentimiento de vuestro padre, podamos cartearnos.

—No sé qué podría interesaros a vos de una chica como yo.

—¿Que qué podría interesarme? Podríamos hablar de cualquier cosa, vos sois una eminencia.

—No os burléis de mí, ya me dijo mi padre que los españoles son algo burlones.

—No lo somos, en realidad es alegría. Mi pueblo está tocado por un don que Dios nos otorgó, a pesar de pasar por tantos sufrimientos y estar tan mal gobernados, Dios nos concedió la facultad de gozar de las cosas pequeñas de la vida. Ahora mismo, estoy disfrutando mientras seco estos platos a vuestro lado.

La chica comenzó a reír.

—También me contó que los españoles eran aduladores, aunque los italianos lo son aún más. No tenéis nada que hacer conmigo, Antonio.

—¿Sabéis mi nombre? Con eso ya me contento, esta noche no podré dormir pensando en vos. Os escribiré, lo prometo.

Casiodoro interrumpió la charla y todos se retiraron a dormir.

A primera hora de la mañana, antes de que abriese la imprenta y tras un sueño ligero, Carlo y su hija tenían preparado un carromato. Planeaban llevarlos hasta Susa, cerca de la frontera con Suiza. Allí unos guías los sustituirían para que les ayudaran a atravesar las montañas hasta Ginebra.

La nieve cubría el suelo de las calles de Turín. No era una capa gruesa, pero sí lo suficiente para hacer más lento el viaje. Deberían emplear un día entero en el carromato, después al menos seis a pie, caminando entre el frío y la nieve.

Las primeras horas de la jornada, todos estuvieron durmiendo mientras Carlo y su hija conducían el carro tapados con una manta. Cuando el sol ya estaba en lo alto, Casiodoro de Reina asomó la cabeza por la lona.

—¿Queréis que os sustituya? Sé manejar un carro.

—No amigo, estoy acostumbrado a pasar muchas horas en los caminos, aunque nunca salgo de viaje a finales de noviembre. En el invierno es mejor no arriesgarse por estos caminos. Además del frío y la nieve, está el peligro de aludes y los lobos, y también son peligrosos los osos y los asaltantes. Afortunadamente, al ir un grupo numeroso, podréis libraros de los lobos y los osos.

—¿De los asaltantes no? —preguntó Casiodoro.

—No siempre, depende de lo desesperados que estén y del número que sean.

—Nosotros no llevamos armas.

—Es mejor así. Los guías sí llevan algunas, pero ellos saben manejarlas.

Por la noche llegaron hasta Susa, un encantador pueblo con varias iglesias de magníficas torres. Al parecer, siempre se había considerado a la ciudad puerta de Italia, ya desde época romana, y contaba con un hermoso arco de aquel tiempo.

Entraron por la muralla de la época de los emperadores y tuvieron la sensación de que habían viajado en el tiempo a la antigua Roma.

Pararon en una posada cerca de la muralla. Allí harían todos noche y les presentarían a los guías. Tomaron dos habitaciones y bajaron a cenar y entrar un poco en calor.

La chimenea de gran tamaño estaba encendida y daba a la estancia una calidez que era de agradecer en aquellos lares. La nieve comenzaba a ser molesta, las ruedas del carro se habían quedado estancadas en varias ocasiones.

—¿Podréis volver a Turín con este tiempo? —preguntó Antonio, preocupado por sus nuevos amigos.

—Sí, los caballos son fuertes. El carro tiene las ruedas muy grandes y el camino aún se puede distinguir. Mañana no nevará, hará sol y eso facilitará el regreso.

—¿No será peligroso que regreséis los dos solos? —preguntó Casiodoro.

—No, el camino es seguro hasta aquí, ya habéis visto todos los carruajes y gente con la que nos hemos cruzado, lo peor es el tramo que aún os queda.

Cenaron una sopa muy caliente que les supo muy bien y cabrito asado. Era una carne pesada, pero estaban tan hambrientos que no tardaron en devorarlo todo.

Al final de la cena se acercaron Alonzo y Piero, los guías. Apenas parecían tener algo más de dieciocho años.

—Piero y Alonzo son dos de los mejores guías de la zona, conocen bien dónde se encuentran los refugios. No todos los días podrán dormir en una cama caliente. También se guían aun con todo nevado y conocen los caminos mejores.

Los dos hablaban un italiano de la zona al que los españoles no estaban acostumbrados, pero eran muy risueños y lo que no lograban hacerse entender con palabras lo conseguían a fuerza de gestos.

—No hay mucha nieve todavía —dijo Piero—, pero es posible que en mitad del camino se desate una tormenta. Tenemos que caminar lo más rápido posible.

Los dos jóvenes les dieron un equipo para el viaje: abrigos de pieles, sombreros, guantes y botas, además de unas raquetas para los pies y mochilas. Los españoles miraron todo aquello sorprendidos y algo atemorizados. Después se despidieron hasta el día siguiente a las cinco de la mañana.

Carlo y su hija hablaron hasta tarde con los españoles, aunque al final los únicos que resistieron despiertos fueron de nuevo Casiodoro, Cipriano y Antonio.

—No sé cómo podremos agradeceros todo lo que habéis hecho por nosotros —dijo Casiodoro.

—Cualquier cosa que hacemos por uno más pequeño la hacemos también por nuestro Señor. Puede que algún día seamos nosotros los que necesitemos vuestra ayuda —comentó Carlo.

—Dios no lo quiera.

—No tengo sangre de mártir —comentó el italiano—, pero, si Dios no hubiera permitido la persecución que se desató en Jerusalén al principio de la iglesia, me temo que los discípulos jamás habrían salido de Judea.

—Eso es cierto —contestó Cipriano. Carlo le había regalado un pequeño libro de Juan de Valdés y el español no hacía otra cosa que acariciar la cubierta de piel.

El fuego comenzó a apagarse en el salón y todos se retiraron.

—Espero que tengáis un buen viaje mañana —dijo el italiano.

Se abrazaron con Carlo y su hija les dio la mano. Antonio la tomó un segundo más que sus compañeros.

—Os escribiré.

La chica inclinó la mirada, mientras sentía que el corazón se le aceleraba.

Los tres españoles entraron en su aposento, sus compañeros ya dormían profundamente. Oraron en voz baja antes de dormir, después se acostaron. Ninguno podía conciliar el sueño. Cipriano había observado las miradas ente Antonio y la muchacha, le habían recordado a María de Bohórquez. Le rogó a Dios para que no le sucediera nada, aunque sabía que los inquisidores no se compadecían de nadie, tampoco de aquella inteligente y bella mujer.

Antonio no podía dejar de pensar en Lucy, sus grandes ojos claros, su pelo casi blanco, sus mejillas sonrosadas. Ahora que su condición le permitía amar, se sentía el hombre más feliz del mundo.

Casiodoro recordaba a su familia, se preguntaba si habrían logrado salir de la península. Lo último que deseaba en este mundo era perder a sus padres y a su hermana. Juntos habían emprendido la mayor aventura de sus vidas, una que no tendría fin y que en el fondo no sabía adónde podía llevarlos. Lo malo que tienen las aventuras es que nunca sabes qué va a suceder hasta que llegas al final.

Capítulo 19

GINEBRA

«La esperanza hace que agite el náufrago
sus brazos en medio de las aguas, aun
cuando no vea tierra por ningún lado».[21]

Camino de Ginebra, finales de noviembre de 1557

La nieve le daba una curiosa luminosidad a la noche, como si desafiara la oscuridad y le negara el descanso a la tierra. Salieron del pequeño pueblo antes de que los lugareños comenzaran con sus quehaceres. Enseguida se vieron envueltos por un bosque de pinos interminables. La mayoría ya tenían sus copas blancas y parecían fantasmas en medio de la oscuridad. Los dos guías, uno situado al principio y otro al final, les marcaban un ritmo terrible. A pesar de haber caminado mucho en las últimas semanas y haber perdido mucha de la grasa acumulada en los agradables años de monacato, ninguno de ellos estaba preparado para una marcha como aquella. Los que mejor solían responder al esfuerzo eran Antonio y Casiodoro, que parecían infatigables, pero los otros cuatro se paraban, suplicaban por un descanso o por comer algo. Los guías no les hacían caso, pero al final de la jornada, al llegar a uno de los refugios de pastores del camino, les dejaban derrumbarse en la paja seca, mientras ellos encendían la chimenea y preparaban la comida. Todos se sentaban alrededor del fuego intentando calentarse los dedos de los pies y de las manos. Les dolían los sabañones y la piel se había vuelto rojiza por el frío y el sol reflejado en la nieve. Dormían profundamente seis horas y de nuevo comenzaban otra jornada.

Cada día que pasaba, el camino parecía más empinado, menos cuando descendían hacia algún río o lograban llegar a la cima de una montaña. La nieve lo cubría todo, como si hubiera borrado todos los colores y apenas hubiera dejado las huellas de Dios en el mundo.

Los guías se paraban de vez en cuando para estudiar algunas huellas de animales. En alguna ocasión cazaban un cervatillo, que parecían ser los únicos animales que se atrevían a salir de sus escondrijos.

Piero se detuvo en un claro y miró unas huellas, después le dijo algo a su compañero en italiano.

—¿Qué sucede? —preguntó, preocupado, Casiodoro de Reina.

—Lobos, al menos seis, se fueron en esa dirección, las huellas son recientes.

—¿Son peligrosos?

—En invierno no hay mucha caza y tienen hambre. Esperemos que atrapen algún ciervo. No suelen atacar a un grupo de humanos, pero si alguien se queda atrás puede ser peligroso. Decídselo a vuestros amigos.

Casiodoro les explicó la situación a sus amigos y aquel tercer día de camino se les hizo a todos más ligero, nadie se quejó ni se quedó atrás. Llegaron a otro refugio e hicieron lo mismo que las noches anteriores. Cuando todos estuvieron delante de la chimenea comiendo, Cipriano les preguntó a los guías cuánto quedaba para llegar a Ginebra.

—Dos o tres días. Mañana será el peor. A partir de Aiton, los pueblos se suceden y podremos descansar en una cama, posiblemente también encontremos menos nieve.

Durmieron inquietos, pues por la noche habían escuchado unos aullidos, pero el cansancio terminó derrotándolos.

Caminaron a buen ritmo y sin percances hasta el mediodía. Los guías les invitaron a comer algo de pan y chorizo, además de algún trago de vino mezclado con azúcar. Anochecía muy pronto, pero, si lograban superar la prueba, aquella misma noche descansarían en una cama, incluso podrían encontrar alguien que los llevara en su carro una parte del camino.

Les quedaba menos de una hora para llegar a su destino cuando escucharon de nuevo unos aullidos. Comenzaron a correr. Los guías querían que subieran a un alto, allí sería más fácil protegerse de la manada.

Mientras ascendían a trompicones, hundiéndose en la nieve, los lobos se acercaban más y más. Los chicos sacaron unos cuchillos y Antonio los miró, asustado. Si aquellas eran todas sus armas, no tenían mucho que hacer. Con las navajas pelaron varias ramas fuertes y se las entregaron a los españoles. Después prepararon otras dos para ellos. Habían dejado algunas de las ramas más pequeñas en punta para herir a los lobos.

El que parecía el líder de la manada se adelantó y les enseñó sus fauces. Sus ojos eran grises. Los dos guías comenzaron a gritar para espantarlos, pero no parecían tenerles miedo.

Cuando todos los animales los rodearon, comprobaron que eran muchos más de seis. Los circundaba una docena de lobos adultos, además del líder de la manada. Seis de ellos se lanzaron por la izquierda y otros seis por la derecha, como si hubieran ensayado una estrategia. Cada uno de los guías protegía un flanco y, en cuanto el primer lobo saltó, Piero le golpeó en la cabeza y el animal se marchó gimiendo de dolor. Los otros, en lugar de asustarse, se pusieron aún más furiosos.

El macho dominante corrió hacia su manada y se lanzó sobre Casiodoro. El pobre se derrumbó en el suelo, el lobo le puso las fauces en la cara, podía sentir su aliento putrefacto, además de aquellos ojos rabiosos que le miraban directamente. Antonio golpeó al animal en el lomo y este se revolvió, se lanzó a por él y le dio un mordisco en la mano donde llevaba el palo. Lo soltó e intentó protegerse el cuerpo con los brazos, pero el animal le dio una nueva dentellada. Antonio gimió de dolor, mientras el animal apretaba los dientes en su antebrazo. La sangre comenzó a teñir la nieve y, si no hubiera sido por Casiodoro, que le golpeó con todas sus fuerzas, el animal le habría arrancado una parte de la carne. Cipriano le dio en la cabeza y Piero en una pata. El animal, al verse acorralado, se echó a correr. El resto de la manada le siguió al instante.

El grupo se quedó un momento tumbado en la nieve. Antonio se quejaba de dolor, el resto apenas tenía algunos rasguños y, sobre todo, miedo.

—Volverán, es mejor que nos marchemos de aquí —dijo Piero.

—La mano de mi amigo está muy mal —comentó Casiodoro señalando a Antonio, que se retorcía de dolor.

El guía tomó algo de su mochila, después limpió con cuidado la sangre con la nieve, mientras el español bramaba de dolor. Después le puso una especie de ungüento y lo vendó.

—¿Podéis caminar?

Antonio asintió con la cabeza y el grupo se puso en marcha. Caminaron deprisa, mirando constantemente a sus espaldas. Antes de que cayera la noche llegaron a Aiton. El pueblo contaba con un pequeño grupo de casas viejas y una iglesia. El párroco los refugió en la capilla, les dio unas mantas, curó la herida de Antonio y les llevó algo de cena.

—Muchas gracias, padre —dijo Casiodoro ante la amabilidad del sacerdote.

—Es mi deber socorrer al necesitado. No sé cómo os habéis atrevido a cruzar las montañas con tanta nieve. Ahora descansen.

A la mañana siguiente emprendieron el viaje. Tras cinco horas de camino, un carretero les dejó subir hasta que llegaron a la localidad de Annecy, junto a un gran lago. Durmieron en una posada y a la mañana siguiente un carro los llevó hasta Ginebra. Mientras se acercaban a la ciudad amurallada, se sintieron como si se aproximaran a la Nueva Jerusalén. Las lágrimas les corrían por las mejillas. Después de un viaje tan largo y difícil, al fin se encontraban a salvo.

PARTE 2

DE GINEBRA A LONDRES

Capítulo 20

CARTA

«Si queréis formar juicio acerca de un hombre,
observad cuáles son sus amigos».[22]

Ginebra, Suiza, finales de noviembre de 1557

La bienvenida en Ginebra no fue la esperada. Juan Pérez de Pineda se encontraba en Fráncfort y no había nadie para recibirlos. Se alojaron en una pensión a las afueras de la ciudad, antes de que las autoridades les dieran permiso para residir en ella. En aquella época llegaban gentes de todos los lugares de Europa atraídos por la fama de Calvino y la Academia que había creado para propagar sus ideas. Los españoles tenían mala fama después de la ejecución de Servet y los funcionarios de la ciudad examinarían bien su causa antes de admitirlos.

El resto de los monjes que había intentado llegar por la vía portuguesa no había llegado, lo que preocupaba a Casiodoro y sus amigos. Tras tanto esfuerzo, parecía que las puertas de la Nueva Jerusalén, por ahora, permanecerían cerradas.

El grupo de españoles se acomodó en la pensión. La regentaba una mujer anciana llamada Brigitte, que a pesar de su edad no paraba de trabajar en todo el día. Hablaba un poco de italiano e intentaba comunicarse con sus nuevos clientes.

—Españoles, habéis venido desde muy lejos.

—Muy lejos, es cierto, y el camino no ha sido fácil.

—Aquí hace mucho frío —les decía, apretándose los brazos.

—Sí, queríamos preguntaros algo. ¿Con quién debemos hablar en la ciudad para que nos dejen entrar? Nos prometieron que nos darían cobijo y nos ayudarían para que entrásemos en la universidad —le preguntó Cipriano, siempre interesado en los asuntos más prácticos.

—Teodoro de Beza es la mano derecha de Calvino. Es un borgoñón, pero, al igual que muchos de los franceses que han llegado no hace tanto tiempo, parece que son los dueños de la ciudad.

Les sorprendió el tono de queja de la mujer.

—Yo antes vivía dentro de los muros, pero la vida se ha hecho asfixiante, aquí al menos puedo vivir en paz.

—¿Sois católica? —preguntó Antonio, que en los últimos días se había recuperado de sus heridas.

—No, soy de las primeras mujeres que se hizo cristiana, pero ahora la cosas son muy distintas, no se toleran iglesias ni pastores que no crean lo mismo que Juan Calvino y sus seguidores.

—La ortodoxia es importante —comentó Cipriano.

—¿Quién determina la ortodoxia? —preguntó, algo ofuscado, Antonio.

—La Palabra de Dios y los pastores.

—Querido Cipriano, la ortodoxia no existe. Creemos en la libre interpretación y en el consejo del Espíritu Santo al creyente. De otra manera, caeremos en los mismos errores que la Iglesia de Roma, donde únicamente los doctores pueden interpretar la Biblia —dijo Antonio.

—La libre interpretación puede llevar al caos y la anarquía. La gente que no conoce bien las Escrituras las malinterpretará.

Casiodoro miró a su amigo, tenía la sensación de que había salido de la cautividad de un sistema creado por los hombres y estaba a punto de caer en otro.

—Los doctores de la Iglesia llevan mil quinientos años interpretando la Biblia y han caído, como decís vos, en el culto a las imágenes, las doctrinas falsas de la Virgen, el sincretismo, la simonía, el celibato obligatorio, por no hablar de las actitudes morales y éticas de los príncipes de la Iglesia. Como ha comentado Antonio, lo que debemos buscar es la inspiración del Espíritu Santo y la lectura inteligente de las Escrituras, de otro modo sucumbiremos a nuestros propios deseos e inclinaciones, pero para justificarnos diremos que es Dios el que nos ha inspirado o que esa es la manera correcta de interpretar las Escrituras.

La mujer los miraba sin entender demasiado lo que decían.

—No habléis mucho de teología por aquí, los ojos y los oídos de Calvino se encuentran por todas partes —les advirtió la anciana.

Tras recuperarse del viaje, Casiodoro, Cipriano y Antonio se dirigieron a la ciudad. En las puertas, los soldados pedían salvoconductos a todos los que entraban, a no ser que fueran vecinos o comerciantes conocidos.

—¡Alto! ¿Quién va?

—Somos tres españoles, Antonio del Corro, Cipriano de Valera y yo mismo, Casiodoro de Reina. Nuestro amigo Juan Pérez de Pineda, según creemos, dio a las autoridades una carta de recomendación, pero en este momento no se encuentra en la ciudad.

El soldado habló con el oficial de guardia y este se acercó hasta ellos. Los miró de arriba abajo. Sus ropas eran las de dos pastores de los Alpes, aunque su pelo de color negro azulado mostraba claramente que eran de mucho más lejos.

—Venid conmigo.

Los tres siguieron al oficial por las calles de Ginebra. Tal y como les habían comentado, estaban limpias, y la gente parecía vestir de forma humilde, pero no vieron mendigos, niños pidiendo ni ladrones.

El oficial les pidió que entrasen en un edificio de dos plantas, que parecía haber sido en otro tiempo un monasterio. En la ciudad se habían abolido las órdenes religiosas y las propiedades de la Iglesia ahora pertenecían al Consistorio. Cruzaron el claustro y el oficial se paró ante una puerta, les pidió que esperasen y salió a los pocos minutos.

—El doctor Teodoro Beza os recibirá en un momento.

—Muchas gracias —dijo Casiodoro.

Observaron los pedestales vacíos de las estatuas que habían jalonado los corredores. De vez en cuando, los secretarios cargados de papeles pasaban de un lado hacia el otro y los miraban de reojo.

Escucharon una voz en francés y entraron. Sentado en una mesa había un hombre con una larga barba entre cana y pelirroja; tenía los ojos grandes y profundas ojeras, la frente despejada y el gesto serio. No parecía un hombre expresivo ni inclinado a las pasiones, pero se puso en pie y abrió los brazos.

—Bienvenidos a Ginebra, vuestras mercedes deben de ser los amigos del doctor Juan Pérez de Pineda. Somos grandes amigos, desde que está en Ginebra ha sido una bendición para todos nosotros. ¿Sois solo tres personas? Creía que llegarían más.

—Doctor Beza, somos doce en total, pero seis aún se encuentran de camino. Esperamos que lleguen sin contratiempos. El camino ha sido muy duro y difícil. Los hombres del emperador y la Inquisición acechan por todas partes.

—Lamento que hayáis pasado por todo esto, aunque, afortunadamente, Dios les ha traído sanos y salvos.

El hombre les preguntó dónde se alojaban y ellos le narraron brevemente cómo había sido su viaje y lo sucedido en Sevilla.

—Lamento que tantos buenos hermanos estén siendo perseguidos. La causa de la fe no es segura ni aquí. El ducado de Saboya amenaza con atacarnos a instancias del papa, que les ha concedido la autorización para gobernar en Suiza.

—Esperemos que los deseos de los hombres no se cumplan, más poderoso es Dios que el rey de Francia, el duque de Saboya o el emperador —contestó Cipriano.

—Hoy mismo os buscaremos un lugar donde podáis descansar y recuperaros, os concederemos una pequeña pensión hasta que puedan ganar un sueldo. Juan me dijo que vuestras mercedes son licenciados, espero que puedan completar sus estudios de teología con nosotros.

Los tres parecían fascinados. Todos los comentarios negativos que habían escuchado sobre la ciudad dejaron de pesar en su ánimo.

—*Amicitiae nostrae memoriam spero sempiternam fore.*[4]

—Nosotros también, querido hermano —dijo Cipriano, emocionado.

El oficial que los había acompañado hasta allí les entregó los salvoconductos, fueron a buscar al resto de sus amigos y regresaron a la ciudad. Una hora más tarde ya los habían acomodado en un antiguo convento de monjas. Las habitaciones eran sencillas y les recordaban a su querido San Isidoro, parecía que la ciudad les abría de par en par los brazos. Beza les había pedido que cenaran en su casa aquella noche, para poder hablar más con ellos.

Recorrieron la ciudad entusiasmados. Todo lo que les habían comentado era cierto. No había cantinas, la gente parecía laboriosa, aunque un poco triste, pero no mucho más que en otras ciudades de climas tan fríos. Todos los saludaban con educación y algunas muchachas los miraban con interés y curiosidad. Lo único que les faltaba para ser plenamente felices era que llegasen el resto de sus compañeros y los familiares de Casiodoro. Por fin se encontraban a salvo.

---

4.   «Espero que la memoria de nuestra amistad sea eterna», Cicerón.

Capítulo 21

La cena

*«Los poetas son hombres que han
conservado sus ojos de niño».*

Ginebra, 1557

Cuando regresaron de su primer paseo por la ciudad, encontraron ropa limpia sobre sus camas y una tarjeta escrita con la dirección de Beza y la hora de la cena. Apenas les dio tiempo para asearse un poco y vestirse. Se encontraban algo nerviosos, querían causar buena impresión a su anfitrión.

La casa de Beza era sencilla. Tenían a una criada que les ayudaba. La pareja no había tenido hijos y su esposa Claude se ocupaba de cuidar al reformador.

Los seis hombres entraron en la casa y la criada los llevó hasta el salón. No tenían muchos muebles y todos pertenecían al Consistorio. Vieron que buena parte de los libros aún estaban en cajas.

—Por favor, sentaos —les pidió Beza tras saludar a todos con un ósculo.

—Espero que os guste nuestra comida, es más francesa que suiza, aunque eso es un elogio —comentó Claude—. Si me disculpáis, ahora regreso.

La mujer se retiró con la criada, Casiodoro pudo observar los ojos de amor con los que el hombre miraba a su esposa.

—Nos conocimos cuando éramos muy jóvenes, hemos pasado muchas vicisitudes, pero Dios nos ha concedido el don de la felicidad.

—¿No tenéis hijos? —preguntó Peregrino, y Francisco le dio un codazo por debajo de la mesa.

—Dios no nos ha concedido descendencia, aunque nunca se sabe, Abraham tuvo su primer hijo siendo anciano.

—Muchas gracias por la acogida —dijo Casiodoro.

El hombre observó al español, se dio cuenta de que era el que tenía la voz cantante.

—¿Lleváis mucho tiempo en Ginebra? Veo que todavía tenéis libros en cajas —comentó Antonio.

—En estos años he cambiado mucho de residencia. Estábamos viviendo en Lausana, pero la situación en la ciudad se ha hecho insostenible, el Consistorio no quiere frenar el desenfreno en el que ha caído la ciudad. El hermano Juan me ofreció venir a vivir aquí para enseñar en la universidad. Estamos trasladándonos.

—He oído que sois un gran escritor —comentó Cipriano.

—Soy un humilde poeta.

—La poesía es el lenguaje del alma —dijo Cipriano.

Beza aclaró la garganta y comenzó a recitar:

«A nosotros y nuestros infantes,
con honor triunfantes
esta tierra pertenece.
Dios nos lo ha dicho así,
y nosotros le creemos, sí,
porque su promesa permanece».

—Es un fragmento de mi obra *El sacrificio de Abraham*.

Los españoles comenzaron a aplaudir.

—¡Bravo! —gritó algo emocionado Cipriano, que parecía encantado con el profesor.

—Enseñaré griego en la universidad. Tengo el proyecto de hacer un Nuevo Testamento en griego. El de Erasmo es excelente, pero en la actualidad se han descubierto nuevos documentos y manuscritos.

—Me parece una buena noticia. Yo desde hace tiempo sueño con traducir la Biblia al castellano. Si la Palabra de Dios estuviera en español, como en francés o alemán, muchos de mis compatriotas abrazarían la verdadera fe.

—Es una causa noble, Casiodoro. Juan Ponce de la Fuente ha avanzado en la traducción del Nuevo Testamento y la obra de Enzinas es excelente. No sé si la conocéis.

—Me ha hablado de ella Juan Ponce de la Fuente.

—El hermano Juan está interesado en que la Palabra de Dios se traduzca a todos los idiomas del mundo, también de formar misioneros para enviarlos hasta los confines de la tierra. Ya verán cómo en nuestra universidad hay estudiantes polacos, checos, austriacos, alemanes, franceses, italianos, rumanos, ingleses y portugueses. Cuando esparzamos toda esa semilla, el mundo entero conocerá a Dios.

La esposa de Beza regresó con la cena y se pusieron todos a comer. Los españoles les hablaron de cómo habían conocido el evangelio y todas las vicisitudes que habían tenido que soportar.

La velada fue muy agradable. Cuando la esposa se retiró, todos se dirigieron a la biblioteca.

—Tenéis muchos libros —dijo Antonio.

—Es lo único que poseo, palabras.

—Para mí, el bien más preciado. Me gustaría ser impresor.

—¿De veras, Antonio? Es un oficio noble, pero muy endogámico, es difícil dedicarse a dicha profesión si no tenéis familiares que la hayan ejercido. Pero os puedo recomendar para que os tomen como aprendiz. No obstante, creo que antes sería mejor que todos terminaseis vuestra formación teológica. Necesitamos buenos teólogos en estos tiempos que corren. Desde que Martín Lutero comenzó con la predicación del evangelio han surgido herejías por doquier.

Casiodoro frunció el ceño.

—Nuestra labor es predicar la verdad. Dios juzgará a cada uno conforme a sus obras, es inútil que nos convirtamos en jueces. ¿No creéis?

—Hay que salvaguardar la sana doctrina.

—No somos el brazo secular. Entiendo que en algunos casos se puede negar la comunión y poner en disciplina a un hermano, con la idea de corregirlo y restaurarlo, pero juzgar y condenar, no. El apóstol Pablo decía que él no juzgaba a nadie y que ni a sí mismo se juzgaba.

—Es cierto, Casiodoro, pero el apóstol también condenó a aquellos que torcían la Palabra de Dios. Si no hubiera sido por su ministerio, la herejía se habría extendido por la cristiandad. Ahora mismo estoy investigando para un nuevo libro que titularé: *De haereticis a civili magistratu puniendis*. Aunque os recomiendo la obra del hermano Juan titulada *Defensio orthodoxae fidei de sacra Trinitate*.

Antonio frunció el ceño. Había escuchado sobre aquella obra en la que Juan Calvino justificaba la sentencia sobre Miguel Servet y el debate posterior que se había desatado en la cristiandad.

—Yo lo leeré, pero también la contestación que tuvo por un tal Basil Montfort, titulada *De haereticis, an sint persequendi*.

Beza se puso rojo de ira, pero intentó calmarse antes de contestar.

—Esa obra es del infame Sebastián Castellio, un italiano desagradecido que se marchó de Ginebra a Basilea, desde donde insulta Juan Calvino y a todos los cristianos de buena fe.

—¿Aquí hay un índice de libros prohibidos como el de la Inquisición española? —preguntó, preocupado, Cipriano.

—No como tal, pero algunos libros heréticos, blasfemos o perjudiciales si están prohibidos. No creáis todo lo que oigáis ni todo lo que leáis. Castellio es un apóstata y Miguel Servet era un blasfemo que dudaba de la Trinidad y de la divinidad de Nuestro Señor Jesucristo. Su proceso fue justo, fueron las autoridades civiles las que lo ejecutaron tras un juicio y Juan intentó darle un trato humanitario, procurando que no fuera ejecutado en la hoguera. Todo el mundo piensa que los pastores dominan a los gobernantes de la ciudad, pero no es cierto, estos tienen plena independencia. Ya iréis viendo cómo funcionan las cosas aquí. Siento que Servet fuera un compatriota vuestro, pero era un hereje peligroso.

El ambiente se enfrió en gran manera. Se produjo un largo silencio hasta que Beza les invitó a que el día siguiente fueran a escuchar la predicación de Juan Calvino en la catedral.

—Espero que cuando conozcáis a mi buen amigo Juan os deis cuenta de cómo Dios lo usa.

—Estimado doctor, no tenemos nada en contra de Juan Calvino. Hemos atravesado media Europa para refugiarnos en Ginebra y os estaremos eternamente agradecidos. Será un placer escuchar la predicación —dijo Cipriano, intentando limar las diferencias.

Salieron de la casa ya de noche y atravesaron las calles solitarias y silenciosas de Ginebra, que a esas horas parecía una ciudad fantasma. Le faltaba la alegría, el colorido y la vida de Sevilla.

Llegaron al convento y cada uno se retiró a sus aposentos, aunque Casiodoro, Cipriano y Antonio estuvieron charlando un rato en el cuarto de Antonio antes de irse a dormir.

—Tengo grandes deseos de que veamos a Juan Pérez de Pineda, necesito ver a una cara amiga, que nos cuente todo lo que ha vivido en estos años —dijo Antonio, que se había estado carteando con su viejo amigo.

Casiodoro parecía muy serio, como si algo estuviera rondándole la cabeza.

—¿Qué pensáis? —le preguntó Cipriano.

—Nada, siento como si el cielo azul de esta mañana se hubiera llenado de nubarrones que anuncian tormenta. Cuanto más lejos estamos de casa, más añoro a hombres como Constantino Ponce de la Fuente o el difunto doctor Egidio.

—Las cosas aquí son diferentes, pero nos acabaremos acostumbrando —añadió Cipriano.

Antonio dio un gran suspiro y se retiraron a dormir. Estaban ansiosos por tener noticias de sus hermanos perdidos por Europa y de conocer la suerte de los que no habían podido escapar de España.

Capítulo 22

LA IGLESIA ITALIANA

«Nadie niega a Dios sino aquel a quien
le conviene que Dios no exista».[23]

Ginebra, 1557

Todos acudieron puntuales al primer servicio de la mañana. La reunión era muy temprano, pero estaban acostumbrados a sus encuentros matutinos y vespertinos en el monasterio. Lo primero que les chocó fue la multitud que se agolpaba para escuchar a Calvino. Además de los feligreses habituales, hombres y mujeres de todo el mundo iban a escuchar al nuevo apóstol de la fe.

Un hombre les preguntó sus nombres, pero, al verlos, Beza les indicó que se sentaran a su lado en la primera fila, donde les había reservado un lugar. A su lado se encontraba su esposa.

La congregación entró en relativo silencio, sin las muchas muestras de cariño o alegría que ellos solían tener en su pequeña iglesia de Sevilla. La catedral era hermosa, pero habían borrado cualquier rastro de estatuas de santos o de culto a la Virgen. Una cruz de madera era el único ornamento, el púlpito estaba en alto y abajo había una mesa con una Biblia abierta.

—Juan predica los domingos, tenemos reuniones casi todos los días, pero él tiene demasiadas ocupaciones para preparar sermones a diario.

Constantino atendía las palabras de Beza, pero intentaba fijarse en todos los detalles.

—¿No cantaremos salmos? —preguntó Antonio.

—No, Juan los ha prohibido en las reuniones, únicamente se cantan en ocasiones o fuera de los cultos, pues no quiere que la gente se entretenga con la música. Satanás fue el director del coro celestial. La gente es fácilmente influenciable y es mejor que atiendan a la Palabra.

—Pero vos sois poeta.

—La música es poesía cantada, pero los instrumentos embotan los sentidos. Hasta se dice que la música amansa a las fieras.

Juan Calvino entró desde la parte trasera del templo, se quedó unos segundos de espaldas a la congregación mientras miraba a la cruz. Al darse la vuelta pudieron ver sus facciones pálidas, su gesto severo y sus ojos encendidos. Se subió al púlpito y de repente se transformó. El académico y estudioso se dirigió a los oyentes con palabras sencillas y claras.

Los españoles parecían emocionados al escuchar al predicador más famoso del mundo.

—El primer versículo del libro de Job nos dice que este era un varón de la tierra de Uz, hombre destacado por su perfección y rectitud, temeroso de Dios y apartado del mal.

»Si queremos sacar el mejor provecho de este libro, lo primero que debemos conocer es su designio. La historia de Job pone de manifiesto cómo estamos en las manos de Dios, y que a Dios le pertenece ordenar nuestras vidas y disponer de ellas según su voluntad. También nos enseña que a nosotros nos corresponde someternos a él en toda humildad y obediencia. Que seamos totalmente suyos, tanto para la vida como para la muerte, es lo más razonable. Es más, si fuera su voluntad alzar su mano contra nosotros, aunque nosotros no captemos su motivo, igualmente deberíamos glorificarle siempre, reconociendo su justicia y equidad, guardándonos mucho de cualquier murmuración contra él, de discutir con él, pues sabemos que en cualquier contienda con él seremos derrotados.

»Resumiendo, esto es lo que debemos de recordar de esta historia: dado su dominio sobre sus criaturas, Dios tiene todo el derecho de disponer de ellas según le plazca. Y, aun si su severidad al principio nos parece extraña, de todos modos debemos guardar silencio y no murmurar; en lugar de ello, hemos de reconocer que él es justo, y esperar que nos declare la razón de su disciplina».

Durante toda la predicación no perdieron ni un detalle. Cuando el predicador descendió del estrado parecía muy cansado. La gente no se acercó a él, simplemente desapareció por donde había entrado.

—Venid, os presentaré al hermano Juan —los animó Beza.

Le siguieron algo nerviosos. Todos habían soñado con ese momento desde hacía años. Antonio era el más reticente, había seguido la polémica con Castellio y su imagen de Calvino había empeorado notablemente.

Entraron en la sacristía, Juan Calvino estaba secándose el sudor con un pañuelo y bebiendo un vaso de agua.

—Maestro, quiero presentaros a los españoles de los que os di aviso ayer, son amigos de Juan Pérez de Pineda.

La figura erguida y delgada del reformador se dio la vuelta. Los miró con cierta curiosidad, como si los estuviera examinando con la mirada.

—Amigos del doctor Pérez de Pineda. Entonces deben de ser fervientes, resolutivos y generosos como él —comentó el reformador.

—Juan ha sido nuestro mejor embajador, esperamos imitarlo en todo. Cuando estaba con nosotros en Sevilla siempre fue una inspiración y un ejemplo —contestó Casiodoro.

Calvino siguió observándolos, como si con su simple mirada pudiera ahondar en lo más profundo de sus almas.

—¿Estáis bien en el antiguo convento? Espero que os quedéis en la ciudad el tiempo que necesitéis. Ginebra era antes una ciudad insegura, llena de borrachos, pobreza y desigualdad. Este es sin duda el ejemplo de lo que Dios puede hacer en una ciudad cuando su Palabra se extiende sin trabas. Esperemos que dentro de poco suceda lo mismo en toda Europa y, si Dios quiere, en el resto del mundo.

—Amén —dijo Cipriano, sin poder contener su emoción.

—Espero que disfrutéis del resto del día. Que Dios os bendiga, hermanos.

Calvino posó su mano sobre el brazo de Beza a forma de despedida y se marchó por una puerta lateral acompañado de dos de sus acólitos.

Los españoles se miraron sin saber qué hacer, Beza se despidió de ellos y se dirigieron a la salida. Un joven llamado Enzo se les acercó.

—Sois los españoles ¿verdad?

Todos le miraron sorprendidos.

—En unos minutos tenemos una pequeña reunión todos los italianos. Estáis invitados a asistir. No es tan espectacular como escuchar al gran Juan Calvino en la catedral, pero Dios también está allí.

Siguieron al joven Enzo por las calles de Ginebra. La gente, sin nada que hacer hasta el almuerzo, aprovechaba el buen día para pasear. Llegaron hasta una de las zonas más humildes de la ciudad y entraron en una pequeña capilla, que parecía haber sido antes una ermita. En el interior, algo más de una veintena de personas, la mayoría hombres, se saludaban efusivamente.

En cuanto los vieron llegar, se dirigieron a ellos para presentarse.

—Bienvenidos —dijo uno de los más ancianos.

—Gracias por la invitación —contestó Casiodoro.

—¿Venís de la catedral? Nuestro culto es mucho más modesto, como los que hacía Jesús con sus discípulos. Soy Giorgio Biandrata. Estos son Giovanni Paolo Alciati, Silvestro Tegli y Valentino Gentile.

—Encantados de conoceros —dijo Antonio.

Se estrecharon las manos y se sentaron frente a un púlpito sencillo de madera, hecho de cajas de fruta. Giorgio se puso en pie y pidió a varios jóvenes que entonasen algunos salmos. La pequeña capilla se llenó de sus voces angelicales y del sonido leve de flautas dulces y una vihuela.

Los españoles sintieron cómo su corazón se encendía con los cánticos y algunos de ellos comenzaron a llorar, emocionados. Recordaban su hogar y echaban de menos el calor de los hermanos.

Giorgio subió al púlpito y predicó brevemente. No era tan gran orador como Calvino, pero sus palabras amenas y claras fueron bien recibidas por el grupo. Al finalizar la reunión, los invitaron a comer.

—Hay un mesón de comida italiana muy cerca. En esta parte de la ciudad vivimos los que aún no hemos sido reconocidos como ciudadanos —les comentó Giorgio.

Caminaron hasta el mesón. En la fachada apenas había un pequeño cartel tallado en madera. El local era oscuro, no muy amplio, pero acogedor. Una mujer muy gruesa los recibió con entusiasmo y enseguida les sacó varios platos típicos de Italia. Ya habían probado algunos durante su viaje, era lo mejor que comían desde su llegada a Ginebra.

—¿Ya os ha recibido Beza? Antes Calvino recibía a los estudiantes, casi todos nosotros hemos comido en su casa, pero desde hace cuatro años parece como si se hubiera encerrado en sí mismo. Sus posturas son mucho más rígidas y no atiende a razones —comentó el italiano.

—Beza nos recibió con mucha amabilidad —dijo Cipriano, algo molesto por los comentarios de Giorgio.

—No lo dudo, es un buen hombre. Calvino también, no conoceréis a alguien más piadoso y sincero, pero se ha vuelto rígido e intolerante. Ginebra le expulsó hace años por su rigidez, y los libertinos gobernaron la ciudad hasta llevarla al caos. Entonces el Consistorio le pidió que regresase. Puso en orden la ciudad, pero desde la disputa y muerte con Miguel Servet no volvió a ser el mismo.

—Su predicación ha sido majestuosa —dijo Peregrino.

—No queremos poneros a mal con Calvino y su iglesia, simplemente os advertimos que andéis con cuidado. Tiene ojos y oídos por todas partes. Os aseguro que los italianos no le gustamos, dice de nosotros que somos eruditos vacuos que no aceptamos la sencilla Palabra de Dios. De los españoles piensa lo mismo, y aun peor, ya que cree que estáis emparentados con judíos y musulmanes.

—Demostraremos a Calvino y toda Ginebra que no hay cristianos más fieles que nosotros. Hemos sufrido mucho por defender la fe y algunos de nuestros hermanos sufren martirio en este mismo momento por ello —dijo Antonio, algo indignado.

—Estamos aquí para aprender. No queremos meternos en polémicas, estamos agradecidos por la acogida, deseamos formarnos y regresar a España o abrir en el futuro una iglesia para españoles en la ciudad —les explicó Casiodoro.

—Noble propósito —comentó Silvestro—. Giorgio está muy molesto con el hermano Juan Calvino. Dice que ha malinterpretado su doctrina sobre la Trinidad. De todas formas, estamos agradecidos a los ginebrinos. Mientras que hemos tenido que huir de nuestra tierra, aquí nos han acogido. De nuevo, bienvenidos a Ginebra.

Capítulo 23

SERVET

«Matar a un hombre no es defender una doctrina,
es matar a un hombre».[24]

Ginebra, enero de 1558

Casiodoro se acostumbró enseguida a las rutinas de Ginebra. Por las mañanas tomaban una comida rápida, estudiaban juntos en la escuela de teología; a continuación almorzaban, en ocasiones en compañía de los italianos. Después de su primera visita a la catedral, se congregaron con los italianos, aunque Cipriano siguió escuchando los domingos las predicaciones de Calvino.

Por las tardes caminaban por el campo. Hacía mucho frío, pero Antonio y él necesitaban despejar la cabeza y la naturaleza parecía conseguir despejarlos un poco.

Los otros seis monjes llegaron unos quince días más tarde a la ciudad, les contaron sus vicisitudes en Portugal y cómo habían estado a punto de ser atrapados en Amberes, pero habían logrado escapar y entrar a Alemania. Desde allí, el viaje había sido más tranquilo. Los padres y la hermana de Casiodoro no habían sufrido ningún percance. Habían atravesado Francia y llegado a Ginebra hacía unos días, y aún se encontraban agotados por el viaje, en especial su madre.

Aquel día, Casiodoro subió solo hasta Champel, una colina próxima a la ciudad desde la que se podía contemplar en todo su esplendor. Le extrañó ver a una mujer dejando flores al lado de un árbol. Al verlo, ella pareció asustarse.

—Buena mujer, no os asustéis. ¿Por qué habéis depositado flores en ese árbol viejo?

—Es la tumba de un hombre.

—¿Cómo un árbol viejo puede convertirse en la tumba de un hombre? —preguntó, un tanto extrañado.

La mujer, algo encorvada por la edad, se sentó lastimosamente en una piedra. Parecía dolorida, como si llevase sobre sus espaldas el peso del mundo entero.

—Es una triste historia.

Casiodoro se sentó a su lado.

—Tengo todo el tiempo del mundo para escucharla.

—¿Estáis seguro? En ocasiones es mejor ignorar.

—La ignorancia es el refugio de los débiles.

La mujer se secó los labios con la mano tras beber un poco de agua que llevaba en una pequeña cantimplora.

—Soy vecina de Ginebra desde niña, mis padres llegaron aquí desde Lausana. Se dedicaban a fabricar muebles, eran de los mejores ebanistas de la ciudad. Se convirtieron a la fe con Guillaume Farel, un predicador que casi convirtió al evangelio a toda la ciudad. Poco después le pidió ayuda a Juan Calvino, que en aquel momento era un joven de poco más de veinte y seis años, que huía de las persecuciones a los protestantes en Francia. Yo fui una de las primeras en convertirme al escuchar su predicación. Era vibrante, fresco como el viento en primavera. Su predicación transformaba el alma más seca y pecadora. Los libertinos, un partido contrario a sus enseñanzas, le expulsaron junto a Farel, pero volvieron unos años más tarde. Calvino abrió escuelas, creó comedores para los pobres, construyó casas y terminó con la prostitución y los vicios de la ciudad. Muchos se marcharon, pero la mayoría se quedó, pues amaban el mundo nuevo que estaba creando, sobre todo porque se inspiraba en la Palabra de Dios.

Casiodoro estaba fascinado con la narración de la mujer.

—Calvino se casó con Idelette, una mujer viuda que había estado casada con un anabaptista. En aquel tiempo no era tan rígido ni dogmático como llegaría a ser más tarde. Idelette era prudente, solícita y lo amaba mucho, falleció en 1549 y su esposo se quedó desolado. Desde entonces se hizo inflexible, persiguió a todo aquel que discrepara en cualquier punto, sus rigores llegaron a ahogar la alegría de Ginebra y, en 1551, arremetió contra Jerôme-Hermès Bolsec, que era contrario a su idea de la predestinación. Calvino le refutó en público, después exigió su detención y, tras el juicio, su expulsión, al considerar que sus discrepancias no podían llevar al reo a la pena capital. Lo que no pudo hacer con este teólogo lo llegó a hacer con Servet. Al parecer, se odiaban mutuamente, llevaban años cruzando correspondencia y Miguel Servet le había corregido sus escritos. El español no creía en la Trinidad y Calvino prometió a varios amigos que, si ponía un pie en la ciudad, lo mandaría matar. A través de un amigo, envió cartas al inquisidor de Lyon y Servet fue apresado. Logró escapar, para huir a Italia, pero pasó por Ginebra. Entró en la catedral para escuchar una predicación de Calvino. Lo detuvieron, acusado por un alumno de Calvino, pues no quiso denunciarle él directamente. Después fue encarcelado. Miguel Servet suplicó varias veces que mejoraran su situación en la cárcel. Llevaba ropas andrajosas y no se le permitía tener libros. Pasaba frío y hambre. Más tarde fue condenado por herejía. La ciudad escribió a los cantones para que dieran su aprobación a la condena. Estos recomendaron el exilio, pero al final fue quemado. Aquí mismo le vi arder, suplicando entre las llamas. No podré olvidarlo jamás.

Casiodoro comenzó a llorar. Tomó en la mano un puñado de tierra, las cenizas de Miguel Servet se habían mezclado con aquella arena para siempre. No entendía cómo un hombre como Calvino había provocado una muerte tan infame. Cerró los ojos y pensó en Sevilla, en San Isidoro, en los días tranquilos compartidos con sus hermanos, disfrutando del fuego interior que sentían por haber descubierto una joya de gran precio, la gema más hermosa del mundo, el evangelio. La libertad que había experimentado nada tenía que ver con el odio y el legalismo que acompaña a toda religión impuesta por el hombre. Se prometió a sí mismo no olvidar jamás esa lección. Estaría dispuesto a morir por causa de la cruz, pero jamás a matar en su nombre.

Capítulo 24

LAS ESPINAS

«Un perro ladra cuando su amo es atacado.
Yo sería un cobarde si es atacada la verdad
de Dios y permanezco en silencio».[25]

Ginebra, marzo de 1558

La llegada de Juan Pérez de Pineda llenó de dicha a todo el grupo. Ya no vivían juntos. Los diferentes quehaceres los tenían entretenidos todo el día, pero no habían perdido la costumbre de cenar juntos los viernes y congregarse en la iglesia italiana los domingos por la mañana. Después, todos se reunían en el mesón italiano y disfrutaban de un poco de alegría en aquella ciudad tan triste y apagada.

Casiodoro vivía con sus padres y su hermana en una pequeña casa cerca de la muralla. Era fría y estaba un poco descuidada, pero la habían convertido en su hogar. Cipriano seguía alojado en el convento, veía a Antonio cuando regresaba de la Universidad de Lausana, donde se había matriculado y recibía clases de Beza. Además, ayudaba a Casiodoro con sus proyectos, sobre todo con la traducción de la Biblia y con la pequeña iglesia de españoles que había reunido en su casa.

Casiodoro fue a visitar a Juan Pérez de Pineda en cuanto se enteró de su regreso a la ciudad. Los dos viejos amigos se abrazaron al encontrarse. Llevaban años sin verse, pero su relación por carta había sido fluida.

—Amigo, cuánto os he echado de menos —comentó Juan mientras le apretaba los brazos con las manos.

—Me hubiera gustado veros en otras circunstancias, es triste saber lo que está sucediendo en España. Mis padres nos trajeron noticias desoladoras. Además de toda la iglesia chica de Sevilla y los alrededores, han detenido a la iglesia de Valladolid, que se reunía en casa de la familia Cazalla. Constantino Ponce de la Fuente está en la cárcel de la Inquisición.

—Son tiempos recios, querido amigo, pero oro para que Dios tuerza toda esta maldad y la convierta en algo bueno. Puede que el pueblo, harto de los desmanes de la Inquisición y del emperador se revuelva contra él. Ya lo hicieron al principio de su reinado, cuando quitó a Castilla y Valencia sus derechos a tejer lana y no venderla directamente a Flandes.

Los dos amigos se sentaron en la mesa. Juan la tenía repleta de pruebas de imprenta, su manuscrito del Nuevo Testamento y otros libros de griego y arameo.

—¿Habéis avanzado con vuestra traducción? —preguntó Casiodoro a su amigo.

—No demasiado, en estos años he viajado mucho. Estuve un tiempo en París, después viajé a Inglaterra, pero me llamó Juan Morillo a Fráncfort. Él es de origen judío, pero ahora apoya nuestra causa cristiana. Allí dirigí una congregación durante un tiempo, pero Beza me animó a instalarme en Ginebra. Aquí colaboro con el impresor Jean Crespin. Gracias a él he podido imprimir todos los libros y los tratados en español para enviarlos a nuestra amada patria.

El rostro de Casiodoro se ensombreció. Sabía que la Inquisición había dado con casi todos los libros y los había ordenado quemar.

—Los libros han sido destruidos.

—Lo sé, Casiodoro, aunque lo que más lamento es lo que le está pasando a nuestra gente, buenas personas que lo único que desean es que la gente conozca el evangelio. Mi buen Julianillo ya no regresará, era mi mano derecha. Ahora me encuentro muy solo.

—Nosotros estamos aquí, la mayoría permanece en Ginebra o en Lausana. Estaremos apoyando todos vuestros proyectos.

—¿Cómo lleváis vuestra traducción de la Biblia? —preguntó Juan a su amigo.

—En España ya había avanzado mucho. Durante todo nuestro viaje, lo que más temía era perder el manuscrito. Los meses que llevo en Ginebra han sido muy fructíferos, me he concentrado casi en exclusiva en ese proyecto.

—Me han dicho que tenéis una iglesia en casa.

—Veo que las noticias vuelan.

—Las cosas en Ginebra no son como en España. Los suizos son más estrictos que nosotros, hay que pedir permisos para todo y, además, Calvino debe autorizar todas las nuevas capillas. Intenta proteger a la ciudad de la herejía, que parece que se extiende con tanta facilidad por el mundo.

—¿Como hizo con Servet? Eso es lo único que no me gusta de la ciudad, uno tiene la sensación constante de estar siendo observado.

Juan Pérez de Pineda se recostó en la silla.

—Ya sabéis, Casiodoro, siempre hay que comer el pescado y quitarle las espinas. En esta parte del mundo se han producido guerras por cuestiones doctrinales; los anabaptistas y sus ideas apocalípticas por poco terminan con la Reforma. Ahora están más calmados, pero Calvino sueña con una única Iglesia reformada que dirija los destinos espirituales de Europa. Es un sueño hermoso.

—Sí, como el de Roma.

—No seáis burro —dijo Juan con una sonrisa.

Los dos hombres comenzaron a reírse. Juan sirvió un poco de vino y tomaron unas aceitunas que alguien le había traído de España.

—El simple sabor de unas aceitunas me recuerda a España.

—Yo también la echo mucho de menos —contestó Casiodoro.

—He pensado daros todo mi trabajo del Nuevo Testamento, vos sois mejor que yo en griego y arameo.

Casiodoro le miró asombrado, no esperaba tanta generosidad.

—No es tan importante quién traduzca la Biblia al castellano como que se haga de forma urgente. Ya sabéis que el pueblo, sin conocimiento, perece. España necesita leer la Palabra de Dios. Si no se lo hubieran prohibido durante siglos, ahora sería un país más culto, justo y feliz —dijo Juan mientras le entregaba su manuscrito.

Casiodoro lo tomó con cuidado entre sus manos, como si sujetara una frágil vasija de barro.

—No merezco tanto honor.

—Yo utilicé en parte el Nuevo Testamento de Francisco de Enzinas, aunque lo he corregido y he traducido por mi cuenta muchas partes.

—Es una labor increíble, me ahorrará mucho tiempo.

—Jean Crespin estará muy honrado de imprimir la primera Biblia íntegramente en castellano.

—Pero yo no tengo dinero, lo poco que nos dio nuestro superior lo gastamos en el viaje y lo que nos entrega la ciudad de Ginebra apenas nos ayuda a subsistir.

Juan Pérez de Pineda se cruzó de brazos y sonrió.

—Por eso esta noche cenaremos con Juan Calvino. ¿Lo conocéis?

—He mantenido más relación con Beza, quien nos lo presentó después de un sermón.

—¿No vais los domingos a la catedral? Es un crimen estar residiendo en Ginebra y no escuchar a Calvino.

—Preferimos la iglesia italiana, la gente es más acogedora y su temperamento se parece más al nuestro.

—Necesitáis el apoyo de Calvino, y para eso debe conoceros antes.

Casiodoro sabía que su amigo tenía razón, pero sentía cierta antipatía por el reformador, a pesar de que los había favorecido a todos desde su llegada. Tal vez debía darle una oportunidad, no juzgarlo antes de tiempo.

—Está bien, haré el esfuerzo.

—Esta noche cenaremos en su casa. Comentadle a Cipriano que puede venir si le place.

—Estoy seguro de que lo hará, es el único de nosotros que va a escuchar a Calvino a la catedral.

Casiodoro regresó a su casa emocionado. Ahora que Juan estaba en Ginebra, el proyecto de la Biblia tomaría verdadero empuje. Le inquietaba la cena con Calvino, no estaba seguro de poder defender su proyecto frente al hombre más conocido del mundo protestante.

Al llegar a casa, su hermana Ana estaba preparando el almuerzo con su madre. Mientras ponía la mesa le hizo muchas preguntas sobre Juan Pérez de Pineda. Su familia estaba aprendiendo francés y practicaban con él.

—Me ha dado su manuscrito de la Biblia.

—Espero que sea mejor que tu versión —bromeó su hermana.

Los dos se enredaron en una pelea y su madre salió al quite.

—Juego de manos, juego de villanos. Ya sois muy mayores para hacer estas cosas.

Su padre llegó a la mesa y, tras bendecir los alimentos, los cuatro se sentaron a comer. Estuvieron un rato en silencio, hasta que Casiodoro comenzó a hablar de sus proyectos.

—Esta noche guarda tu lengua, es mejor pasar por sabio permaneciendo en silencio que dando largas lecciones. Juan Calvino es un gran sabio —le advirtió su padre.

—No os preocupéis, padre, responderé tan solo a lo que él me pregunte.

—Tienes la lengua vivaracha de tu madre, pero eso sirve en Sevilla, en Ginebra las cosas son de otra manera. Aquí todo es orden y disciplina.

—Aburrimiento y tristeza —añadió Ana.

—Seriedad y sobriedad —replicó el hombre—. ¿Prefieres el caos de Sevilla, los gritos y las borracheras, los vómitos y los perros vagabundos, las ratas y los ladrones?

La madre de Casiodoro miró a su esposo.

—Ahora te vas a hacer ginebrino —comentó con ironía la mujer.

—Ginebrino no, pero lo prefiero a Sevilla. Aquí podría montar un negocio...

—No quiero más negocios. Lo vendimos todo en España, para que pudiéramos vivir lo que nos resta de vida. Lo importante es casar a Ana con un buen español —replicó la mujer.

—No soy un caballo —se quejó la muchacha.

—Sería más fácil emparejar a una yegua —bromeó su padre.

La muchacha se cruzó de brazos y frunció el ceño.

—Yo ayudo a Casiodoro con la traducción, mi hermano me enseñó a leer y escribir, no soy un animal de carga.

—Es broma, panecito de cielo —le contestó Casiodoro.

—Me gustaría ir contigo a la cena a casa de Calvino.

—Me temo que lo que vamos a tratar sería muy aburrido para ti —contestó el hermano.

—¿Lo dices en serio?

—No, pero tengo que convencerlo de que financie la impresión de la Biblia cuando esté terminada. Necesito que todos mis sentidos estén concentrados en eso y no preocuparme por nada más.

Ana se levantó de la mesa y se marchó, furiosa. Casiodoro terminó la comida, descansó un poco y después fue a buscar a su amigo Cipriano.

En cuanto le ofreció que le acompañase a cenar a la casa del hombre más poderoso de Ginebra, Cipriano no disimuló su agrado. Esperó a que se pusiera sus mejores ropajes y su capa, después se dirigieron a la casa de Juan. Tras una breve conversación, el grupo de amigos caminó sin prisa hasta la casa de Juan Calvino. Era una tarde fresca, parecía que la ansiada primavera comenzaba a acercarse y las sombras del pasado invierno se disipaban poco a poco. Al menos en Ginebra, porque en España la tormenta estaba en pleno apogeo.

Capítulo 25

CITA CON CALVINO

*«El futuro tiene muchos nombres. Para
los débiles es lo inalcanzable. Para los
temerosos, lo desconocido. Para los
valientes es la oportunidad».*[26]

Ginebra, 1558

La casa de Juan Calvino era tan austera como su adusta figura. Les recibió uno de sus ayudantes y los llevó por un pasillo oscuro hasta un salón casi desnudo. El reformador estaba leyendo apoyado en la mesa, levantó la vista al verlos entrar y se dirigió a Juan Pérez de Pineda.

—Estimado hermano, nos complace mucho veros, espero que vuestro viaje haya sido fructífero, con la ayuda de Dios.

—Es siempre un placer regresar a esta ciudad de la luz, mientras el mundo se sume en tal oscuridad. Creo que ya conocéis a mis compatriotas, Casiodoro de Reina y Cipriano de Valera.

—El bueno de Beza me los presentó hace unos meses en la catedral. Como sabéis, jamás olvido una cara, pero los nombres, eso ya es otra cosa.

El reformador hizo un leve gesto de saludo, Casiodoro inclinó la cabeza y Cipriano hizo una reverencia.

—Sabemos que sois un hombre tremendamente ocupado, por eso os agradecemos en especial que nos recibáis en vuestra casa.

—Hace años, cuando estaba aún viva mi esposa, siempre teníamos invitados a comer, pero ahora esto ya no es un hogar, es poco más que una pensión y un refugio. Por favor, tomad asiento, enseguida nos servirán la cena. Debo advertiros que como frugalmente por la noche, pero han preparado algo más abundante para vuestras mercedes.

Se sentaron en una mesa larga de una madera oscura y tosca, cortada de una sola pieza.

—Estaba leyendo las Sagradas Escrituras. Siempre encuentro algo nuevo. Ahora mismo estoy repasando el libro de Eclesiastés, de joven era uno de mis preferidos, junto a Proverbios y Salmos.

—Como el poeta Beza —comentó Juan Pérez de Pineda.

El reformador frunció el ceño ligeramente.

—Mi amigo Teodoro ya no es un poeta, ahora es uno de los pilares del magnífico edificio que estamos construyendo. El papa levanta su basílica de San Pedro en Roma, pero aquí estamos construyendo algo más grande y duradero.

—¿Qué es, maestro? —preguntó Cipriano, sin poder evitar el impulso.

—No soy maestro de nadie, el único maestro es Cristo, soy vuestro humilde condiscípulo. Estamos edificando un templo no hecho de manos humanas, una iglesia nueva que se extiende poco a poco por todo el mundo. Lutero abrió las puertas enrarecidas de la Iglesia para que penetrase la luz y el aire de nuevo, pero nosotros, queridos hermanos, estamos construyendo una iglesia universal. En Alemania, cada principado, ducado y condado tiene su propia iglesia. Eso los ha hecho débiles, sin un plan común para llegar a todo el mundo, pero nosotros, desde Ginebra gobernaremos la iglesia más fuerte del mundo, la verdadera iglesia de Cristo que desechará a la del Anticristo de Roma.

—Esa gran obra es fruto de vuestro esfuerzo —dijo Juan Pérez de Pineda.

—No, hermano. Un solo hombre no puede construir la iglesia de Dios, es la obra de su pueblo entero. En poco tiempo, el evangelio ha llegado a toda Francia, Navarra, Polonia y se extiende ahora hasta la lejana Rusia, Rumanía, Escocia, Hungría, y pronto esperamos llegar a España. John Knox está haciendo una obra notable con los nobles escoceses, mientras que otros hermanos están predicando a reyes y gobernantes en otros lugares de Europa. Les hemos enviado a todos como lo hizo Cristo, de dos en dos, predicando primero a las autoridades, para que se abra una gran puerta a nuestra causa, descendiendo después hasta el más humilde de la ciudad, porque el evangelio es para todos.

—Un plan magistral —comentó Juan Pérez de Pineda.

—Dios me lo inspiró y, desde entonces, su bendición ha caído sobre nosotros. Pero ¿sabéis cuál ha sido el secreto?

Todos lo miraron, expectantes.

—La Palabra de Dios, que llegue a toda lengua y nación, para anticipar la venida del Mesías.

—Amén —dijo Cipriano.

—De eso precisamente queríamos hablaros.

—Perdonad que os interrumpa, hermano, creo que podemos ir a cenar.

Se dirigieron a una mesa redonda más pequeña. Un siervo delgado, vestido todo de negro, les sirvió una sopa caliente de verduras. Tras bendecir la mesa, la tomaron sin cruzar palabra. Después pusieron delante del reformador un pedazo minúsculo de perca. A ellos les sirvieron unos pedazos algo más grandes.

—Sencillo y delicioso, como a mí me gusta. Odio todos los pecados capitales, sobre todo los sensuales, como la lujuria, la gula y la pereza.

—Son los más obvios, pero los más sutiles, como la soberbia, la avaricia y la envidia, pueden vestirse de austeridad, falsa humildad y juicio —comentó Casiodoro.

Juan Calvino le miró directamente por primera vez en toda la comida.

—Es cierto, querido hermano. Esos pecados se ocultan mejor tras las virtudes cardinales. Pero Dios conoce el corazón del hombre. Desde que llegasteis a Ginebra os hemos dado asilo, cobijo, ayuda y amistad, pero vos y vuestros compañeros habéis respondido con indiferencia, desprecio y crítica. Dicen que la virtud menos extendida en el mundo es la gratitud, y no es que hagamos nada para que los hombres lo reconozcan, pero no entiendo vuestra actitud.

El ambiente en la mesa se volvió tenso. Juan Ponce de la Fuente puso su mano en el brazo de Casiodoro, pidiéndole prudencia.

—Puede que tengáis razón. Si os hemos parecido desagradecidos, os pido que aceptéis disculpas en nombre de todos mis compañeros. Salimos de España con el deseo de encontrar un lugar lleno de paz, donde no se nos persiguiera, y aquí lo hemos encontrado.

—Ese comentario os honra, Casiodoro. Aunque, aún mejor que las palabras son los hechos. ¿No creéis? De todas las iglesias de la ciudad, decidisteis congregaros con los italianos. Entiendo la afinidad entre dos pueblos latinos, pero esa congregación es un nido de antitrinitarios. Ahora estáis reuniendo una iglesia en vuestra casa sin permiso. En Ginebra tenemos ciertas normas.

Casiodoro intentó contenerse.

—La iglesia es una comunidad de orden y os pido disculpas de nuevo.

—Las acepto, sobre todo siendo vos amigo del hermano Juan Pérez de Pineda.

—Mis amigos y hermanos no conocen las costumbres, yo también os pido disculpas en su nombre.

Calvino inclinó la cabeza en señal afirmativa, después miró a Cipriano.

—En cambio, vos sois un hombre fiel, os he visto muchos domingos en la catedral.

—Gracias, hermano.

—Con respecto a la traducción de la Biblia al castellano, me parece una noble labor, os ayudaremos en lo que necesitéis —le comentó a Casiodoro.

El español intentó agradecerle el gesto al reformador, pero de sus labios salió algo que no esperaba.

—Tenéis razón en todo lo que habéis dicho, tal vez juzgue a Ginebra y su benefactor antes de tiempo. Admiro la labor que habéis hecho con la ayuda de otros hermanos: la paz, el orden y la justicia que imperan en la ciudad. Habéis abolido la pobreza y los vicios más groseros de los hombres, atendéis a las viudas y los huérfanos. Lo que no logro entender es cómo un hombre como vos, un siervo de Dios, consintió y propició la muerte de otro hombre.

Los ojos de Calvino se encendieron de repente. El reformador llevaba años justificando su acción y, aunque la mayoría de los grandes reformadores le habían apoyado, seguía viendo la muerte de Miguel Servet como uno de los momentos más oscuros de su ministerio.

—No voy a justificarme ante vos, abogado tengo en Cristo. Ese hombre era un hereje, un blasfemo, y debía ser extirpado de la iglesia.

—¿En qué lugar de las Sagradas Escrituras afirma que debemos asesinar a los herejes? Eso no fue una actitud cristiana, más bien se trató de un acto de venganza, de ira y de soberbia.

El reformador le señaló con el dedo.

—Puedo distinguir a un hereje en cuanto lo veo, querido hermano, no os desviéis de la verdad. Servet ya no está con nosotros, ahora está rindiendo cuentas ante su Creador. Preocupaos más bien de proteger vuestra alma. Esos italianos os llevarán al error. Espero que me tengáis informado de vuestros avances con la traducción de la Biblia y espero veros más por la iglesia. Ahora os pido disculpas, mi salud ya no es lo que era. Por la mañana tengo que levantarme muy pronto. Muchas gracias por venir a mi humilde casa.

Juan Calvino se puso en pie. De inmediato, los tres españoles le imitaron, él inclinó la cabeza y dejó la sala.

Salieron de la casa en silencio, pero, en cuanto cruzaron el umbral, Juan le increpó.

—¿Qué habéis hecho, insensato? Juan Calvino ha hecho mucho para que llegara la Palabra de Dios a España, incluso está dispuesto a ayudaros con la traducción. Lo de Servet fue desafortunado, pero eso sucedió hace años y no podemos hacer nada para cambiarlo.

—No olvidarlo ya es algo. Escapamos de las hogueras de la Inquisición y ahora no queremos terminar en la de Ginebra.

—No comparéis a la Inquisición con Ginebra.

—¿No es comparable? ¿Estáis seguro? La intolerancia es la misma en todas partes. Desde que estoy en la ciudad, únicamente he escuchado mensajes contra Roma, predicaciones sobre la moral. ¿Dónde están la frescura del evangelio y el gozo de la salvación? Yo no los veo en Ginebra.

—Los niños comen, los pobres tienen cobijo, la gente recibe educación —contestó Juan.

—Pero los niños no ríen, los pobres no son tratados con misericordia y la educación nunca sustituirá a la libertad.

—Antes de que el árbol crezca sano hay que cortar algunas ramas.

—Aquí no se están podando las ramas, se están cortando las raíces. Jesús mismo, en su parábola sobre el trigo y la cizaña, anunció que había que dejarlos crecer juntos, que en el día del juicio el Hijo del hombre recogería la cosecha, para que ninguna espiga de trigo inocente fuera arrancada.

—Servet no era trigo limpio —contestó.

—Pero no merecía que lo matasen por sus ideas.

Juan Ponce de la Fuente se quedó en la puerta de su casa y se despidió de sus amigos. Casiodoro y Cipriano siguieron caminando en silencio. Eran amigos desde hacía años, muy diferentes, pero con algo que les unía: el respeto y la admiración por el otro.

—Ya sé lo que pensáis —comentó Casiodoro.

—Si hay algo que admiro de vos, es vuestro valor. Puede que a veces no esté de acuerdo con lo que opináis, pero siempre anteponéis vuestros principios a vuestros intereses.

—Calvino puede ayudar mucho a nuestra causa, pero no a cualquier precio. ¿De qué sirve predicar el evangelio en España si este ya no rige nuestras vidas? No anhelo hacer prosélitos, quiero hacer discípulos, pero ¿cómo les pediré que me imiten como yo imito a Cristo si vivo en contra de la ley de Dios?

Las palabras de Casiodoro de Reina quedaron flotando en la noche ginebrina como un canto de libertad y amor en un mundo que se dirigía hacia la intolerancia y la violencia. Los dos amigos sabían que las palabras eran vanas, dejaron que sus mentes contemplasen el cielo estrellado de la ciudad y, sin saberlo, la misma idea les invadió de repente: ¿cómo estarían sus queridos amigos de España? Podrían contemplar aquellas mismas estrellas, pero desde la celda de la prisión de la Inquisición o encerrados en algún convento, mientras esperaban inquietos a la mañana. Aquella bóveda celeste creada por Dios era testigo de tantas injusticias y maldad que la belleza de la naturaleza parecía eclipsada por el dolor y el sufrimiento que los seres humanos se infligían unos a otros.

Capítulo 26

CARTAS A CASTELLIO

*«Es difícil liberar a los necios de
las cadenas que veneran».*[27]

Ginebra, abril de 1558

Ana miraba por encima del hombro de su hermano mientras este se concentraba en sus papeles. Llevaba semanas sin apenas salir, intentando avanzar en la traducción de la Biblia, buscando la palabra adecuada para cada verso.

—Vas a caer enfermo, no te da la luz del sol ni el aire fresco, aunque este sol no sea como el de España —dijo Ana, abriendo las ventanas, lo que hizo que los papeles comenzaran a revolotear.

—¿Qué haces? ¡Mis papeles!

Su hermana comenzó a reír escandalosamente, cerró de nuevo y le ayudó a amontonar de nuevo las hojas.

—Está bien. Espero una carta, iremos a ver si ha llegado.

—La traerían aquí.

—No, esta no.

—Mi hermanito siempre rodeado de misterios.

Se pusieron algo de abrigo. La primavera era muy suave en Ginebra y el lago causaba, cada vez que se movía el viento, una desagradable sensación de frío.

Caminaron hasta la casa de uno de sus amigos italianos. La humilde morada de Giorgio Biandrata. Allí encontró a Juan de León y Lope Cortés, otros dos españoles residentes en la ciudad.

—El gran Casiodoro se digna a salir de su cueva. ¿A qué debemos tanto honor? —le preguntó sarcásticamente Juan de León.

—Yo me dedico a trabajar, no sé si conocéis el verbo.

—A veces me cuesta conjugarlo.

—Ya lo veo, estáis comiendo a estas horas.

—La bellísima Ana de Reina os acompaña —dijo el italiano mientras se ponía en pie y hacía una reverencia.

—Sois un zalamero, Giorgio.

—Me casaría con vos hoy mismo.

Ana puso los ojos en blanco.

—Mis padres quieren a un buen hombre español y vos no cumplís ninguno de los dos requisitos.

—Pero nosotros sí los cumplimos —contestó Lope Cortés.

—Lo de españoles, supongo —dijo, risueña, Ana.

—¿Llegó la carta? —preguntó Casiodoro, al que no le gustaban ese juego de palabras de su hermana con sus amigos.

—Sí. Preferís que las cartas de Castellio lleguen a mi casa, ya que me precede mi fama de hereje.

—Tengo que salvar la traducción de la Biblia, después nos iremos de Ginebra.

—¿Y adónde podréis ir? Europa está dominada por Su Majestad el Rey de España —le dijo Juan de León.

—Desde que Isabel reina en Inglaterra, muchos reformados han acudido a la isla, dicen que se respira mucha más libertad que aquí —contestó Casiodoro.

Giorgio le entregó la carta y el español se la guardó en un bolsillo.

—¿Cómo vais con la traducción? —preguntó Lope.

—Bien, aunque más lento de lo que me gustaría.

—Mi hermano pierde mucho tiempo escribiendo cartas y traduciendo un libro.

Todos le miraron sorprendidos.

—¿Qué libro estáis traduciendo al español? —preguntó Giorgio.

—Es un secreto.

—¿Nosotros no podemos saber vuestros secretos?

Casiodoro se fiaba de sus amigos, pero era consciente de que los espías del Consistorio se encontraban por todas partes.

—*De haereticis, an sint persequendi.*

Los tres se miraron asombrados.

—La obra de Castellio que más odia Calvino, en la que le acusa de la muerte de Servet —dijo, sorprendido, Diego.

—Si Calvino se entera, sois hombre muerto —comentó Giorgio.

—No creo que se atreva a matar a otro español —contestó Juan de León.

Ana le miró preocupada, ahora entendía el esfuerzo por traducir dos libros al mismo tiempo.

—Es hora de regresar a casa.

Se despidieron de sus amigos y regresaron a casa. En cuanto se alejaron un poco, Ana increpó a su hermano.

—¡Deja ese libro! Al menos mientras estemos viviendo aquí.

—Ya lo he mandado a imprenta.

—¡Es una locura!

—Siempre me pregunto qué haría Jesús en mi lugar.

—Traducir la Biblia y predicar la Palabra de Dios —comentó Ana.

En cuanto llegaron a la casa, Casiodoro tomó una pequeña daga y abrió el sobre. Se sentó junto a la ventana y comenzó a leer.

Estimado hermano Casiodoro:

Vuestras cartas me han llenado de dicha, no solo por el tono amable de todas ellas, sino por vuestros trabajos en la traducción de la Palabra de Dios a vuestra lengua.

En cuanto a mi libro, también agradezco que os toméis la molestia de su traducción, aunque temo por vos. Juan Calvino no tiene nadie que le frene, rodeado como está de aduladores, que tan poco bien le hacen.

Lo que más lamento de mi amada Ginebra y de la causa de la verdad es que, después de tanto tiempo de oscuridad, ahora que el sol comenzaba a resplandecer nos rodeen de nuevo las nubes negras de la intolerancia. Las generaciones que nos sucedan no nos perdonarán esta afrenta.

Con respecto a mí, únicamente soy un mosquito enfrentándose a un elefante. Sabe Dios que no le deseo nada malo a Juan Calvino, al que admiro por otra parte y del que reconozco la gran obra que nuestro Señor ha hecho por medio suyo.

Querido hermano, no olvidéis jamás la frescura del evangelio ni el primer amor. Fuimos salvados por la gracia de Dios y eso no es nuestro don, sino que es don de Dios.

Por lo demás, seguid el amor y las buenas obras, para que, cuando comparezcamos ante Cristo, estas no sean desechadas por el fuego.

Espero que, los años que me queden, siga sirviendo al Dios de mis padres.

Con deseos de paz.

Sebastián Castellio.

El padre de Casiodoro salió de su aposento y este escondió con rapidez la carta.

—¿No vienes tampoco hoy? Juan Pérez de Pineda pregunta siempre por ti.

—Estoy muy ocupado.

—Pero debemos ir a la iglesia.

—Los domingos no falto a la catedral y a la iglesia italiana.

—Ahora que las autoridades nos han cedido una capilla para que hagamos nuestras reuniones gracias a Juan Pérez de Pineda...

Aquello era precisamente lo que no agradaba a Casiodoro, el control sobre todas las iglesias que ejercía Calvino.

—Dejadme trabajar, padre, necesito terminar cuanto antes, esto es más perentorio que ir hoy a escuchar a Juan.

—A Juan no, a Dios, hijo.

El hombre salió de la casa. Casiodoro tomó la pluma y comenzó a escribirle a Castellio. Necesitaba hacerle algunas consultas sobre ciertas dudas que tenía acerca de su libro antes de dar el visto bueno a la imprenta. Miró la hoja en blanco. A veces deseaba que su vida fuera tan limpia como aquel papel, poder escribir de nuevo cada capítulo de su existencia, pero la vida no era como un libro, nadie podía reescribirla.

Capítulo 27

NOSTALGIA

*«Nada hay tan dulce como la patria y los
padres propios, aunque uno tenga en tierra
extraña y lejana la mansión más opulenta».*[28]

Ginebra, mayo de 1558

El viento incipiente traía ecos del pasado, murmullos de las personas que había dejado atrás, suspiros jamás pronunciados, y le invadió la nostalgia. Casiodoro miró por la ventana, desde allí apenas percibía tejados empapados por la lluvia y un cielo gris plomizo. Después releyó de nuevo la última carta de Castellio y se decidió a tomar una decisión.

Estimado y admirado Sebastián Castellio:

He escuchado vuestros consejos y los de Juan Pérez de Pineda, pero no puedo permanecer por más tiempo en Ginebra. Lo siento por mis padres, que a su edad lo único que anhelan es un poco de estabilidad, pero se me hace insufrible la vida aquí. Mi amigo Antonio del Corro parece más feliz en Lausana, pero yo deseo ir a Londres, allí parece que los vientos de libertad son más puros y que la nueva reina quiere atraer a lo mejor del mundo entero. Antes pasaré por Fráncfort, para ver a mi amigo Antonio, que ha ido hasta allí unos días para arreglar unos asuntos con una imprenta.

Ya no creo en el proyecto que está llevando a cabo Juan Calvino, no porque lo considere vano, sin duda hará mucho bien a otros, sino porque cada vez veo más cercanía entre la forma de actuar de Ginebra y la de Roma.

Como decía Miguel Servet en su libro Dialogorum de Trinitate Libri Duo, «ni con estos ni con aquellos, con todos consiento y disiento, en todos se ha de ver parte de la verdad y parte del error». Creo que donde faltan la misericordia y el amor no está Dios.

Me gustaría veros en Basilea, aunque no creo que podamos desviarnos más de nuestro camino.

Os ruego que oréis para que Dios nos proteja en el viaje, pues debemos atravesar territorio gobernado por los españoles y tememos caer en las redes de espías del rey.

Deseos de paz.

Casiodoro de Reina.

Tras dejar que se secara la carta a un lado, pensó en su familia, debía convencerles de que le acompañaran. Sabía que Juan Calvino no tardaría mucho en enterarse de su amistad con Castellio y, si ya estaba siendo controlado por su amistad con los italianos, aquello podía suponer su detención.

Ana se encontraba en su cuarto. Aparte de ir a la escuela y el mercado, no salía mucho de la casa. Acompañaba en ocasiones a Casiodoro en sus paseos, pero la traducción le tenía tan absorto que salía muy poco.

—¿Puedo pasar?

—Sí, estaba escribiendo unos poemas.

—Ya me los enseñarás.

—Me da vergüenza —contestó Ana, mientras los guardaba.

—Quería comentarte algo —dijo Casiodoro, que deseaba que su hermana se pusiera de su parte.

—Tú dirás.

Casiodoro se sentó al filo de la cama y miró el rostro de su hermana, era como un ángel.

—Debemos partir de Ginebra, las cosas aquí no irán a mejor, sé que a padre le gustan la ciudad y Juan Calvino, pero es imposible que termine aquí mi trabajo y continúe mi formación. Me han hablado de Londres. La reina Isabel está ayudando a ministros extranjeros con una paga y allí podría terminar la traducción.

—Juan Pérez de Pineda te ha proporcionado un editor e impresor, además de la ayuda de Calvino para cubrir los costes. En Londres no tienes seguridad de recibir nada de la reina.

—Es cierto, pero me temo que, si continúo aquí, terminaré como Servet.

—Me parece que te has obsesionado con ese hombre. Eso sucedió hace muchos años, tú no eres un hereje.

—A los ojos de los líderes de aquí, me acerco peligrosamente.

Ana pensaba que su hermano exageraba un poco. Casiodoro siempre había sido un idealista, alejado de los asuntos pragmáticos; en eso ella se parecía más a su padre, siempre con los pies en la tierra.

—Eres muy testarudo, hermanito. Hablaré con madre; si alguien puede convencer a padre, sin duda es ella.

—Gracias.

Casiodoro besó la frente de su hermana y salió del cuarto. Después se puso el sombrero y la capa, dispuesto a dar un paseo, necesitaba despejar la mente.

Mientras se dirigía hacia una de las puertas de la muralla, un hombre comenzó a seguirlo. Casiodoro abandonó la ciudad y caminó un poco más, aprovechando que ya no llovía. Notó a sus espaldas que alguien lo seguía, pero en cuanto se giró para comprobarlo, no vio nada extraño.

Mientras ascendía a un monte cercano, se acordó de la poesía de Virgilio, en la que desechaba su vida mundana y deseaba mantenerse en su obligado exilio. La recitó en voz baja, mientras observaba cómo las flores primaverales coloreaban el manto verde que cubría los campos de Suiza:

«Se echa a andar al punto la Fama por las ciudades libias, la Fama: más rápido que ella no hay mal alguno; en sus movimientos se refuerza y gana vigor según avanza, pequeña de miedo al principio, al punto se lanza al aire y camina por el suelo y oculta su cabeza entre las nubes».[5]

---

5.   Virgilio. *Eneida*, Libro IV.

Capítulo 28

Iglesia española

*«El mayor peligro de los gobiernos es
querer gobernar demasiado».*[29]

Ginebra, finales de mayo de 1558

El informador llegó al despacho de Beza y le facilitó su informe sobre los movimientos de Casiodoro y otros españoles, además de la lista de las personas con las que se carteaba y sus visitas a la iglesia italiana. Beza tomó el informe y se dirigió a la casa de Juan Calvino, llamó a la puerta y fue recibido de inmediato.

Los dos hombres se sentaron en la mesa grande y Beza le leyó el informe. El reformador frunció el ceño y preguntó a su amigo.

—¿Qué pensáis? ¿Casiodoro de Reina es un nuevo Miguel Servet?

—Casiodoro, hasta ahora, no ha manifestado ningún pensamiento heterodoxo ni ha defendido herejías. Por lo que me ha contado Juan Pérez de Pineda, cree en la Trinidad y en todas las doctrinas reformadas.

Calvino se tocó el mentón. No era sencillo gobernar al pueblo de Dios y tomar las decisiones acertadas, ante todo debía proteger a sus ovejas de cualquier peligro.

—Hay algo que no entiendo, recibe correspondencia de un tal Markus Schloss, desde Basilea, pero le mandan las cartas a la casa de ese hereje italiano.

—Es sospechoso —comentó Beza.

—Esto me huele a alguna de las astucias de Castellio. Este italiano va como oveja inocente, pero debajo de su piel de cordero acecha un lobo.

Beza afirmó con la cabeza.

—¿Queréis que registremos la casa de Casiodoro de Reina o que interceptemos alguna de esas cartas?

—Ambas cosas, pero, además, quiero que habléis con Juan Pérez de Pineda, por si él sabe algo.

Beza se puso en pie. Estaba de acuerdo con el hermano Juan en que era prioritaria la protección de la grey de Dios. El mundo los observaba, debían ser un ejemplo para toda la cristiandad; si pretendía ser una alternativa a la Iglesia católica, nobles y reyes debían estar seguros de su determinación.

El hombre dejó la casa y se dirigió a la de Juan Pérez de Pineda, le vería con la excusa de preguntarle por la iglesia de españoles que estaba intentando organizar, pero en el fondo buscaba sacarle información sobre Casiodoro.

Juan Pérez de Pineda se extrañó al ver a Beza delante de su puerta. Algunos días al mes viajaba a Lausana para dar clase; llevaba semanas sin verlo.

—Hermano Teodoro, ¿a qué debo el honor de vuestra visita?

—Hermano Juan, estaba pasando cerca y quise venir a veros.

—Pasad, por favor.

La casa de Juan estaba llena de libros y cuadernos que cubrían las mesas, las estanterías y hasta parte del suelo.

—Perdonad el desorden, estoy terminando de repasar las pruebas de mi nuevo libro.

—Felicidades, ¿de qué se trata esta vez?

—Es una carta abierta al rey Felipe II, la he titulado: *Carta enviada a nuestro augustísimo señor príncipe don Philippe, Rey de España en que se declaran las causas de las guerras y calamidades presentes y se descubren los medios y artes con que son robados los Españoles, y las más veces muertos cuanto al cuerpo y cuanto al ánima ...*

—Ojalá nuestro Señor toque el corazón endurecido del monarca y acepte la verdadera religión —dijo Beza, con el deseo de animar a su amigo.

—Dios lo quiere, pero muchas veces la voluntad humana es contraria a la razón y la fe. El corazón del rey está endurecido como el del faraón con Moisés.

Beza acarició los lomos de uno de los libros que había sobre la mesa.

—A propósito, ¿cómo va Casiodoro de Reina con su traducción?

—Muy bien, avanzando deprisa. Ni siquiera puede venir los domingos a la iglesia, aunque frecuenta la catedral.

—Vuestro amigo se rodea de personas peligrosas, sobre todo de esos italianos. ¿Sabéis con quién se cartea en Basilea?

—Lo desconozco.

—Haced el favor de averiguarlo, no deseamos que nadie contamine su mente inocente. Ya sabéis cuántos predican a Cristo por vanagloria o rechazan su divinidad.

—Le preguntaré —contestó, algo extrañado, Juan Pérez de Pineda.

—Mejor no lo hagáis, simplemente averiguadlo e informadme después. Sabéis que estamos dispuestos a sufragar la traducción de la Biblia al castellano y ayudar con la iglesia española en Ginebra, pero no queremos que vuestros compatriotas se metan en problemas por frecuentar a malas personas o mantener relación con herejes.

—Mis amigos son fieles a Cristo.

—No lo dudo, hermano Juan, pero deben serlo también a Ginebra y al hermano Juan Calvino. Dios es el que pone toda autoridad y esta debe ser respetada por los que se llaman sus hijos.

Beza se puso en pie y se despidió del español. Este lo acompañó a la puerta. Mientras cerraba no pudo evitar que la preocupación embargase su alma. ¿Qué estaba haciendo Casiodoro? ¿Era consciente del peligro en que se estaba metiendo? Todos los españoles de Ginebra podían pagar las consecuencias a su desatino. Debía averiguar lo que sucedía y solucionarlo cuanto antes.

Capítulo 29

LA MARCHA

**«Debemos aceptar la decepción finita,
pero nunca perder la infinita esperanza».**[30]

Ginebra, primeros de junio de 1558

Las cosas se precipitaron antes de que llegase el verano. Juan Pérez de Pineda fue a visitar directamente a Casiodoro y le hizo un interrogatorio sobre sus relaciones con la iglesia italiana y sobre con quién se carteaba en Basilea. Las relaciones entre ambos se habían deteriorado, a pesar de que Juan había intentado apoyar a su amigo en todo momento.

—Lo lamento mucho, Juan, lo último que deseaba en el mundo era perjudicaros. Nos invitasteis a que viniésemos a Ginebra para escapar del fuego inquisitorial, y Juan Calvino nos facilitó una pensión y una casa donde estar. Le estaré eternamente agradecido, pero no puedo aceptar ciertas normas ni mirar para otro lado.

—¿Con quién os escribís en Basilea?

—Con Castellio.

—¿Os habéis vuelto loco? Eso puede causaros muchos problemas, no solo aquí, sino en toda la cristiandad. Ese hombre es peligroso.

—¿Por qué? ¿Porque defiende la tolerancia? ¿Es eso acaso un crimen?

Juan frunció el ceño, aquel joven no era consciente de lo que le había costado a él mejorar la reputación de los españoles en Ginebra. Desde la muerte de Miguel Servet, un halo de desconfianza se había extendido sobre los reformados españoles.

—¿Y ahora que pensáis hacer? Además de vuestro sostenimiento, Juan Calvino estaba dispuesto a sufragar la impresión de la Biblia en castellano. ¿Acaso valen más vuestros escrúpulos que los españoles tengan la Palabra de Dios en su propia lengua? ¡Estáis inflamado de orgullo!

—Os aseguro que no, pero sí es una cuestión de principios, no puedo recibir dinero de aquellos que mandaron asesinar a un hombre por sus ideas, tampoco de una iglesia que parece levantada para competir con Roma.

—Sois un loco, llevaréis al resto de los españoles al desastre. Si os marcháis en estos términos, peligrará la situación de todos nosotros. ¿Acaso eso tampoco os importa?

—Pardiez, claro que me importa. Pero esa no es mi responsabilidad, yo no puedo decidir por los demás, tampoco es responsabilidad mía lo que haga Juan Calvino.

Juan Pérez de Pineda se puso en pie y, furioso, señaló con el dedo a su viejo amigo.

—Tenéis veinticuatro horas para marcharos, después informaré a Beza de todo.

—Necesito más tiempo.

—Imposible, pueden descubrirlo por otros informantes. Ocultaré lo de vuestra correspondencia con Castellio. No quiero poneros en peligro. Llevaos a toda la familia y a los españoles que estén envueltos en este complot.

—No es ningún complot, contacté con él para traducir su libro al castellano.

Juan Pérez de Pineda se llevó las manos a la cabeza.

—¡Dios mío, es más grave de lo que suponía! Salid de Suiza, no únicamente de Ginebra. ¿Lo entendéis?

—Sí —contestó Casiodoro con la cabeza gacha. Ahora se encontraba realmente asustado. Debía sacar a su familia de la ciudad cuanto antes, además de advertir a sus amigos y a los italianos.

En cuanto Juan salió de su casa, Casiodoro fue en busca de Cipriano para advertirle, y le pidió que se lo dijera al resto. Por su parte, partirían para Fráncfort al día siguiente a primera hora. Tenían que ir muy al norte y no tardarían menos de seis días. Lo malo es que debían pasar por varias ciudades suizas antes de llegar a suelo alemán.

Regresó a la casa algo alterado y confuso, se puso a guardar sus libros y el manuscrito de la Biblia. Al verlo tan frenético, sus padres y Ana intentaron frenarlo, para que les contara qué sucedía.

—Tenemos que irnos mañana mismo.

—¿Qué has hecho, insensato? Aquí te habían dado cobijo y te iban a ayudar a traducir la Biblia —le dijo su padre.

—Casiodoro nos llevó a todos a la fe, si él piensa que es mejor partir, haremos las maletas y nos marcharemos con él —comentó su madre, que siempre solía estar callada.

—Has perdido el juicio, mujer.

La madre de Casiodoro miró a su esposo, puso las manos sobre las caderas y dijo:

—Siempre te he obedecido en todo, jamás he cuestionado una decisión, pero debemos confiar en Casiodoro. Estamos en una tierra extraña y, si él dice que debemos irnos, es porque tiene una buena razón.

—Está bien, recojamos todo. Necesitamos una carreta, compraré una, y nos vendrá bien, porque, visto lo visto, no estaremos mucho en ninguna parte.

—Nos acompañarán Cipriano y algunos amigos más.

—Los españoles pueden venir con nosotros, pero los italianos que se busquen su propio transporte —ordenó su padre.

Cuando se quedaron solos, su hermana Ana se acercó y le abrazó.

—Tranquilo, todo saldrá bien. Puede que Inglaterra sea mejor que Suiza, aquí hace mucho frío y la gente es demasiado seria.

Los dos se rieron por un momento. En cuanto su hermana abandonó la sala, Casiodoro se puso de rodillas y comenzó a orar.

—Dios mío, perdóname si ves en mí cualquier tipo de soberbia. Ayúdame y dame sabiduría para tomar las decisiones correctas. No quiero juzgar a nadie, pero pienso que este no es mi sitio. Guíanos al lugar correcto y ayúdanos a traducir tu Palabra al español. Sobre todo, te ruego que protejas a mis hermanos en Sevilla y los liberes de la opresión a la que están sometidos. Lo pido todo en nombre de mi amado Señor Jesús. Amén.

Capítulo 30

FRÁNCFORT

«Solo cerrando las puertas detrás de uno
se abren ventanas hacia el porvenir».[31]

Camino de Fráncfort, primeros de junio de 1558

Todos se encontraban a la puerta de Casiodoro de Reina a primera hora de la mañana. Además de Cipriano de Valera, le acompañaban Juan de León, junto a otros dos hermanos de San Isidoro. El padre y la madre se sentaron en la parte delantera con Ana, mientras que los cuatro hombres se subieron a la parte trasera, cubiertos por una lona. Mientras se aproximaban a la puerta del camino hacia Lausana, todos comenzaron a temblar. Era muy irregular salir de la ciudad sin informar a las autoridades. Además, todos ellos habían recibido ayuda del Consistorio y debían darse de baja del programa.

El carro se detuvo frente a los guardias.

—¿A dónde os dirigís? —preguntó el cabo.

—Vamos a Lausana —contestó el padre de Casiodoro.

—¿Lleváis alguna carga? —dijo mientras miraba la parte trasera.

—No, llevamos a mi hijo y a unos amigos —comentó el hombre.

El soldado se rio por la ocurrencia.

—Adelante, pero os advierto que el deshielo este año ha sido muy fuerte, puede que encontréis problemas en algunas partes del camino, conducid con cuidado. Ya veo que no sois de estas tierras.

—No lo somos, ciertamente. Muchas gracias.

El carro se puso en marcha y todos respiraron aliviados. Mientras se alejaban, los cuatro amigos se asomaron, les dio cierta pena dejar atrás Ginebra, al fin y al cabo, la gente de la ciudad los había acogido cuando escapaban de la Inquisición y no tenían otro lugar a donde ir.

Tardarían dos o tres horas en llegar a Nyon; desde allí unas cuatro o cinco hasta Lausana; harían noche en alguna posta a las afueras y continuarían después hacia Basilea.

El primer tramo del viaje fue sin sobresaltos, se veían muchos carros y viajeros en la ruta. El camino estaba despejado y seguro. Comieron algo después de salir de Nyon. Disfrutaban del paisaje, de una agradable conversación y de todas las novedades que encontraban en el camino.

Ya era de noche cuando rodearon Lausana y se pararon en una posta. Se trataba de un lugar sencillo, pero, como casi todo en Suiza, parecía limpio y seguro.

Se levantaron muy temprano. El camino hasta Basilea era mucho más largo, debían hacer noche a media jornada de allí.

El paisaje, durante casi todo el camino, era un amplio valle salpicado de campos de cultivo y bosques. Los pueblos eran pequeños y humildes; las ciudades, sencillas y limpias.

Tres días después, llegaron a Basilea. El plan era pasar de largo, pero Casiodoro no pudo resistirse a conocer a Sebastián Castellio. Sabía su dirección por las cartas, así que entraron en la ciudad y preguntaron a un vecino por su casa.

Casiodoro decidió ir solo a ver a Castellio.

Le sorprendió la pobreza de la vivienda. Tenía el tejado medio caído y con hierbas que colgaban de las tejas, algunos cristales rotos y la puerta ya sin apenas pintura. Llamó y esperó respuesta, aunque por un momento imaginó que la casa estaba abandonada. Alguien abrió la puerta. Era un hombre pequeño y delgado, de ojos grandes y tristes. Le miró sin reconocerlo, se habían carteado muchas veces, pero no se habían visto nunca.

—Perdonad que os moleste, soy Casiodoro de Reina, imagino que vos sois el doctor Castellio.

—Querido amigo —dijo, abriendo sus brazos delgados. Se saludaron con efusividad y después le invitó a entrar.

—Mi casa es muy humilde, lo lamento. Tan solo tengo libros y polvo. Durante un tiempo no tuve un techo bajo el que cubrirme, pero ahora al menos soy profesor en la universidad. Es un sueldo modesto, pero suficiente para comprar comida y libros. Por favor, sentaos.

—Al final me he decidido a abandonar Ginebra. Lo lamento, no era mi intención, pero creo que es lo mejor.

Castellio le miró, sorprendido.

—Mentiría si os digo que lo lamento. Ginebra y Juan Calvino al principio infunden un halo de entusiasmo, como si te embriagasen con su poder y su autoridad. Para mí, Ginebra lo era todo. Juan Calvino y yo fuimos grandes amigos, al menos eso creía yo. Me recibieron con los brazos abiertos, él y su esposa.

—¿Qué fue lo que os separó? No fue el caso Servet ¿verdad?

—No, lo cierto es que fue mucho antes. Calvino me adulaba, me hizo miembro del rectorado del Colegio de Ginebra. Cuando se desató la peste de 1554, reprendí a muchos pastores que temían ir a ver a los enfermos y consolarlos en tan dura situación. Calvino me reprendió por ello, decía que los ministros no debían ser corregidos en público. Aquello no me gustó, parecía que estaba formando una nueva casta sacerdotal. ¿Dónde quedaba el sacerdocio universal de los creyentes?

—De eso también me he percatado.

—Querido Casiodoro, ese fue el primero de muchos problemas. En ese momento me encontraba traduciendo la Biblia al francés. Al principio, Calvino me apoyó, pero después me dijo que dejara el asunto. Al poco me enteré de que Ginebra había decidido apoyar la traducción de Pierre Olivetan, un primo suyo. Ese nepotismo que ahora habéis visto comenzaba a despuntar hace más de doce años, aunque ya había voces contrarias y gente que le cuestionaba. Pero el detonante final fue cuando denuncié públicamente en una asamblea que se persiguiera a los disidentes. Tuve que dejar Ginebra con lo puesto. Durante años, Juan amenazó a todas las iglesias y a mis amigos con represalias si alguien me prestaba su apoyo, hasta que la ciudad de Basilea decidió ayudarme.

Casiodoro lamentó la historia de su amigo, pero se quedó admirado por su valentía.

—Todo lo que me contáis me es familiar, por desgracia.

—Ahora me odia aún más por mi sencillo alegato sobre la tolerancia. Cree que la tolerancia es un acto de debilidad y traición a Cristo. ¿Acaso nuestro Señor nos animaría a matar a los que piensan de manera diferente a la nuestra? ¿Rechazaría Cristo a alguien que le pide ayuda, aunque no crea todos y cada uno de los dogmas de la iglesia? Yo creo que no, Cristo vino a liberar y salvar, no a condenar y matar.

Casiodoro afirmó con la cabeza.

—Espero mantener el contacto con vos. Me dirijo a Fráncfort, desde allí marcharé a Londres. La corte de la reina Isabel parece un buen sitio para terminar mi traducción de la Biblia. También estoy traduciendo vuestro libro.

Castellio le miró con cierta preocupación.

—Es más importante la traducción de la Biblia a vuestro idioma, no querría que se malograse por traducir mi pequeño libro. En la Palabra de Dios ya están todas mis ideas, lo único que hay que hacer es extraerlas.

—Vuestro libro también es necesario. Si no apelamos a la tolerancia, me temo que se desatará un tiempo de violencia y muerte como no se ha producido en Europa desde la llegada de los bárbaros.

—Dios no lo permita —contestó Castellio.

—En cuanto tenga una dirección os la haré saber. Espero que Dios os siga bendiciendo por muchos años. Os agradezco vuestro sacrificio por la causa de la verdad.

Los dos hombres se pusieron en pie y se abrazaron. Castellio le acompañó a la puerta y, mientras Casiodoro regresaba con el resto de sus amigos, pensó en lo triste que era que uno de los hombres más sabios y bondadosos del mundo viviera en aquellas condiciones, aunque sabía que Dios algún día le recompensaría por su buen hacer.

En cuanto subió al carromato, sus amigos le hicieron muchas preguntas. Mientras retomaban el camino hacia Alemania, sentían que las sombras de Ginebra quedaban atrás.

Pasaron los siguientes días bajo un intenso aguacero. Temían que el Rin se desbordara, pero llegaron a Fráncfort sin ningún incidente. Casiodoro había enviado un mensaje a su amigo Antonio del Corro informando de su llegada, pero se había perdido. Al abrir la puerta de la casa en la que se alojaba, se quedó boquiabierto al ver a todos sus amigos allí.

Buscaron una casa más grande donde alojarse, a pesar de que tenían planeado, en cuanto recuperaran las fuerzas, salir hasta Estrasburgo, desde allí hasta Amberes y después a Londres.

Antonio se quedó sorprendido por las noticias que traían de Ginebra. Él mismo se planteó reunirse con ellos en Londres, en cuanto hubiera arreglado unos asuntos en Lausana.

Capítulo 31

VIAJE A LONDRES

«Miremos más que somos padres de nuestro porvenir que no hijos de nuestro pasado».[32]

Fráncfort, mediados de junio de 1558

Aquella mañana, los tres amigos salieron a pasear por la ciudad. Llevaban menos de dos semanas allí, pero notaron desde el principio las diferencias con Ginebra. Los alemanes eran más alegres y expresivos, los cristianos parecían menos inclinados a esa expresión constante de austeridad externa tan ginebrina. Las reuniones en las iglesias eran más animadas.

—Creo que podría acostumbrarme a Alemania —dijo Casiodoro de Reina mientras se paraban en un mercadillo callejero. Había todo tipo de cosas, desde ropa hasta velas, ungüentos, comida y bebida. Todo un placer para los sentidos.

—Los alemanes son algo hoscos al principio, pero después se convierten en muy leales amigos —le explicó Antonio, que los conocía algo mejor.

—Yo echo de menos Ginebra, me gustaba su orden y disciplina.

Los dos miraron a Cipriano, este se encogió de hombros.

—Si hubierais permanecido en el catolicismo, hubieran hecho de vos un santo, o mejor, un papa bueno, de esos que se dan casi cada mil años —bromeó Casiodoro y los tres se echaron a reír. Allí podían hacerlo sin preocupación, sin parecer sospechosos de falta de decoro.

—Juan de León se marchó ayer. Decía que le urgía ir a Estrasburgo, que nos esperaría allí para ir con nosotros a Londres —dijo Casiodoro.

—Tengo que deciros una cosa —comentó Antonio.

Los otros dos amigos le miraron expectantes.

—He pensado terminar el curso en Lausana, después iré a Londres. Las clases de Beza son increíbles.

Parecían un poco decepcionados. Llevaban toda su juventud juntos, apenas se habían separado por periodos cortos de tiempo.

—No os preocupéis, nos las apañaremos sin vos.

Antonio se rio ante el comentario de Casiodoro y comenzaron a pelear como chiquillos, mientras regresaban a la casa para comer. Tenían un apetito voraz y una de las cosas que más les gustaban de Fráncfort eran sus exquisitas salchichas.

Juan de León había alquilado un caballo para ir a Estrasburgo. Pasaría allí unos días hasta que llegase el resto de sus hermanos. No había querido contar a nadie el porqué de su viaje. No es que se avergonzara, pero llevaba unos meses carteándose con una mujer española, la hija de un comerciante de origen judío que se había convertido al cristianismo.

Cruzó los caminos lo más rápido que pudo y, por la noche, tras tomar un nuevo caballo de refresco, entró en la ciudad. Los guardas estaban a punto de cerrar la puerta y le pidieron que se identificara.

—Mi nombre es Juan de León.

—¿De dónde venís?

—Vengo de Fráncfort, estoy de paso hacia Flandes.

—¿Dónde os alojaréis? —le preguntó el guarda.

—En la casa de Mateo Hervás, es un comerciante...

—Le conocemos, puede entrar.

Juan de León respiró aliviado, tenía la sensación de que en cualquier momento lo podían capturar, aunque a veces creía que era más fruto de su imaginación que de un peligro real.

Llegó a la casa del padre de su prometida y llamó con insistencia. Le extrañó que no le abriese nadie. Dio la vuelta a la casa y observó que todas las luces se encontraban apagadas. Se preguntó si estarían ya durmiendo. No tenía dónde pernoctar y a aquellas horas sería imposible conseguir una habitación en una posada.

Estaba a punto de irse para buscar un granero, cuando escuchó pasos de botas. Se giró asustado y vio a tres caballeros. Vestían de negro, portaban espada y unas espuelas relucientes que brillaban en la oscuridad.

—¿Sois Juan de León?

El extraño le habló en un español tan claro que aquello lo puso en guardia.

—¿Quiénes son vuestras mercedes? ¿Por qué saben mi nombre?

—Somos amigos de Mateo Hervás, nos ha pedido que os alojemos en una posada. Tuvo que partir con su familia con urgencia, mañana os llevaremos con él.

Juan frunció el ceño. Tenía las piernas paralizadas por la tensión. Pensó en echar a correr, pero sabía que aquellos hombres le alcanzarían. Aún tenía las riendas del caballo en las manos.

—Claro, ¿cómo os llamáis?

—Daniel de Olavide.

—Os sigo, caballero.

Los tres hombres no se movieron, parecían a punto de sacar sus armas. Juan dio un salto y subió a lomos de su caballo. Los desconocidos sacaron sus espadas e intentaron detenerlo, pero logró escabullirse. Comenzaron a dar voces. Juan no sabía a dónde huir. Las puertas de las murallas de la ciudad estaban cerradas, tenía que esperar a que amaneciera para escapar.

Cabalgó al galope por las calles empedradas, pero dos soldados se interpusieron en su camino y uno tiró de las riendas.

—¿Dónde vais a estas horas intempestivas?

—Unos hombres me persiguen.

—Bajad del caballo —le ordenó el soldado.

Desmontó con desgana, pero, antes de que pusiera un pie en el suelo, sus perseguidores le alcanzaron.

—Son ellos —dijo Juan, asustado, señalando a los hombres vestidos de negro.

Los soldados no contestaron.

—Quedáis preso —dijo el hombre con el que había hablado antes.

Los tres se lo llevaron a rastras. El gritaba «auxilio» sin que nadie se asomara a las ventanas. Diez minutos más tarde entraron en una casa, cerraron la puerta y lo llevaron hasta el sótano. Allí lo ataron a una silla y lo dejaron en la oscuridad.

Perdió la noción del tiempo, pero, en lo que le pareció una eternidad, escuchó pasos. La luz de dos lámparas de aceite iluminó la estancia, que había sido bodega antes que sala de tortura. La figura de dos frailes vestidos de negro le hizo temer lo peor.

—Vemos que habéis caído en nuestra trampa. Las cartas causaron el efecto deseado. ¿No os da vergüenza? Un monje coqueteando con una muchacha. Nos reíamos mucho con vuestras poesías y palabras de amor.

—Sois unos malditos e infames demonios —dijo Juan, furioso.

—Os seguimos a vos y todos vuestros compinches hasta Turín, pero después ya no podíamos capturaros. Nos enteramos de que dejabais Ginebra, pero no sabemos a dónde os dirigís. ¿Dónde se encuentran el resto de los monjes herejes y adónde se dirigen?

—No traicionaré a mis hermanos.

—Eso lo veremos. Cuando acabemos con vos y os enviemos a Sevilla, capturaremos al resto del grupo.

Llamaron a uno de los soldados. Se había quitado la camisa, tenía un cuerpo enorme; tomó de una mesa unas tenazas y el pobre Juan comenzó a orar con todas sus fuerzas para que Dios lo ayudara a superar aquel trance.

Capítulo 32

El río

«Las cadenas de la esclavitud solamente atan las manos: es la mente lo que hace al hombre libre o esclavo».[33]

Fráncfort, finales de junio de 1558

Las malas noticias llegaron enseguida a oídos de Casiodoro de Reina y sus amigos. La detención de Juan de León fue anunciada por los esbirros de Felipe II como una gran victoria. Ahora, el grupo se encontraba indeciso. Debían atravesar tierras gobernadas por el rey antes de establecerse en la más segura Inglaterra. Regresar a Ginebra era imposible, así como a cualquier otra ciudad de Suiza, pues los cantones eran muy estrictos y ya habría corrido la voz de su huida.

—¿Qué vamos a hacer? —preguntó, preocupado, Cipriano.

Todos se encontraban reunidos alrededor de una mesa, cabizbajos y arrepentidos de haber dejado Ginebra.

—Le dije a mi hijo que era una locura. Juan Calvino nos ofreció cobijo y protección, pero él se empeñó en que aquel no era nuestro lugar. ¿Quién va a querer a unos pobres exiliados a los que el rey de España quiere darles caza?

Ana miró a su padre con algo de enfado. La decisión no había sido de Casiodoro; en el fondo, ninguno de ellos se encontraba del todo a gusto en Ginebra.

—Puede que al final nos hubieran detenido en Suiza. Los españoles no somos bienvenidos en casi ningún sitio, somos sospechosos de espías en muchos reinos y otros temen enfadar al hombre más poderoso de la tierra al acogernos. La única solución es llegar a Londres —comentó Casiodoro, que parecía más determinado que nunca.

—Podríamos dividirnos —dijo Cipriano—. Unos que tomen la ruta de Estrasburgo y de allí hasta Amberes; el resto a Essen y después Ámsterdam.

A todos les pareció una buena idea. Casiodoro tomaría el camino de Estrasburgo con su familia, mientras que el resto lo intentaría por la otra ruta.

Prepararon el viaje entre todos. Lo harían de noche, cuando los caminos no estaban vigilados; no entrarían en ciudades y evitarían caminos principales. A la mañana siguiente se despertaron temprano. Cipriano y el otro hermano viajarían a caballo, mientras que Casiodoro y su familia continuarían con el carro.

—Espero que lleguéis antes que nosotros, aunque vuestro camino es más largo. Mientras estéis en Alemania no habrá peligro, pero tened mucho cuidado en Ámsterdam, me han dicho que la gente de la ciudad es muy poco amable con los forasteros.

Tras las palabras de Casiodoro, Antonio se despidió de sus amigos.

—Tened mucho cuidado, por favor. Espero en un año volver a juntarme con vosotros.

—Cuidaos vos también, espero que Beza y Calvino no os hagan nada.

—Intentaré pasar desapercibido, Cipriano.

Mientras Casiodoro se alejaba por un camino, Cipriano lo hizo por el otro. Sus caminos se separaban por un tiempo. Ahora, los tres amigos, que juntos se habían acercado a Dios y juntos habían huido, debían tomar cada uno de ellos las riendas de su destino.

La primera jornada fue muy tranquila. Se dirigieron hacia Coblenza, para después atravesar Hasselt y, por último, Amberes. Muchas veces dormían en el carro; cuando llovía se refugiaban en alguna posta o posada, cenaban en la habitación y no conversaban con nadie.

A la altura de Maastricht, el puente que cruzaba el río Mosa estaba vigilado por soldados. Dudaron si arriesgarse a cruzar o buscar otra manera de atravesarlo. Pasaron más de una hora recorriendo el río hasta que vieron unas grandes barcazas que lo atravesaban.

Tras pagarle al barquero, se sentaron en un banco que había a un lado. El resto de los pasajeros los observaba con cierta curiosidad. Al llegar poco más que a la mitad del río, la corriente comenzó a arremeter y el barquero intentó no perder el control, pero al final la barcaza rompió las cuerdas y comenzó a ir río abajo fuera de control. Algunos de los pasajeros se lanzaron por la borda; las mujeres, con sus niños en brazos, gritaban desesperadas.

—¡Casiodoro! ¿Qué podemos hacer? —preguntó suplicante Ana, que observaba con temor las embravecidas aguas del río.

Él era consciente de que su hermana no sabía nadar, pero la barcaza fuera de control se acercaba a unas rocas.

—¡Saltad vosotros! —pidió a sus padres. Afortunadamente, se habían acercado a la orilla. Lo dudaron un instante, pero al final se lanzaron a las aguas turbulentas.

Mientras veía a sus padres ponerse a salvo, partió dos tablas de la barcaza y las lanzó al agua, después empujó a su hermana, para lanzarse tras ella.

Ana comenzó a hundirse y levantaba los brazos desesperada, pero sin lograr salir a flote. Casiodoro la asió por las manos e hizo que se apoyara en las tablas. Después logró nadar con ella hasta la orilla.

Los pasajeros que habían conseguido llegar a nado estaban sentados, con sus ropas empapadas, junto a la orilla. Al verlos llegar, los ayudaron a salir del agua. Al ver a sus padres a salvo, se abrazaron los cuatro.

—¡Gracias a Dios! —exclamó la madre.

—Hemos perdido lo poco que nos quedaba —se lamentó el padre. Tenían la bolsa del dinero encima, pero apenas era suficiente para comprar unos pasajes hasta Inglaterra.

Capítulo 33

El Moisés español

*«La libertad de conciencia se entiende hoy día no
solo como la libertad de creer lo que uno quiera,
sino también de poder propagar esa creencia».*[34]

Amberes, julio de 1558

La ciudad era rica, pero las diferencias sociales eran evidentes y, a medida que se acercaban al puerto, las casas parecían más deterioradas y sucias. Algunos niños se aproximaron a ellos para pedirles una limosna, Ana se compadeció de las criaturas y les entregó algunas monedas. Deseaban embarcar cuanto antes hacia Londres, cada hora que pasaban en la ciudad se ponían en peligro. Afortunadamente, varios barcos salían cada día hacia Inglaterra, por el gran flujo comercial entre Flandes y ese próspero reino.

Casiodoro preguntó a un par de marineros y le comentaron que la primera nao que salía hacia la isla era un galeón inglés llamado Little Henry. Su capitán, Charles Young, se encontraba comiendo en un mesón cercano. Llevaban días caminando, menos en los momentos en que algún arriero se compadecía de ellos y los llevaba una parte del camino en carro. No les quedaba mucho dinero, pero esperaban que fuera suficiente para los cuatro pasajes.

El capitán era un hombre de mediana edad, pelirrojo y con barba corta y cuidada. Al verlos llegar, frunció el ceño, no le gustaba que le molestasen en uno de los pocos momentos en los que se encontraba solo y relajado.

—Disculpad, ¿sois el capitán Young?

El hombre arqueó la ceja antes de contestar.

—Somos una familia de exiliados que necesitamos llegar a Inglaterra cuanto antes —le explicó Casiodoro.

Al capitán le impresionó la sinceridad del joven; la mayoría quería aprovecharse de su buena fe.

—¿Exiliados?

—Sí, por nuestra fe —se arriesgó a decir el español.

—Vivimos en unos tiempos en los que uno puede ser perseguido por casi cualquier cosa. ¿De dónde venís?

—Somos españoles, pero venimos de Ginebra.

El capitán parecía intrigado. Se preguntaba qué harían unos españoles en Ginebra.

—¿Os persigue la Inquisición?

El padre de Casiodoro le hizo un gesto para que no respondiese, era una pregunta demasiado comprometida.

—Sí, señor.

El capitán se limpió la cara con una servilleta, después pagó al posadero y dio un último trago a su cerveza.

—Mi familia fue perseguida por María Tudor, la anterior reina. En especial uno de mis hermanos. No me gustan esos monjes de negro. Os llevaré.

—No tenemos mucho dinero.

—Eso no será un problema, soy un mal cristiano, pero sé reconocer cuándo Dios se pone a mi favor y me pide que haga algo por él.

Siguieron al capitán hasta el barco, que, a pesar de su nombre, no era tan pequeño.

—¿Os extraña? El anterior era tan grande que por eso le pusieron a este Little Henry.

Subieron a bordo, el capitán les asignó un camarote para todos.

—Saldremos en una hora, mañana por la noche estaremos en Inglaterra. Espero que me honréis esta noche con vuestra presencia en la cena. Nuestro cocinero francés no es muy bueno, pero sus guisos se dejan comer.

Después de cuatro días caminando, sin apenas dormir y haciendo noche a la intemperie o en graneros, aquello les pareció un palacio. Estuvieron un buen rato orando y llegó la hora de la cena.

El capitán estaba vestido con sus mejores galas, ellos no tenían más que lo puesto, los oficiales de a bordo y ellos eran los únicos comensales.

Sirvieron una sopa ligera, después pollo asado y unos deliciosos quesos de postre. El capitán tomó algo de moscatel y se lo ofreció a los españoles, pero estos declinaron la bebida.

—¿Sois calvinistas? ¿Seguidores de Calvino? Me han dicho que esa gente se abstiene de casi todo.

—No, somos cristianos —dijo el padre de Casiodoro.

—¿Cristianos? Seguidores de Cristo, suena muy bien, aunque la mayoría no se parecen demasiado a él. ¿No creéis?

—Era el Hijo de Dios —comentó el padre de Casiodoro.

—Sí, pero los seguidores deben andar tras las pisadas de su maestro. Esa es una de las razones por las que no voy mucho a la iglesia: muchos santurrones, pero, a la hora de la verdad, tan pecadores como yo. Pura hipocresía. Mi hermano sí era un buen cristiano y la Inquisición lo mandó asesinar.

—Ser cristiano no significa ser perfecto. En el fondo, ser cristiano es aceptar a Cristo como Salvador.

El capitán frunció el ceño ante las palabras de Casiodoro.

—Nunca he entendido eso.

El resto de los oficiales observaba en silencio, pero con atención.

—Dios nos creó a su imagen y semejanza, nos dio su aliento de vida, una conciencia que nos permite distinguir entre el bien y el mal. Al elegir el mal, el hombre se alejó de Dios. El hombre no quería que Dios lo gobernase, por eso creó la religión, para tener la falsa sensación de que podía manejar a Dios. La gente construyó dioses de madera y barro y se inclinó ante ellos, aunque aquellos dioses falsos eran simples representaciones de sus instintos más bajos y carnales. Eso hizo que la sociedad se corrompiera más y más. Dios podría habernos dejado, permitir que nos destruyéramos unos a otros, pero, por medio de su gran amor y su misericordia, buscó un remedio.

—¿Qué remedio? —preguntó, intrigado, el oficial más joven.

—Estábamos condenados a vivir sin Dios en el mundo y, aún peor, a la condenación eterna. Por eso nuestro Creador mandó a su Hijo, como había prometido, a morir por nuestros pecados. Es como cuando uno contrae una deuda tan grande que es vendido como esclavo, otro paga el precio y el deudor es liberado. El precio de nuestro pecado fue la muerte en la cruz, pero también la resurrección. Un día resucitaremos y la muerte será derrotada.

Todos los marinos parecían admirados por sus palabras.

—Casi me convencéis, español —dijo el capitán.

—No quiero convencer a nadie, simplemente hablad directamente con Dios y pedidle perdón por vuestros pecados, aceptad el sacrificio de Cristo en la cruz y sentiréis una paz como nunca habréis experimentado.

El hombre se tocó la barbilla.

—Ojalá fuera tan fácil. Alguien como yo tiene demasiados pecados a cuestas. Soy un viejo lobo de mar.

—No hay pecado que Dios no pueda perdonar. En eso se diferencia de nosotros, en que a nosotros nos cuesta demasiado perdonar a los que nos ofenden.

Tras la cena, todos salieron a la cubierta. Hacía una templada noche de verano, el cielo estrellado parecía brillar con más fuerza que nunca.

Uno de los oficiales más jóvenes se acercó hasta ellos.

—No me he presentado, mi nombre es John. ¿Podría yo aceptar ese regalo? Quiero entregar mi vida a Cristo.

En cuanto escucharon sus palabras, dos lágrimas brotaron de los ojos azules del marinero. Casiodoro puso su mano sobre el hombro del oficial y comenzó a orar:

—Dios del cielo y de la tierra, te ruego que aceptes a John como tu hijo y perdones sus pecados. Él quiere entregar su vida para servirte y seguirte los años que le tengas en este mundo. Que tu Espíritu Santo le guíe a partir de ahora y sea una luz para otros hombres. Lo pedimos todo en el precioso nombre del Señor Jesús. Amén.

Los dos hombres se abrazaron y después lo hizo con el resto de la familia de Casiodoro.

—Gracias. Siento algo inexplicable, como si flotara.

—Andad en los caminos del Señor y leed su Palabra —le recomendó el padre de Casiodoro.

Se fueron a dormir tan satisfechos que comprendieron por fin que, si Dios no hubiera permitido muchas de las cosas que habían sucedido, ellos no habrían viajado en aquel barco y John no habría recibido la Palabra de Dios.

Antes de dormirse, mientras miraba al techo de madera del camarote, Casiodoro les dijo:

—Esto es el evangelio, no las luchas doctrinales ni el intento de gobernar las conciencias de los hombres. Lo que quiere Dios es alcanzar a los hombres para mostrarles su amor.

Todos asintieron. Recordaron el fervor de la congregación de Sevilla, las lágrimas de gozo y la sensación de liberación del pecado, y se prometieron no volver a olvidarlo nunca.

Capítulo 34

LA ISLA

*«Les ruego que dejen mi nombre en paz. No se
llamen a sí mismos "luteranos", sino cristianos.
¿Quién es Lutero?; mi doctrina no es mía. Yo
no he sido crucificado por nadie [...]. ¿Cómo,
pues, me beneficia a mí, una bolsa miserable
de polvo y cenizas, dar mi nombre a los hijos de
Cristo? Cesen, mis queridos amigos, de aferrarse
a estos nombres de partidos y distinciones;
fuera todos ellos, y dejen que nos llamemos a
nosotros mismos solamente cristianos, según
aquel de quien nuestra doctrina viene».*[35]

Londres, primeros de julio de 1558

Londres era un estercolero, el Támesis parecía una corriente infecta por la multitud de basura y aguas sucias que se vertían a él.
Las calles estrechas de casas de madera, la mayoría sin empedrar, y
los rufianes que andaban a sus anchas por todas partes les desani-
maron al principio.

El puerto de la ciudad estaba repleto de barcos que cargaban
lana hacia los Países Bajos, pero también prostíbulos y todo tipo
de casas de latrocinio. «Si en algún momento este pueblo ha estado evangelizado, apenas queda en él un barniz de cristianismo», se
dijo Casiodoro al caminar por sus calles mugrientas.

—Ahora Ginebra os parece el paraíso, ¿verdad? —le preguntó su amigo Cipriano mientras se dirigían al palacio de Westminster.

La Torre de Londres, donde residía la reina, y el Parlamento eran los únicos edificios hermosos de la ciudad, junto a unas pocas iglesias.

Unos soldados los pararon y les preguntaron a dónde se dirigían.

—Venimos a ver al obispo de Londres, Edmund Grindal.

—Por favor, esperad.

Unos minutos más tarde, el soldado los llevó hasta la presencia del obispo.

—Caballeros, tomad asiento.

El obispo era un hombre sencillo. Él mismo había sufrido el exilio durante el reinado de María Tudor y por eso muchos extranjeros acudían a él.

—Muchas gracias por recibirnos, llegamos hace unas pocas semanas a Inglaterra. Somos un pequeño grupo de españoles, la mayoría monjes, que nos convertimos a la verdadera fe y desde entonces hemos recibido todo tipo de amenazas.

El obispo tomó nota en un pequeño cuaderno.

—Entiendo. Os seré sinceros, caballeros. Estamos intentando recomponer la Iglesia de Inglaterra. Debido al reinado de la nefasta reina anterior y su esposo Felipe, perdimos casi todo lo alcanzado. Los nobles y religiosos católicos ahora ocupan puestos clave y, lo peor de todo, algunos pretenden que la reina Isabel se case con el rey de España. Sería un infierno, la Inquisición regresaría a nuestro amado país. Por otro lado, los dichosos radicales calvinistas tampoco nos están poniendo las cosas fáciles. Sus ideas chocan frontalmente con la visión de nuestra reina sobre tolerancia y respeto. Ella fue criada en nuestra fe, pero admira enormemente la obra de Erasmo.

—No queremos nada, simplemente deseamos celebrar nuestros cultos de manera pública. Llevamos un tiempo reuniéndonos en casas —dijo Casiodoro.

—No es un buen momento para enfrentarse a España. Podéis reuniros con vuestros hermanos franceses en la iglesia de San

Antonio en Threadneedle Street. Creo que allí se congregan también los italianos.

—Pero, excelencia —se quejó Cipriano.

—No os estoy negando el permiso, simplemente quiero que esperéis un poco a que la situación sea más favorable. Me gustaría que conocierais a la reina, tal vez eso facilitaría las cosas.

—Gracias por vuestra ayuda, también por buscarnos una casa y ayudarnos con algunos gastos. Estoy concentrado en la traducción de la Biblia. El Nuevo Testamento está casi terminado, pero ahora me toca la ardua tarea de traducir el Antiguo.

—Razón de más para ver a la reina Isabel, ella es una gran amante de los libros y le gusta que le lean todos los días las Sagradas Escrituras. Está convencida de que Dios la protegió y permitió que reinara, a pesar de que nadie creía que sobreviviera o llegara a la mayoría de edad.

Los dos se miraron sorprendidos, jamás habían pensado en estar en presencia de un rey.

—La próxima audiencia es en cinco días, os haré llegar las invitaciones. Imagino que vuestro inglés aún no es muy bueno. Ella entiende bien francés, podéis expresaros con ella en ese idioma.

—Pero ¿podremos hablar con ella directamente? —preguntó, sorprendido, Cipriano.

—Eso es impredecible, podréis si se encuentra de humor. La reina, a pesar de su juventud, tiene mucho carácter.

Los dos salieron del edificio profundamente emocionados. Dios los había llevado hasta allí a través de muchas pruebas, pero ahora se sentían privilegiados por su cuidado y protección. Cuando Casiodoro les contó que la reina les recibiría en una audiencia en unos días, apenas podían creerlo. Ana y su madre compraron telas y comenzaron a coser nuevos vestidos de inmediato. Una audiencia con la mujer más poderosa de su tiempo no se tenía todos los días.

Capítulo 35

ISABEL

«*Dentro de poco tendremos una famosa
victoria sobre los enemigos de mi Dios,
de mi reino, y de mi pueblo*».[36]

Londres, primeros de agosto de 1558

No vestían como príncipes, pero sabían que eran hijos del Rey de Reyes, por eso les importaban poco los trajes de seda y terciopelo, la púrpura y los zapatos de piel. Casiodoro, Cipriano, Ana y sus padres se pusieron en la parte más alejada del salón para observar la ceremonia.

La reina Isabel vestía aquel día un traje rojo que resaltaba aún más su pelo. Su cuello estaba cubierto de perlas; sobre todo, tres gigantescas que colgaban de una cruz; su diadema, también del mismo color, estaba adornada con perlas y oro. Llevaba varios dedos enjoyados y unos zapatos de una tela roja.

—Su Majestad la Reina Isabel I —dijo un chambelán y todos se inclinaron al unísono.

Acto seguido, la reina se sentó en su trono y comenzó a hablar.

—Sé que soy dueña de un cuerpo frágil de mujer, pero tengo el corazón y, lo que es muy importante, el estómago de un rey, de un rey de Inglaterra.

Todo el mundo comenzó a reír. A los españoles les sorprendió lo desenfadado del ambiente.

—Muchos creen que mi condición me hace débil, pero os digo que si Parma o España, o cualquier otro reino, intentase invadir mis fronteras, yo misma tomaría las armas para impedirlo. Comentádselo a vuestro rey, señor embajador.

El obispo de Ávila, don Álvaro de Cuadra, hizo una reverencia sin dejar de sonreír.

—Yo siempre me he conducido con la confianza de que, después de Dios, mi fortaleza y mi seguridad se encuentran en la buena voluntad de mis súbditos. Sé que algunos están preocupados por las libertades en materia religiosa, ahora mismo garantizo que bajo mi reinado nadie será molestado por sus creencias, pero ay de aquel que conspire contra el reino. Con ese no tendré piedad. Decía Solón que las dos únicas cosas que los dioses han hecho perfectas son las mujeres y las rosas. Yo no soy una rosa.

Todos rieron de nuevo.

—Ahora es mejor que comamos y bebamos un poco, tengo el estómago vacío.

Hubo después un saludo y todos pasaron en orden para besar la mano de la reina. Después estaban invitados a una recepción y podrían tomar algunas viandas. El obispo Grindal los llamó para que saludaran a la reina.

—Majestad, es un honor estar ante vuestra presencia —dijo Casiodoro.

La reina, al ver lo buen mozo que era, le sonrió y extendió la mano.

—No había visto unos ojos tan negros nunca. ¿De dónde sois?

—Soy español, como mi familia. Nací cerca de Sevilla.

—Me han dicho que parece una ciudad mora —comentó la reina.

—Ellos la construyeron, aunque antes estuvieron los romanos y los visigodos.

—En Inglaterra, la gente ignorante llama a todos los españoles marranos, judíos. En cambio, hoy veo a un apuesto joven y su noble familia. Sed bienvenidos a Inglaterra. ¿Sois predicador?

—Bueno, estudioso de las Sagradas Escrituras, estoy traduciéndolas al español.

Cipriano se adelantó un paso y saludó a la reina.

—Majestad, un honor conoceros. Mi amigo es muy modesto, pero es un gran predicador. Muchas veces compartía en Sevilla, también lo ha hecho en Ginebra y Fráncfort.

Casiodoro se puso rojo.

—Qué pena no entender vuestro idioma. Aunque predicaréis también en francés. ¿Dónde está vuestra iglesia?

—No tenemos una los españoles, nos congregamos en la calvinista francesa.

—¿Sois calvinistas? No soporto a esos mojigatos, John Knox está poniendo a los nobles escoceses en mi contra. Parece que ese Juan Calvino quiere mucho más que las llaves del cielo.

—No somos calvinistas, somos cristianos, Majestad.

—Hablaré con el obispo para que se os conceda una pensión, con la única condición de escucharos un día predicar.

—Será un honor, Majestad.

Ana y sus padres besaron la mano de la reina y ella se detuvo un segundo.

—Qué bella sois, Ana, vuestros vestidos son hermosos. ¿Los habéis hecho vosotras mismas?

—Sí, Majestad.

—Yo no sé coser ni hacer nada con las manos, lo único que se me da bien es la equitación y la esgrima, ninguna de ellas muy femenina —dijo con una sonrisa.

Todos se inclinaron y la reina se dispuso a marcharse.

—Por cierto, ¿cuál es vuestro nombre?

—Casiodoro de Reina, Majestad.

—No lo olvidaré.

En cuanto se fue, todos miraron sorprendidos a Casiodoro.

—Parece que le habéis gustado a la reina —bromeó Ana.

—Es la mujer más poderosa de Inglaterra.

—Pero también es mujer —dijo la madre.

Fueron a una de las mesas, tomaron un poco de vino y algo de comida. Mientras estaban hablando entretenidamente, se acercó el obispo de Ávila.

—Señores y señoras, soy don Álvaro de la Quadra.

—Señor embajador —dijo Casiodoro saludando con la mano.

—Veo que habéis hecho buenas amistades con la reina. Quería invitaros a mi palacio, me gustaría charlar con vos y vuestros amigos de teología.

—Todos le miraron, sorprendidos.

—¿Un doctor de la Iglesia quiere hablar con nosotros de teología? —preguntó Cipriano.

—Siempre estamos a tiempo de aprender.

—Lo único que debe saber un doctor en teología son las palabras que Cristo le dijo a Nicodemo: *nisi quis natus fuerit denuo non potest videre regnum Dei,* quien no naciere de nuevo no puede ver el reino de Dios.

El obispo frunció el ceño.

—Fui bautizado en la fe católica, ordenado como sacerdote y nombrado obispo. ¿Pensáis que no he nacido de nuevo, caballero?

—Para nacer de nuevo hay que hacerlo del Espíritu. *Sic enim dilexit...* Porque de esta manera amó Dios al mundo, que dio a su Hijo unigénito para que todo el que crea en él no perezca, sino que posea la vida eterna.

—Fuera de la Iglesia no hay salvación —respondió el obispo.

—La salvación está en Jesús, no en la Iglesia de Roma.

El obispo Grindal se acercó al verlos discutir.

—Estamos en una fiesta. Por favor, será mejor que dejeis los debates teológicos para otro momento.

El obispo de Ávila los saludó y se marchó de allí. El resto de los españoles siguió disfrutando de la comida. Parecían completamente tranquilos, pero, sin saberlo, se habían buscado un gran enemigo.

Capítulo 36

AUTO DE FE

«La falsedad está tan cercana a la
verdad que el hombre prudente no debe
situarse en terreno resbaladizo».[37]

Sevilla, 24 de septiembre de 1559

La noche había sido larga, calurosa para la época del año y festiva para los miles de personas que desde todas las partes de Andalucía se habían desplazado para ser testigos del auto de fe. Muchos aprovechaban la oportunidad para hacer negocio, vender todo tipo de cosas o dejarse ver por Sevilla. La mayoría de los habitantes se tomaba el acto como una fiesta, tal vez con la morbosa esperanza de jamás verse en ese trance.

Aquel auto de fe prometía un espectáculo único. Los rumores hablaban de que más de cien personas participarían como condenados de la Inquisición, muchos de ellos, relajados por su contrición y arrepentimiento; otros, herejes contumaces, iban a probar los «tiernos» abrazos de las llamas.

Lo que más atraía al populacho, gente de toda ralea, era la condición noble y privilegiada de muchos de los condenados, el gran número de religiosos y religiosas, además de los rumores que hablaban de que un pequeño grupo había logrado escapar antes de ser detenido por la Inquisición.

Las autoridades llevaban meses anunciando a bombo y platillo el acto. Querían que la asistencia fuera masiva, pues sabían que era la mejor manera de que su mensaje quedara grabado en las mentes y corazones de los sevillanos y el resto de los españoles: no se podía burlar a la Inquisición ni alejarse de la Santa Madre Iglesia sin sufrir las consecuencias.

A primera hora de la mañana, los reos salieron del castillo de Triana en procesión. La cruz verde iba en primer lugar, después los reos reconciliados, con sus sambenitos y capuchones, las cabezas gachas ante la humillación y burlas del pueblo. A su paso, la gente les escupía e insultaba, sin importar que fuera hombre o mujer, noble o villano, anciano o joven.

La comitiva se dirigía a la plaza de San Francisco, donde las autoridades habían colocado los graderíos y plataformas donde se celebraría el acto.

Los cien reos estaban exhaustos, no habían pegado ojo en toda la noche. Los frailes habían separado a los arrepentidos de los contumaces, ofreciéndoles a ambos, durante toda la noche, la posibilidad de la confesión, que podía salvar al acusado de una muerte cruel.

Los condenados salieron del patio del castillo y atravesaron el río Guadalquivir por el puente de Barcas, desde allí entraban por la puerta de Triana tras atravesar el Arenal, torcían a la izquierda por la calle Pajería hasta llegar al Arquillo de Atocha, para seguir rectos por la calle Pintores hasta la plaza.

Muy pocos sevillanos mostraban algo de compasión por los rostros tristes y demacrados de los reos, apenas algunos familiares que, con una mezcla de incredulidad, pavor y tristeza, veían a sus seres queridos sufriendo la peor de las humillaciones. A los arrepentidos les esperaba el escarnio público, la pérdida de sus posesiones —que pasaban a manos de la Inquisición, que de esa forma infame se sustentaba—, el enclaustramiento por años o décadas, además de la mancha indeleble en su reputación. La mayoría cambiaba más tarde de ciudad, con la esperanza de pasar desapercibidos y tener la oportunidad de volver a empezar.

Los prisioneros llegaron fatigosamente a la plaza, que estaba tan repleta de gente como las calles. En el estrado ya les esperaba el predicador, Gonzalo Millán, consultor del Santo Oficio y director del Hospital. Los dos teatros levantados se encontraban uno enfrente del otro. Los mejores puestos eran ocupados por nobles, cargos destacados de la Iglesia, inquisidores y «familiares», que eran sus ayudantes seculares.

El predicador levantó las manos y se hizo un largo silencio.

—Estamos aquí en este día para defender a la Santa Madre Iglesia de los contumaces herejes que intentan asolarla. No importa la condición de los herejes, tampoco su edad u oficio, la Santa Inquisición tiene el deber de salvaguardar la fe de cualquiera que intente torcer la verdad que enseña la Iglesia.

Respiró hondo y toda la plaza aguantó, como él, el aliento.

—Más de cien personas van a recibir hoy la sentencia definitiva. La Iglesia siempre busca la reconciliación y el perdón, pero no le vacilará la mano para entregar al brazo secular a los contumaces y jefecillos de estas pobres y manipuladas almas. Hace ya tiempo que la herejía de Lutero ha puesto en peligro a la cristiandad. Sus erradas y malévolas enseñanzas pervierten la Palabra de Dios, promoviendo todos los pecados nefandos que pervierten al Cuerpo de Cristo, que es la Iglesia. El lujurioso Lutero, mentiroso y glotón, no tiene cabida en las tierras de Su Majestad Serenísima.

Los reos se mantenían con la cabeza gacha, mientras en sus sambenitos relucían las imágenes pintadas de diablos y fuegos fatuos. Isabel de Baena era una de las pocas prisioneras que mantenía la mirada alta, orgullosa de su fe, negándose a ceder al miedo ni la amenaza. La mujer giró la cara y vio el rostro de María de Bohórquez, más joven que ella, con toda la vida por delante, pero dispuesta a morir aquel día por su fe.

En Triana, casi doscientos prisioneros esperaban su turno. Contenían la respiración, conscientes de que muy pronto ellos correrían la misma suerte.

—El sabio Salomón, en su Cantar de los Cantares, habla de cómo las pequeñas zorras echan a perder las viñas. No son los pecados groseros y directos los que emponzoñan la fe, son los disimulos y las maldades secretas las que contaminan el cuerpo y terminan por exterminarlo. Es nuestro deber extirpar el mal de la Iglesia, del reino y de Sevilla. Estas mujeres orgullosas y contumaces son peores que los hombres, intentando discutir de teología, ellas que son hijas de Eva, que nos hizo por medio de su pecado dejar el Edén. Que Dios se apiade de todas estas almas impías.

El predicador dejó el estrado y dos secretarios comenzaron a leer en alto las sentencias una a una. Los nombres de los reos se escucharon en toda la plaza. Después de cada nombre, la multitud gritaba a una y profería todo tipo de insultos.

Tras la lectura de las sentencias, los frailes comenzaron a entonar el «Miserere mei Deus», mientras el obispo les quitaba a los sacerdotes condenados sus vestiduras religiosas, en un último acto de humillación.

En uno de los estrados, el inquisidor general contemplaba la escena. Uno de los obispos se inclinó y le hizo una pregunta.

—Veo que faltan los herejes principales. ¿Por qué no son juzgados hoy mismo?

El inquisidor general arqueó una ceja y comentó:

—Hemos reservado unos pocos para Su Majestad el Rey, que está pronto a venir al reino. ¿No pensaréis que le vamos a privar de este hermoso espectáculo?

El obispo dio un respingo, a él aquello no le parecía un espectáculo, sino un acto de reconciliación y condena.

Los frailes entregaron a los condenados a muerte a los soldados para que fueran llevados al quemadero. Estos los montaron de espaldas en unos burritos, los acompañaban los confesores y los «niños de la doctrina». A los arrepentidos se les quitaban las ropas para ser azotados con varas.

La multitud se dividía en ese momento. Algunos preferían el espectáculo más fuerte de ver a los reos arder y otros se conformaban con observar las torturas en la plaza.

Isabel iba al lado de María, logró girar la cabeza y decirle a su amiga:

—No desfallezcáis, hoy estaremos juntas en el paraíso.

—No os preocupéis, hermana, lo único que lamento es la ceguera del pueblo, embrutecido por aquellos que deberían ser sus fieles pastores.

Los condenados fueron llevados hasta el prado de San Sebastián, allí las veinte piras estaban listas de antemano. Los soldados hicieron un cordón para que la gente no se aproximara a los prisioneros. Los verdugos esperaban con sus capuchas negras y las antorchas encendidas.

Al bajar de los burritos, los reos fueron colocados en sus piras. Ninguno de ellos protestó o se quejó de su indigna muerte. Algunos cantaban salmos, otros oraban mirando al cielo, unos pocos se mantenían en silencio, como si no terminaran de creerse lo que estaba a punto de suceder.

María e Isabel estaban próximas, se miraban de vez en cuando para infundirse ánimos. La más joven miraba con lástima a la multitud que le gritaba e insultaba desde lejos. Pensó en lo que habría sufrido Cristo en la cruz: el inocente condenado por los pecadores, Dios hecho carne asesinado por su propia creación.

Isabel comenzó a cantar y sintió cómo el gozo la invadía, quitando la angustia de la última jornada. Le vinieron a la memoria las pequeñas reuniones en su casa, la libertad que había sentido al recibir a Cristo en su corazón, algo que no podían quitarle ni los inquisidores ni aquellos bellacos que les escupían desde lejos.

Un confesor se acercó a María.

—Aún estáis a tiempo, Dios es misericordioso.

—Lo sé, él ya ha perdonado mis pecados, espero que también lo haga con los vuestros, por matar a almas inocentes cuyo único mal ha sido seguir y servir a Cristo.

—¡Callad, hereje! —gritó el fraile, pegándole en la boca.

María comenzó a sangrar por los labios, sintió el sabor de la sangre, como cuando de niña se caía y corría a los brazos de su madre para recibir consuelo. Comenzó a llorar, pero no por rabia o temor, más bien por la ceguera de su nación, que volvería a la mayor de las oscuridades cuando apagara las luminarias que Dios había puesto para traer esperanza. Mientras el sacerdote se marchaba, pensó en Cipriano de Valera. Se imaginó cómo hubiera sido su vida de haber huido con él, pensó en los hijos que ya nunca tendría. Las lágrimas se mezclaron con la sangre de sus labios y comenzó a orar.

El confesor miró a Isabel, pero al ver su rostro no pudo evitar sentir compasión por ella. Su mirada parecía extasiada mientras cantaba, el fraile escuchó el salmo con un nudo en la garganta y un instante de duda le pasó por la mente, para desaparecer al instante.

Isabel miraba las nubes blancas y el cielo azul de Sevilla, y no dejó de mirarlo mientras el humo comenzaba a nublar sus ojos y el calor a agobiarle el pecho.

Las veinte piras comenzaron a arder con fuerza, acallando las risas y los gritos del populacho. Algunos se quedaron mudos al ver la valentía de los condenados.

María sintió el fuego quemando sus pies, el dolor era insoportable, pero sabía que pronto pasaría. Tendría toda una eternidad para gozar las mieles de la gloria, junto a su Amado, aquel que había dado su vida por toda la humanidad.

Capítulo 37

FRAY DANIEL

«Si somos arrastrados a Cristo, creemos sin querer;
se usa entonces la violencia, no la libertad».[38]

Londres, finales de octubre de 1559

Fray Daniel de Écija comenzó a llorar al ver las costas inglesas. Llevaba más de un mes huyendo sin descanso, mirando a sus espaldas para asegurarse de que nadie le seguía. Escapar de la cárcel de la Inquisición había sido un verdadero milagro, para después salir indemne de Sevilla y de la península en un barco desde Lisboa, una aventura increíble.

Un viejo amigo de Sevilla le había entregado la dirección de Casiodoro de Reina, su mentor y amigo. Tras la travesía por el Támesis y el desembarco, deambuló más de una hora por las calles de Londres antes de dar con la calle. El edificio de ladrillo era viejo y cochambroso, pero a él le pareció que llegaba a las puertas del paraíso.

Le abrió la puerta de la casa Ana, la hermana de su amigo. La joven le miró incrédula y después le abrazó.

—¡Dios mío, Daniel! ¿Cómo habéis logrado escapar?

—¡Dios me trajo hasta aquí! —exclamó, y no exageraba, sin su ayuda jamás habría escapado de las cárceles de la Inquisición.

Le dejó pasar y corrió hasta el despacho de su hermano. Casiodoro estaba inclinado sobre el escritorio intentando traducir un texto del Antiguo Testamento.

—¿Qué sucede, Ana? ¿A qué viene todo este estruendo? Ya sabes que no me gusta que me interrumpan sin una causa justificada.

—¡Ha venido Daniel de Écija!

Su hermano la miró, incrédulo, hasta que vio aparecer a su amigo detrás de la espalda de la joven. Se abrazaron entre lágrimas.

—No lo puedo creer —dijo, mientras le tocaba la cara, como si quisiera comprobar que no se trataba de un fantasma.

—Dios es bueno.

—Sentaos, tomad algo —dijo Casiodoro mientras su hermana iba a por un poco de vino y pan—. Estaréis hambriento.

El joven se sentó enfrente de su amigo. Aún no se creía que estuviera allí, al cerrar los ojos podía ver todavía las rejas de la cárcel de la Inquisición.

—¿Cómo lograsteis escapar? Contádmelo todo.

El chico apuró el vaso de vino, tenía la garganta seca y el miedo aún en el cuerpo. Por un lado, prefería no recordar, aunque era consciente de que sus amigos debían saber todo lo sucedido.

Al poco tiempo llegó Cipriano y, tras abrazarse, el joven comenzó a contar su odisea.

—Os aseguro que ha sido un infierno. Fui un necio al no escapar con el grupo, pero, al permanecer al lado de nuestro superior, tenía la vaga esperanza de que la Inquisición nos exonerase, al fin y al cabo, no hacíamos otra cosa que obedecer la Palabra de Dios. Al día siguiente de marcharos, llegaron al monasterio los inquisidores con los soldados. Se llevaron a Garci-Arias y a otros hermanos, pero a mí me dejaron, debieron de verme demasiado joven y sin importancia. Permanecí en San Isidoro lleno de dudas y temores. Los frailes dominicos nos controlaban a todos y nos vigilaban para ver si cumplíamos con los mandamientos de la Iglesia.

»A la semana, alguien debió de delatarme, porque unos soldados me tomaron preso y me encerraron en el castillo de Triana. Aquel sitio oscuro, insalubre y temible era mucho peor de lo que pensaba. Por las noches se escuchaban los lamentos de los prisioneros y por el día, los gritos de los torturados.

»Una mañana me mandaron llamar. Un soldado me llevó hasta un sótano oscuro. Allí estaban el verdugo, un hombre muy fuerte de rostro monstruoso, y el inquisidor, un anciano delgado y pequeño, con voz estridente.

»—Fray Daniel de Écija —me dijo—, amigo de Casiodoro de Reina, uno de los herejes huidos y, por lo que tengo entendido, vuestro guía espiritual. Joven, si sois sincero y cooperáis, vuestra vida volverá a ser como antes. Estoy dispuesto a ser indulgente, sin duda, vuestros superiores os manipularon y engañaron. No quiero castigar a las ovejas, sino a los lobos.

»—Yo no he hecho nada, hermano. Soy inocente, al igual que mis amigos y compañeros —le contesté, tembloroso.

»—¿Inocentes? ¡Herejes y luteranos es lo que son! La Iglesia es capaz de perdonar, pero antes tiene que haber arrepentimiento. Sentad al fraile —le dijo al verdugo.

»El potro de torturas era un banco largo de madera con agujeros. El verdugo me sentó a la fuerza y me ató las manos a unas argollas de hierro.

»—Dime los nombres de los otros hermanos implicados.

»—No sé nada, simplemente cumplo con mis votos y órdenes monacales —le contesté.

»El inquisidor le hizo un gesto al verdugo y este comenzó a aplastarme los pulgares. El dolor era insoportable, pero no dije nada. Tras media hora de sufrimiento, me devolvieron a la celda.

»Pasé un mes encerrado, apenas nos daban comida, no teníamos agua para limpiarnos y un simple cubo para las deposiciones. Estaba en la misma estrecha celda, casi sin luz ni aire puro, con dos presos más, dos de los hermanos del monasterio. Hablábamos de los méritos de Cristo todo el tiempo y por las noches, mientras dormían los guardas, entonábamos cánticos espirituales. Nos sentíamos como Pablo y Silas en la cárcel de Filipos.

»Una noche, poco antes del auto de fe que se llevaba anunciando semanas, me apoyé en la puerta de la celda y esta cedió. Me encontré con un guarda que me hizo un gesto para que lo siguiera, me llevó hasta una puerta y me dijo:

»—Da al río, atravesadlo a nado y no paréis hasta que dejéis atrás Triana.

»—¿Por qué hacéis esto?

»—Os he escuchado cantar cada noche y me he emocionado con vuestra fe. Los salvaría a todos, pero se darían cuenta. Le diré al inquisidor que moristeis por la noche y que se han llevado vuestro cuerpo.

»Me lancé a las negras aguas del Guadalquivir y lo crucé a nado. La corriente me empujaba, pero me encontraba tan contento que eso no me impidió llegar a la otra orilla. Fui a la casa del sastre Juan Vidal. Me acogió durante unos días y me comentó que era mejor que dejase la ciudad tras el auto de fe, pues sería tanta la gente que entraría y saldría de la ciudad que seguramente pasaría desapercibido.

»Tres días después, me uní a la multitud que iba al auto de fe. Vi a nuestros hermanos humillados en la plaza, incluso mi mirada se cruzó con la de uno de ellos. Después salí de la ciudad con la multitud que iba a los quemaderos. Intenté no mirar, pero lo cierto es que no pude evitarlo. Los hombres y mujeres de nuestra congregación cantaban mientras las llamas los devoraban. Estuve a punto de lanzarme al fuego para unirme a ellos, pero en el fondo sabía que esa no era la voluntad de Dios. Él me había salvado con otro propósito».

Tras la breve narración, Casiodoro y Cipriano abrazaron a su amigo.

—Dios os ha guardado para que me ayudéis con la traducción de la Biblia. Cipriano está muy liado con sus estudios de teología.

—Gustosamente os ayudaré, amigo.

Ana observó al joven. Eran de la misma edad. A ella le parecía un ángel, con sus ojos azules y su carita de niño. Después se ruborizó cuando él la miró de repente. Los ojos de ambos se entrelazaron como una enredadera lo hace por la fachada de piedra de una casa, hasta confundirse entre ellos y dejar que el fuego del amor brotara.

Capítulo 38

ESPÍAS EN LA IGLESIA

«Debemos desconfiar unos de otros. Es nuestra
única defensa contra la traición».[39]

Londres, primeros de enero de 1560

Casiodoro de Reina estaba todo el día dedicado a la traducción de la Biblia, lo que no le impedía presidir algunas reuniones privadas en su casa y predicar los domingos a sus allegados. Toda la familia asistía a la capilla de San Antonio en Threadneedle Street, una congregación calvinista de habla francesa.

Aquel día se reunió un nutrido número de españoles, además de los habituales miembros de la congregación. Se había corrido la voz de que Casiodoro iba a predicar y nadie quería perdérselo.

El español subió al púlpito y miró a la numerosa congregación. Justo cuando estaba a punto de pronunciar las primeras palabras, observó a una mujer y dos hombres, totalmente ocultos con sus capuchas, que se sentaban al fondo.

El español carraspeó y comenzó a hablar.

—Queridos amigos y hermanos, estamos aquí para entender y comprender, con la ayuda del Espíritu Santo, la Palabra de Dios. El apóstol Pablo fue el último de los apóstoles, él se llamaba a sí mismo abortivo y no merecedor de servir a Cristo, pero sin duda Dios lo usó de una manera especial. A lo largo de su vida recibió muchas críticas, primero por haber perseguido a la iglesia de Dios antes de convertirse, más tarde por no seguir las corrientes judaizantes ni gnósticas que intentaban implantarse en la iglesia. En su primera carta a los Corintios, tras ser cuestionado por muchos, el apóstol defiende su ministerio, pero sobre todo nos da una lección de lo peligroso e injusto que es juzgar a los demás.

»La Palabra de Dios dice así: *Sic nos existimet homo ut ministros Christi et dispensatores mysteriorum Dei...*, pero permitidme que lo exprese en nuestro idioma:

»Téngannos los hombres por ministros de Cristo y dispensadores de los misterios de Dios. Resta empero que se requiere en los dispensadores que cada uno sea hallado fiel. Yo en muy poco tengo ser juzgado de vosotros, o de cualquier humano favor; antes ni aun yo me juzgo. Porque, aunque de nada tengo mala conciencia, no por eso soy justificado; mas el que me juzga es el Señor. Así que no juzguéis nada antes de tiempo, hasta que venga el Señor, el cual también aclarará lo oculto de las tinieblas, y manifestará los intentos de los corazones, y entonces cada uno tendrá de Dios la alabanza. Esto empero, hermanos, he pasado por ejemplo en mí y en Apolos por amor de vosotros, para que en nosotros aprendáis a no saber más de lo que está escrito, hinchándoos por causa del otro el uno contra el otro.[6]

»Esto dice la Palabra, pero cuán propensos somos los seres humanos a juzgar y, peor aún, a sentenciar y condenar. A Pablo se le había calificado de rígido, mal predicador, falso apóstol y en su defensa no solo aduce sus méritos humanos, sino que también pone de manifiesto que, cuando juzgamos a otros, nos convertimos en jueces, ocupando el lugar soberano que únicamente le corresponde a Dios. Todos los creyentes compareceremos en el tribunal de Cristo, y los incrédulos ante el gran trono blanco, cuando serán juzgadas las obras de los hombres. El apóstol Pablo sabía esto, por eso, al contrario de lo que habían hecho los fariseos, grupo al que anteriormente pertenecía, se negó a juzgar a nadie. La tolerancia de Pablo no consistía en pasar por alto los pecados, tampoco en no condenar la inmoralidad, lo que quería el apóstol era que nadie fuera juzgado en su fe por otro ser humano».

---

6. 1 Corintios 4.1-6, tomado de la traducción de Casiodoro de Reina de 1569, con ligeras adaptaciones.

Un murmullo incómodo comenzó a correr por las bancadas donde se encontraban sentados los franceses.

—Cristo mismo, por si alguno no se fía del criterio de Pablo y de la inspiración de su epístola, reprendió a sus discípulos cuando prohibieron a un hombre sanar en el nombre de Jesús porque no quiso ir con ellos. Queridos hermanos, no tenemos la exclusividad de la verdad, de la fe ni del evangelio. Gracias a Dios, hay muchos que trabajan a su favor, aunque no sean de los nuestros. No importa cómo se llamen a sí mismos o cómo los llamen los otros. Tampoco importa que no coincidan al milímetro con nuestra confesión de fe. Las confesiones de fe las hacemos los hombres, no Dios. Él no las necesita.

Los susurros se convirtieron en quejas y abucheos. Casiodoro miró a la congregación.

—Lo único que pide Dios de nosotros es que nos amemos unos a otros como él nos amó, porque el amor cubrirá multitud de pecados.

En cuanto se bajó del púlpito, varios miembros fueron a quejarse al pastor por la predicación. Tres franceses se acercaron y le llamaron hereje. La mayoría de los españoles le rodearon para felicitarlo.

Cuando Casiodoro ya estaba abandonando la iglesia con su familia, uno de los hombres encapuchados se aproximó a él y le pidió que le siguiera a un rincón. El español le obedeció con cierto temor. Llegaron al lado de la otra sala, donde se encontraban el otro hombre y la mujer. Se descubrieron y Casiodoro vio sorprendido que se trataba de la reina.

—Este es mi consejero William Cecil. Ya que no vinisteis a palacio para predicar, nos tomamos la libertad de venir a escucharos aquí.

—Majestad, es un gran honor.

—Me ha gustado mucho su prédica. A partir de ahora está invitado a la Corte, pero además quiero darle una pensión para que pueda continuar con su labor de traducir la Biblia. Ojalá el pueblo de Dios entienda que lo que desea nuestro Señor es que respetemos a los demás.

—Eso espero, Majestad.

La reina Isabel salió por una puerta lateral de la capilla y Casiodoro regresó con sus hermanos. Se sorprendió al verlos discutiendo con el pastor.

—Casiodoro simplemente ha predicado la Palabra de Dios —dijo fray Daniel de Écija.

—Su interpretación no está cerca de los principios básicos de nuestra religión. ¿Qué es eso de la tolerancia? Suena a las ideas de los herejes Castellio y Adrián Haemstede, el ministro holandés que quiere que nuestras congregaciones acepten a los anabaptistas. Dentro de poco nos pedirán que demos la comunión a los católicos —comentó el pastor.

—Lamento que no os haya gustado la predicación, mis ideas no son las de Castellio, son las del apóstol Pablo y las de Cristo. Si no somos bien recibidos en la iglesia francesa, pediremos al obispo de Londres que nos autorice a abrir la nuestra propia. Ministro, nos retiramos.

El pastor francés se quedó con la boca abierta. Mientras el grupo de amigos se marchaba, un hombre salió tras ellos. Era de tamaño pequeño, barba negra y ojos marrones; parecía italiano, portugués o español. Después se alejó, para dirigirse directamente a la casa del embajador de España.

En cuanto llegó a la casa, el obispo de Ávila le recibió.

—Eminencia, tengo que hablaros de lo sucedido. Casiodoro de Reina ha predicado en la iglesia calvinista francesa.

—No veo la premura, querido Tomás, estáis vigilando a los herejes españoles para traernos información relevante.

—Eminencia, una mujer misteriosa y dos hombres fueron a escucharle.

—¿Quiénes eran? —preguntó, inquieto, el obispo.

—Se trataba de Su Majestad la Reina Isabel y su consejero Cecil.

El embajador le miró, sorprendido. Aquello era más peligroso de lo que esperaba. Esos malditos herejes podían echar por la borda las pretensiones de matrimonio de la reina de Inglaterra y Su Majestad Felipe II. Tenía que informar de todo cuanto antes.

Capítulo 39

GRINDAL

«No temáis a la grandeza; algunos nacen
grandes, algunos logran grandeza, a
algunos la grandeza les es impuesta y a
otros la grandeza les queda grande».[40]

Londres, febrero de 1560

Casiodoro recibió una carta del obispo de Londres. Grindal quería verlo de inmediato. El español pensó que la iglesia francesa debía de haber mostrado una queja formal por su última predicación sobre la tolerancia. Le pidió a Daniel de Écija y Cipriano que lo acompañasen. Prefería que hubiera testigos por si el prelado le imponía algunas órdenes. Al fin y al cabo, él no era ministro de la Iglesia de Inglaterra y su compromiso era directamente con la reina Isabel.

Llegaron al fastuoso palacio episcopal situado cerca de la catedral. El secretario los recibió y después les hizo pasar al despacho del obispo.

Grindal los observó con sus ojos melancólicos y aquella expresión suya de bondad ausente y los mandó sentar.

—Os veo muy bien acompañado, querido Casiodoro.

—Me extrañó que me llamaseis.

—Hay varios asuntos que deseo tratar con vos, me han llegado rumores de que en ocasiones predicáis en palacio.

—Únicamente ha sido en una ocasión, lo hice ante la insistencia de la reina.

El obispo se puso en pie y comenzó a caminar alrededor de la mesa, después les invitó a salir al jardín.

—No os importa que demos un paseo, ¿verdad? Me paso demasiado tiempo sentado, los años no pasan en balde y me temo que pronto mis piernas se negarán a llevarme a ningún sitio.

—Como gustéis —dijo Casiodoro.

—Además, aquí hay menos oídos curiosos, hermano, la reina está llena de dudas y es nuestro deber aconsejarla espiritualmente. Isabel se siente protestante, para ella la Iglesia católica es la antítesis de lo que cree y defiende. Roma es misógina, autoritaria y convencional; la reina es todo lo contrario. Tiene consejeros que practican diferentes credos, pero por ahora somos nosotros los que más le influimos. Si se casa con Felipe de España, la causa protestante podría verse en serio peligro. Serían los reyes más poderosos del mundo y nuestra fe sería perseguida en todas partes, por eso aprecio que os escuche y que sepa lo que está sucediendo en España: la persecución a la que el rey Felipe somete a sus súbditos.

—Os entiendo, obispo, pero yo abomino la política y desprecio la religión. Ambas se limitan a ambicionar el poder y yo, como Cristo, sé que mi reino no es de este mundo.

El obispo sonrió, no podía estar más de acuerdo con el español. Se sentó en un banco de piedra y Casiodoro lo imitó, los otros dos hombres se quedaron de pie.

—No quiero que manipuléis a la reina, me conformo con que le prediquéis la Palabra de Dios y que nuestro Señor haga el resto. Con respecto a vuestra predicación en la iglesia francesa...

—¿Qué tenéis que decir a eso? Nosotros no pertenecemos a la Iglesia de Inglaterra.

—No os pongáis a la defensiva. Admiro lo que pensáis, yo mismo he sido víctima de la intolerancia y he aprendido a dónde nos llevan el odio y la violencia. Os autorizo a abrir una capilla para los españoles, a pesar de que eso nos puede causar ciertos inconvenientes con la embajada de España, pero estamos en Inglaterra, no en los territorios dominados por el rey Felipe.

—Me parece muy bien, eminencia.

—Por otro lado, os pido que hagáis una confesión de fe para que los holandeses y los franceses no se quejen a Ginebra —añadió el obispo.

—¿Una confesión de fe? —preguntó, sorprendido, Casiodoro.

—Sí, imagino que seréis capaz de escribirla.

—No me gustan las confesiones de fe, no las veo en la Biblia.

—¿Os olvidáis del credo cristiano? —le preguntó el obispo.

—El credo es muy antiguo, pero no se encuentra en la Biblia. El único credo que Jesús anunció es amar a Dios sobre todas las cosas y al prójimo como a uno mismo.

—Sabia respuesta, pero, para que os autorice a abrir una iglesia, tenéis que mandarme la confesión de fe. ¿Entendido?

Casiodoro frunció el ceño, pero sabía que no le quedaba más remedio.

—Así lo haré.

—Por último, no os metáis en problemas. Únicamente los orgullosos dan su opinión a los que no se la han pedido. Ya sabéis que yo simpatizo con la causa calvinista, aunque estoy construyendo una nueva iglesia en el reino, pero no soporto la rigidez de Ginebra. Os protegeré siempre que pueda, pero mantened la boca cerrada.

—Así lo haré.

—Podéis retiraros.

Salieron del jardín y un criado los llevó hasta la salida. Caminaron por las calles de Londres.

—Parece que el obispo nos es favorable —dijo Cipriano, visiblemente satisfecho.

—Es un buen cristiano, pero parece amar más a Inglaterra que a Dios —comentó Daniel.

—No os falta razón. A propósito, he recibido una carta de Antonio del Corro.

Sus amigos lo miraron, sorprendidos.

—Me comentó que está en la corte de Albret, enseñando al joven príncipe Enrique, el hijo de la reina Juana.

Daniel y Cipriano no se sorprendieron.

—Antonio siempre ha tenido mucha labia —bromeó Daniel.

—Pero nos dijo que vendría a Londres para ayudarnos a abrir una iglesia para españoles.

—No os preocupéis, Cipriano, aún estamos poniendo las bases, llegará a su debido tiempo. ¿Sabéis quién le recomendó para el puesto? —preguntó jocosamente Casiodoro.

Los dos se encogieron de hombros.

—Juan Calvino. ¿Qué os parece?

Daniel y Cipriano se miraron, confusos.

—Antonio siempre ha sido más prudente que vos —comentó Daniel.

—No es necesaria mucha prudencia para superar a Casiodoro.

Los tres se echaron a reír, después siguieron su camino mientras discutían sobre qué pondrían en la confesión de fe. No era una tarea que les apasionara, además, Casiodoro quería terminar la traducción cuanto antes, pero llevaban tiempo persiguiendo el sueño de crear una congregación en la que los españoles pudieran practicar su fe de manera libre. Lo que todavía no sabían era que numerosos enemigos iban a poner todos los medios para que sus planes fracasaran.

Capítulo 40

CONFESIÓN DE FE

*«Lo que puede la virtud del hombre
no debe medirse por sus esfuerzos,
sino por su estado ordinario».*[41]

Londres, abril de 1561

Casiodoro y sus amigos ya se habían acostumbrado a las rutinas de Inglaterra. Habían logrado abrir una iglesia española a pesar de la oposición y quejas de las iglesias calvinistas holandesa y francesa. El pastor Nicolás Des Gallars se había tomado como algo personal la caída de Casiodoro. No era el único; el español suscitaba las envidias de muchos por su talento, sus dotes de gran orador y su cercanía a la reina, aunque esto último estaba a punto de cambiar.

Casiodoro había conocido a una joven en uno de sus viajes a Fráncfort. Era Anna de León, hija de Abraham de León, un judío converso que había nacido en Francia, pero que se había trasladado años antes a Alemania. Anna era todo lo que buscaba para encontrar su ansiada estabilidad. Siempre había querido casarse, no había tenido dudas en cuanto a romper su voto de celibato, ya que creía que el buen siervo de Dios debía gobernar su casa, enfrentarse a los problemas cotidianos de los demás mortales y tener hijos.

La reina Isabel se enfureció al saber que Casiodoro se había casado y le retiró la pensión y la prometida ayuda para la edición de la Biblia.

—¿Ahora qué vamos a hacer? —preguntó, angustiado, Daniel al enterarse. Desde su llegada a Londres se había dedicado a apoyar a su amigo en la iglesia y la traducción, convirtiendo los sueños de este en los suyos propios.

—Confiad en la providencia divina. Calvino me ofreció apoyo en Ginebra, pero yo debía aceptar su forma de ver la fe y no acepté; ahora la reina quería exigirme mi infelicidad para satisfacer sus deseos egoístas, y una vez más elijo servir a Dios y no a los hombres.

Habían alquilado una pequeña casa muy cerca de donde vivían sus padres. Su esposa entró en el salón.

—¿Todavía no has quitado esos libracos de la mesa? La comida está lista.

Los dos hombres comenzaron a despejarla, cuando escucharon que alguien llamaba a la puerta. Daniel fue a abrir, miró al hombre alto vestido de lacayo que había en la entrada.

—¿Qué se os ofrece?

—¿Vive aquí Casiodoro de Reina?

—Sí —contestó, algo preocupado, Daniel.

—Tiene que acompañarme.

Casiodoro ya había acudido a la puerta, tomó la capa y el sombrero y acompañó al hombre al carruaje.

—No os preocupéis, es el escudo del obispo de Londres —dijo a su amigo mientas subía al carruaje.

Recorrieron las caóticas calles de la ciudad esquivando a comerciantes, vagabundos, pillos y transeúntes apurados. Llegaron al palacio episcopal y el español se dirigió directamente al despacho del obispo, ya conocía el camino.

—Eminencia —dijo al entrar.

—Dejaos de formalismos, tengo dos cosas importantes que contaros.

—¿No me felicitáis por mi reciente boda?

El obispo frunció el ceño.

—La reina está furiosa, pero ese es otro tema. Los franceses han vuelto a quejarse de vuestra confesión de fe, dicen que es muy vaga con respecto a la Trinidad, ya que afirmáis que dicho término no aparece explícitamente en la Palabra de Dios.

—Y es verdad, eminencia.

—Ya, pero tiene cierto tufillo unitario, algo que no se puede admitir.

—Sabéis que creo en la Trinidad, pero tenía que incluir esa acotación.

El obispo puso los ojos en blanco. Sabía lo complejos que podían llegar a ser los españoles y los italianos.

—Sé que los pastores de la iglesia holandesa y francesa os han dado el visto bueno, pero ya os llaman el nuevo Servet. Tened cuidado, que esas pequeñas cosas no arruinen vuestra reputación. Por otro lado, quiero enviaros al Coloquio de Poissy que celebraré en septiembre en Francia. Lo ha propuesto Catalina de Médicis, la reina madre, para que se llegue a un acuerdo entre protestantes y católicos. El reino anda dividido y todos temen una guerra civil. Vuestra contribución como hombre tolerante y con un profundo conocimiento de las Sagradas Escrituras le vendrá muy bien al bando protestante. Aunque debéis saber que en este caso la victoria no se encuentra en derrotar al adversario, más bien se trata de convertirlo en nuestro amigo.

Casiodoro lo observó, sorprendido.

—¿Por qué yo? No soy miembro de la Iglesia de Inglaterra, no ostento ninguna cátedra, ni siquiera tengo una patria.

—Por eso mismo, vos entendéis mejor que nadie lo que es estar libre de partidismos, clientelismos y sectarismos. La mayoría de los participantes deben lealtad a príncipes, obispos, papas o reformadores; vos, al único al que debéis pleitesía es a Dios mismo.

Aquellas palabras le hicieron sentirse halagado. El obispo de Londres le enviaba a uno de los coloquios más importantes del siglo para intentar predicar sus ideas de amor y tolerancia.

Salió del despacho, meditabundo. El obispo había puesto una gran responsabilidad sobre sus hombros. Parecía que todo lo que había sembrado durante aquellos años comenzaba a dar fruto, que al final las ideas marginales de Castellio y otros pocos hombres buenos terminarían con los sectarismos y la violencia que comenzaba a desatarse por Europa, y que él podía poner su pequeño grano de arena para cambiar las cosas.

PARTE 3

HUIDA

Capítulo 41

Coloquio de Poissy

*«Si no podemos poner fin a nuestras
diferencias, contribuyamos a que el mundo
sea un lugar apto para ellas».*[42]

Poissy, 10 de septiembre de 1561

Nunca pensó que estaría tan enamorado. Como en tantas cosas en su vida, siempre había comprendido antes la teoría que la práctica. Pensaba que debía casarse y formar una familia, tener hijos y aprender a ser un buen esposo, pero nunca había pensado en el amor, ni siquiera cuando conoció a Anna en su viaje a Fráncfort. Al verla, le gustaron sus formas, pero más aún su prudencia y alegría. Él no había aprendido a vivir. Había ingresado muy joven en el monasterio y, desde su huida de España, apenas había logrado cambiar sus viejos hábitos de trabajo casi monacales. En cambio, su mujer fue una revelación para él. Lo unió al mundo de los placeres, a los que había renunciado mucho tiempo antes. Durante años apenas disfrutó de la comida, le daba pudor tener ropas caras, un buen sombrero o una capa que no estuviera raída. Defendía en público que no tenían nada de malo las riquezas, pero en su fuero interno valoraba sobremanera la austeridad, a la que consideraba mucho más virtuosa. No entendía el placer, casi pensaba que era una especie de desviación de las virtudes, que uno jamás debía permitirse ninguna licencia. Al conocer a Anna, todo eso cambió de repente, descubrió el placer conyugal, el deseo, y sintió por primera vez unas profundas ganas de vivir. Su esposa era una excelente cocinera, que se esmeraba en cada plato para él, que antes de casarse comía cualquier cosa de forma rápida, como si el apetito fuera una molestia a la que saciar rápidamente. No se permitía disfrutar ni de una puesta de sol, un prado lleno de flores o la blancura de la nieve que cada año caía sobre la ciudad de Londres.

Mientras se dirigía a Poissy con Daniel de Écija no dejaba de contemplar el paisaje con admiración. El río Sena serpenteaba a medida que se aproximaba a París, como si temiera ser devorado por esa ciudad antigua y despiadada. Afortunadamente, según le habían contado, la pequeña ciudad de Poissy era una piedra preciosa al lado del río.

Habían viajado en barco hasta Calais; desde allí en carruaje hasta Ruan, donde los habían acompañado otros participantes en el Coloquio. Ahora que se aproximaban a su destino, Casiodoro no dejaba de sentir cierta inquietud.

—Cuando estaba soltero no temía nada. Únicamente poseía a mi persona, casi no me importaba morir de inmediato; de hecho, lo sentía como una especie de liberación; ahora me horroriza pensar en no volver a verla.

—Estáis enamorado, amigo.

—Hasta la traducción de la Biblia me parece secundaria, menos mal que ahora nos ayuda Zapata.

A Daniel no le gustaba Zapata. Detrás de su cordialidad siempre había algún tipo de interés. Además, ya lo había sorprendido en varias mentiras.

—Espero que no eche a perder todo el trabajo —se quejó el joven.

Llegaron a Poissy un día después del comienzo de la conferencia. Allí se encontraba reunido lo mejor del bando protestante y del católico. La idea había sido de Michel de l' Hôpital, aunque la verdadera impulsora era la reina Catalina.

—Vamos a conocer a los pensadores más grandes de nuestro tiempo. ¿No estáis emocionado?

Daniel sonrió, desde su huida de España, este era el primer viaje que hacía.

—En el bando católico están Jacques Lainez, el segundo superior de los jesuitas, e Hippolyte d'Este. Se cree que los ha enviado el papa para que intenten que fracasen las negociaciones. Por su parte, la iglesia de Francia ha enviado a seis cardenales y treinta y ocho obispos y arzobispos, además de a varios doctores de la iglesia. En el bando calvinista, el representante máximo es Teodoro de Beza. Yo lo conocí en Ginebra, es la mano derecha de Juan Calvino. Algunos dicen que Calvino no se ha atrevido a venir a causa de su mala salud y edad, pero tampoco se fía mucho de la reina. Beza tampoco quiere llegar a un acuerdo. Le acompañan Nicolás Des Gallars...

—¿El pastor de la iglesia francesa en Londres?

—Sí, fue secretario de Beza hace años. También está Pietro Martire Vermigli, otro calvinista convencido.

Los otros ocupantes del carruaje no entendían español, por lo que los dos amigos hablaban abiertamente.

El carruaje se detuvo enfrente de la puerta del monasterio en el que se iban a celebrar las conferencias. Entraron en la sala repleta de invitados: a un lado estaban los que vestían ropas episcopales y cardenalicias con sus vivos colores; al otro, el negro austero de los calvinistas.

Lo que más le sorprendió a Casiodoro, tras media hora de escuchar a ambos bandos, era que se estaba produciendo un verdadero diálogo de sordos. Un bando decía sus doctrinas básicas y los supuestos errores del contrario, para que después el otro hiciera exactamente lo mismo.

—Qué necedad —dijo Casiodoro a su amigo.

Un hombre que estaba justo detrás le contestó.

—Tenéis toda la razón. Dejad que me presente, soy Hubert Languet.

—He oído hablar de vos, trabajasteis con Melanchton. Nosotros somos Daniel de Écija y Casiodoro de Reina.

—Sois españoles, lamento mucho lo que está pasando allí. He oído de las atrocidades que se hacen a los protestantes por todo el reino.

—Gracias. Una gran oscuridad se ha instalado sobre mi nación, espero que la luz de la Palabra de Dios algún día brille en su lugar.

—La conferencia está condenada a fracasar. Tanto el papa como el rey Felipe han comprado muchas voluntades para que así sea. Por el lado calvinista, Juan Calvino y Beza lo único que quieren es que la reina reconozca a su iglesia; el rey de Francia es un niño de doce años gobernado por la de Médicis.

—Entonces, ¿qué hacemos aquí?

—Michel de l'Hôpital sí quiere un acuerdo. Los enviados luteranos no han llegado, pero sin duda se inclinan también por negociar. Es la última oportunidad para evitar una guerra civil, pero nadie lo ve, o nadie quiere verlo.

—¿Estáis seguro? —preguntó Casiodoro.

—Lo mismo sucedió en Alemania bajo el emperador Carlos, hasta que después de una guerra cruenta y miles de muertos se llegó a una paz negociada. La diferencia entre Francia y Alemania es que no hay ningún miembro del bando católico ni protestante que desee la paz.

Aquellas palabras horrorizaron a Casiodoro. Él poco podía hacer; como mucho, intentar hablar con unos y otros al terminar las sesiones. A veces, la discordia nacía del desconocimiento y la desconfianza; si lograba neutralizar a ambas, quién sabe si las cosas cambiarían.

En cuanto terminó el debate, los dos españoles se aproximaron a Beza.

—Estimado profesor, no sé si me recordáis.

Teodoro de Beza frunció el ceño, como si estuviera forzando la vista.

—Casiodoro de Reina, no sabía que os vería aquí.

—Me invitó el obispo de Londres, Edmund Grindal.

—Conozco al hermano Edmund, un buen cristiano que está haciendo mucho por la causa cristiana en Inglaterra. La reina Isabel es tan inmoral como el asesino de su padre Enrique.

—Quería disculparme por mi abandono de Ginebra sin dar explicaciones. Deseábamos abrir una iglesia en Londres.

—De eso también estoy informado —dijo Beza, señalando a Nicolás Des Gallars.

Casiodoro no sabía qué responder.

—Me temo que el pastor Nicolás no debe de haber hablado muy bien de mí. Somos muy diferentes.

—El problema que tenéis vos es el de muchos otros, también lo tuvo Erasmo. No sabéis quién sois y qué creéis, por eso no tomáis partido, aunque lo que nunca llegaréis a comprender es que no tomar partido es tomar partido en contra de nuestro bando y nuestro Dios.

—¿Vuestro Dios? Dios no pertenece a nadie.

—Mirad a vuestro alrededor, no seáis infantil, sé que sois un hombre muy inteligente y capaz, como vuestro amigo Antonio del Corro, al que estimo profundamente. Son ellos o nosotros, la verdad o la mentira, la luz o las tinieblas. Ellos han gobernado la iglesia más de mil quinientos años y nos han traído hasta aquí. Nuestra responsabilidad es hacer una iglesia fuerte que suceda a la de Roma. Aquí no vamos a llegar a ningún acuerdo con el papa y su iglesia, pero conseguiremos de la reina un compromiso para que se respete al bando evangélico, al menos mientras sigamos siendo una minoría, después impondremos nuestra fe.

Aquellas palabras dejaron atónito a Casiodoro. Se dio cuenta de que allí no se dirimía un tema teológico o una disputa doctrinal, lo que estaba realmente en juego era el poder sobre Francia.

A las pocas semanas le pidió a su amigo Daniel que abandonaran la conferencia. Sabía que era imposible el acuerdo entre dos partes que lo único que deseaban era ganar tiempo para asestar el golpe mortal al contrincante.

Los dos españoles dudaban si regresar por Calais de nuevo, ya que temían que los espías del rey Felipe y los inquisidores los estuvieran acechando. Al final, decidieron regresar a Inglaterra por Dunquerque, un puerto más pequeño y en el que sería más fácil embarcar.

No tenían dinero para pagarse un carruaje y tuvieron que tomar uno que los llevaría por varias postas hasta su destino. Un sacerdote los acompañó en el viaje hasta Amiens, era italiano.

—¿Han estado vuestras mercedes en la conferencia?

—Sí, le contestaron en francés.

—Yo también, soy secretario del obispo de Lyon.

—Creo que no se ha llegado a ningún acuerdo —dijo Daniel.

—Me temo que no —contestó el sacerdote.

La conversación siguió amigablemente hasta Amiens. Allí, los dos españoles se bajaron del carruaje. Harían noche en casa de un amigo, antes de continuar el camino. Al bajarse, vieron el rostro demudado del hombre.

—¿Qué os sucede? —preguntó, preocupado, Casiodoro.

—Ese hombre que iba con vosotros...

—El padre Damián —contestó Daniel.

—Es el inquisidor más cruel de Francia. Afortunadamente no os ha reconocido.

Al día siguiente partieron para Dunquerque, pero su amigo les aconsejó que tomaran un barco en Ostende, donde, aunque ya era suelo de Flandes, nadie estaría vigilando. Por fortuna, le hicieron caso, ya que los espías del rey Felipe les esperaban en todos los puertos franceses del estrecho de la Mancha. Había escapado de una trampa, pero otra estaba a punto de tenderse en Londres y era mucho más letal que ser capturados por hombres del rey de España.

Capítulo 42

ACUSACIÓN

*«En cuanto nace la virtud, nace contra
ella la envidia, y antes perderá el cuerpo
su sombra que la virtud su envidia».[43]*

Londres, febrero de 1562

La alegría suele ser pasajera, sobre todo cuando se despierta la envidia de los mediocres. A pesar de todos los intentos de los pastores de las iglesias calvinistas francesa y holandesa, Casiodoro de Reina fue ordenado pastor de la Iglesia de Inglaterra a principios del año. La ceremonia se celebró en la iglesia de Santa María de Hargs. La capilla había sido usada como almacén durante un tiempo, pero el obispo de Londres había entregado el edificio a los españoles para que celebraran sus cultos. Tras su matrimonio, Casiodoro había perdido el favor de la reina Isabel y la esperanza de un apoyo financiero para la impresión de la Biblia, pero aquella mañana de domingo se sentía eufórico.

El obispo de Londres, tras predicar en la congregación, llamó a Casiodoro de Reina y le impuso las manos para completar su ordenación.

—Casiodoro de Reina, doctor en Teología y siervo del Dios Altísimo, yo, Edmund Grindal, obispo de Londres, te ordeno como ministro de la Iglesia de Inglaterra. Pastorea con amor y justicia, Dios te dará la corona reservada a los pastores que cuidan de su grey. Que

Dios te bendiga —dijo mientras ponía las manos en los hombros del español.

Casiodoro comenzó a llorar. Había soñado con ese momento muchas veces: poder celebrar con sus amigos y compatriotas reuniones públicas sin ningún temor. Sabía que entre los asistentes había espías del embajador de España, que se había quejado formalmente a la reina por permitir que traidores a su rey fueran premiados de aquella manera. Además estaban los espías enviados por las iglesias francesa y holandesa, que se quejaban de que un buen número de sus miembros se habían unido a la nueva iglesia.

Al terminar la ceremonia, fueron todos sus amigos a felicitarlo, primero Cipriano de Valera, después Daniel de Écija y por último Gaspar Zapata, uno de sus más íntimos colaboradores, sobre todo en la traducción de la Biblia, que comenzaba a acercarse a su fin.

—Felicidades, amigo —dijo Cipriano, que siempre había visto en Casiodoro un corazón pastoral.

—A vos, por vuestra amistad y fidelidad, hemos pasado muchas cosas juntos.

—Mis felicitaciones, pastor Reina —comentó Daniel.

—Sigo siendo Casiodoro para todos, el pastorado no es un título, es un servicio y un don.

—Maestro, sois un ejemplo para todos nosotros —añadió Zapata.

Su hermana y su esposa se aproximaron después y lo abrazaron, y por último sus padres.

—Querido hijo, estamos muy orgullosos de ti —dijo la madre.

Su padre le miró a los ojos y comenzó a llorar, emocionado.

—Nunca te he expresado lo orgulloso que estoy de ti, es un honor ser tu padre.

Los dos comenzaron a llorar. No siempre se entendían, tal vez porque eran demasiado iguales.

—Soy lo que soy por la voluntad de Dios y por lo que me habéis enseñado los dos.

Hicieron una fiesta de celebración y todos brindaron por la ordenación de Casiodoro. Se acercó hasta él Zapata y le abrazó.

—Tengo que irme, maestro, pero volveré en un momento.

Gaspar Zapata se alejó de la fiesta. Era un hombre de pequeña estatura, delgado, mal encarado y rondando los cincuenta años. Su mujer se acercó a él antes de que dejara el mesón.

—¿A dónde vais? —le preguntó.

—Ya lo sabéis, no podemos seguir el resto de nuestra vida huyendo.

Zapata dejó el edificio y, después de vigilar que nadie le siguiera, tomó el camino hasta la residencia del embajador, llamó a la puerta y entró precipitadamente, temiendo ser descubierto. El criado le llevó a la presencia del embajador y, al verlo, se arrodilló y le besó el anillo.

—Eminencia, gracias por recibir a este su humilde siervo.

El obispo de Ávila sentía cierta repulsión hacia los traidores, aunque era consciente de que eran necesarios.

—¿Qué información me traéis?

—Casiodoro de Reina va a viajar a Flandes para arreglar asuntos sobre la impresión de la Biblia en castellano. Se verá con el hereje Diego de la Cruz, será en la ciudad de Dordrecht. No será muy difícil capturarlo allí.

—Está bien, pero necesito algo más. Ese Casiodoro es como una sabandija, se ha librado de nuestros espías en más de una ocasión.

Zapata parecía decepcionado. Hacía todo aquello para que el embajador cumpliese su promesa de un salvoconducto para que su esposa y él regresaran a España.

—Los pastores de las iglesias holandesa y francesa están buscando algún cargo grave para acusarle. Creen que es antitrinitario; ciertamente es una falsedad, pero es una acusación muy grave.

—Necesitamos algo más turbio —dijo el obispo, molesto. Las acusaciones superfluas no eran suficientes.

—Puedo convencer a un muchacho, que fue criado suyo al llegar a Londres, para que le acuse de sodomía.

El embajador sonrió. Aquel sí que era un delito grave, ya no podría apoyarlo el obispo de Londres.

—Moved los hilos, nadie debe sospechar que nosotros estamos detrás de esto.

Zapata besó de nuevo la mano del obispo y salió de la sala. En cuanto el embajador estuvo a solas, mandó llamar a Francisco de Luis.

—Francisco, tengo una misión para vos. Seguiréis a Casiodoro de Reina y lo prenderéis en Flandes. ¿Entendido?

El esbirro afirmó con la cabeza. Llevaba más de un año siendo la sombra del hereje.

Gaspar Zapata se dirigió de nuevo a la fiesta y entró en el gran salón. Sabía que en el fondo no hacía todo aquello por el deseo de regresar a España: despreciaba a Casiodoro, que parecía conseguir todo lo que se proponía, llevándose el mérito, mientras él quedaba siempre en las sombras.

Al verlo entrar, su esposa le mandó llamar.

—¿Ya está hecho?

—Sí, ya sea que lo capturen o que terminemos con su reputación, el embajador nos dará el salvoconducto.

Casiodoro vio a Zapata con su esposa y le hizo un gesto para que se acercase.

—Amigo, venid con nosotros. Dentro de poco, la Palabra de Dios estará en el idioma de nuestros compatriotas. Al final, la luz brillará sobre las sombras.

Zapata se sentó al lado de Casiodoro y dejó que este le llenase la copa de vino.

—Por la amistad y el amor fraternal —dijo Casiodoro, alzando la copa.

Todos hicieron el brindis, Zapata tomó un sorbo y pensó que dentro de muy poco tomaría el néctar más dulce, el de la venganza.

Capítulo 43

EFIGIE

*«La muerte abre la puerta de la fama y
cierra tras de sí la de la envidia».*[44]

Londres, septiembre de 1563

No se puede morir dos veces. Al menos, eso es lo que pensaba Casiodoro, aunque cuando recibió la noticia de que él y otros de sus amigos habían sido quemados en efigie en un auto de fe en Sevilla en el mes de abril, supo que la Inquisición no se había olvidado de él. De hecho, el cerco se cerraba cada vez más alrededor de su persona, al ser la cara visible de los expatriados protestantes en Inglaterra.

Francisco Abreu y Gaspar Zapata se dirigieron al palacio episcopal con la intención de presentar una acusación formal contra Casiodoro de Reina. Ambos eran amigos íntimos del español y dos miembros destacados de la congregación. Gaspar había convencido a Francisco Abreu para que se uniera a su causa, para que nadie pudiera dudar de la acusación, ya que era de suma gravedad, y este había hablado con el muchacho para que confesara en contra de Casiodoro.

Grindal recibió a los dos españoles, aunque le extrañó que fueran a verlo, ya que no había hablado con ninguno de los dos antes. Los conocía de verlos en la capilla que pastoreaba Casiodoro.

—Eminencia, gracias por recibirnos sin apenas un aviso de antelación, pero lo que tenemos que contaros es muy grave, se trata de una acusación sobre Casiodoro de Reina.

El obispo de Londres frunció el ceño, no se fiaba mucho de aquellos dos individuos. El procedimiento habitual habría sido que antes hubieran informado al consistorio de la iglesia, no directamente a él.

—Esto no es muy ortodoxo, si tenéis algún problema debéis tratarlo con los pastores de la iglesia.

—Ya os he comentado —insistió Zapata— que el asunto es de extrema gravedad y muy delicado.

Grindal les pidió que se explicaran.

—Casiodoro de Reina ha manifestado en la iglesia opiniones antitrinitarias, además de aceptar el bautismo de adultos y tener doctrinas dudosas sobre la eucaristía.

El obispo respiró aliviado, todas aquellas acusaciones eran muy manidas, su amigo Casiodoro ya había respondido de ellas ante el consistorio de pastores calvinistas extranjeros.

—Esas acusaciones fueron desestimadas. En la confesión que escribió Casiodoro de Reina se demostró que eran infundadas.

—Pero ahora hay más, eminencia —añadió Abreu.

—¿Más? No comprendo.

—El pastor Casiodoro de Reina ha caído en el pecado de sodomía. Fue tras su llegada a Londres, antes de casarse, con un muchacho que le servía. El joven está dispuesto a testificar.

El obispo se quedó estupefacto. Aquello no podía ser cierto.

—Es una acusación muy grave. Si descubrimos que estáis mintiendo, terminaréis todos en la cárcel.

Los dos hombres porfiaron en que todo lo que estaban contando era cierto y que poseían pruebas y el testimonio del joven.

Grindal dudó un instante si echarlos del despacho, pero sabía que lo mejor era aclarar todo el asunto si no quería que la reputación de su amigo Casiodoro quedase enturbiada para el resto de sus días.

—Abriré una investigación, interrogaremos al testigo y a Casiodoro de Reina. Por ahora, suspenderemos preventivamente de su cargo a Casiodoro e informaré a la reina Isabel.

Los dos españoles se pusieron en pie, se mostraron muy serios y apenados, pero, en cuanto salieron del despacho, comenzaron a sonreír. Al fin podrían recuperar sus vidas. Gaspar Zapata había sido impresor en Sevilla, tenía una vida tranquila con su esposa, Isabel Tristán. Habían escapado de la ciudad en 1559, cuando se había desatado la persecución contra los protestantes. Él logró escapar por Cataluña, pero su mujer había sido capturada y enviada de vuelta a Sevilla. De manera misteriosa, Isabel Tristán había sido puesta en libertad y se había reunido con su esposo en Inglaterra, sin que nadie supiera cómo había logrado escapar de la Inquisición. Ambos habían sido después acogidos en la casa de Casiodoro en Londres.

Un par de días más tarde, el obispo de Londres envió a Casiodoro de Reina un requerimiento para que se presentara en una investigación que se había abierto contra su persona. En la carta se encontraban todos los supuestos cargos en su contra, además de notificarle su suspensión como pastor de la congregación española.

—¡Dios mío! —exclamó al dejar la carta sobre la mesa. Su mujer la tomó y la leyó, preocupada. Después se la pasó a Daniel y a la hermana de Reina.

—Esto es una difamación y una locura —comentó su amigo.

—¿Habéis visto quiénes son los acusadores?

—Sí, Gaspar Zapata y Francisco Abreu —dijo, totalmente compungido, Casiodoro. Esos hombres eran sus amigos, los había acogido en su casa cuando habían escapado de la Inquisición. Se preguntaba cómo eran capaces de traicionarlo de aquella forma, pero no lograba encontrar una respuesta.

—El embajador don Álvaro de la Quadra tiene que estar detrás de todo este asunto —comentó Daniel.

—Será sencillo demostrar que mienten, el resto de las acusaciones fueron refutadas hace tiempo. ¿Quién va a creer que eres un sodomita? —añadió su hermana.

—La iglesia se dividirá por esto, muchos creerán a Zapata y a Abreu, la obra de estos años terminará por los suelos, hasta mi traducción quedará invalidada.

—Eso no es cierto, esposo mío, la gente que te conoce sabe que es mentira.

—Los pastores de las iglesias francesa y holandesa se frotarán las manos, también Beza y todos los que llevan años difamándome por toda Europa. Estoy acabado.

Le vieron tan angustiado que llamaron a Cipriano para que tratara de convencerlo de que todo saldría bien. Su amigo llegó a toda prisa. Ahora era profesor ayudante en Oxford, aunque aún no había conseguido la plaza de titular.

Al día siguiente, Cipriano llegó a la ciudad. Casiodoro se encontraba sin afeitar y con el rostro demudado por la situación.

—Vamos a dar un paseo, el aire fresco te sentará bien.

Caminaron por las calles y se acercaron a un parque cercano. Los pájaros cantores y los árboles lograron relajar la mente de Casiodoro de todas sus preocupaciones.

—Querido amigo, ved esto como un simple obstáculo. Sabemos que cuando nuestro enemigo el diablo ve que estamos a punto de coronar un éxito para Dios, busca destruirlo. Vuestra traducción de la Biblia se encuentra casi terminada, por eso nuestro enemigo desea destruiros.

—Las acusaciones son muy graves, Cipriano.

—Hemos enfrentado muchas batallas y de todas nos ha sacado Dios. Con esta sucederá lo mismo.

—Estoy agotado y rodeado de enemigos. Me he mantenido dentro de la fe calvinista, a pesar de que no creo que sea necesario crear federaciones de iglesias. Cuando me pidieron una confesión de fe, la escribí. No respondí a todas sus maldades y difamaciones con ira, pero no esperaba que los traidores se encontraran entre mis propios amigos.

—Zapata y Abreu no son vuestros amigos. A veces sois demasiado confiado, tenéis demasiado buen corazón. Enfrentad a vuestros enemigos, Dios guardará vuestra causa. Dentro de poco, todo esto será como un mal sueño del que habéis despertado.

—Una pesadilla, una monstruosa pesadilla. Ya no tengo fuerzas, es mejor para la iglesia que me retire, que me marche de Londres y comience de nuevo en otro sitio. Cuidad de mis padres y mi hermana.

—No, huir no es la respuesta. Eso hará que sospechen aún más de vos.

—No me importa, que piensen lo que les plazca.

Cipriano puso su mano en el hombro de su amigo.

—Luchad, como habéis hecho siempre.

—Estoy cansado de luchar. ¿Qué he hecho mal? ¿Defender la tolerancia entre los hombres? ¿Predicar el amor de Cristo? ¿Negarme a vivir como un religioso preocupado por el qué dirán? No dejé la Iglesia de Roma para hacerme un fariseo, siempre preocupado por lo que piensen de mí en Ginebra. Nunca creí en la forma de ver la iglesia que tiene Juan Calvino; mira lo que han conseguido los calvinistas en Francia, una guerra civil en ciernes que destruirá la verdadera fe.

Los dos hombres vieron a lo lejos el río, lo cruzaron y, mientras observaban las aguas turbulentas, Casiodoro le dijo a su amigo.

—Lo único que me importa ahora es terminar la traducción de la Biblia y hacer feliz a mi familia. Dejaré Londres, no quiero defender mi reputación, lo único que deseo es que Cristo brille en mí, todo lo demás me es indiferente.

Capítulo 44

AMBERES

*«Si hay algo que he aprendido, es que la
piedad es más inteligente que el odio, que la
misericordia es preferible aun a la justicia
misma, que si uno va por el mundo con mirada
amistosa, uno hace buenos amigos».*[45]

Londres, noviembre de 1693

Después de tantos años, había aprendido a amar la ciudad. Se sentía libre, anónimo, con la posibilidad de pasar desapercibido en un lugar en el que a nadie parecía importarle la apariencia o las creencias del otro. Allí había recuperado algo de sosiego y calma, se sentía seguro y rodeado de amigos. En Londres había terminado casi en su totalidad el trabajo de traducción de la Biblia y, con la ayuda de sus amigos, habían construido una iglesia libre, tolerante y centrada en lo espiritual. Ahora debía dejarlo todo, para que no se perdiese. Deseaba seguir el ejemplo de Cristo, que jamás se había aferrado a nada, dejando su trono para venir a nacer en un pesebre humilde y morir por los injustos.

Cipriano le había recomendado que se quedaran, además de Daniel, su hermana y sus padres. Uno de sus amigos más recientes, Francisco Luis, le animaba a irse con él, prometiéndole que le presentaría a unos amigos en los Países Bajos.

Sabía que el obispo de Londres estaba de su parte, pero el joven que le acusaba, Jean de Bayonne, mantenía su falso testimonio.

—Te acusan de defraudar 200 libras, adulterio, sodomía y herejía. Nadie cree a los denunciantes, ni a ese Balthasar Sánchez, que se ha unido a tus otros dos acusadores —comentó su esposa.

—He tratado de arreglar todo esto de forma pacífica. El obispo de Londres me pidió que la iglesia organizase una comisión, pero entre ellos se encuentran mis peores enemigos. ¿Qué sentido tiene que me juzguen ellos? Ya estoy condenado. ¿No lo comprendes?

—Pero Farias y otros muchos te defienden —dijo su esposa.

—Tengo un plan, huiré con el manuscrito de la Biblia. Tenemos algo ahorrado y podremos empezar de nuevo en Fráncfort, allí está tu familia. Después, tú te reunirás conmigo.

—Es cierto que el muchacho ratificó su testimonio, pero no lo es menos que se ha marchado a Flandes. El obispo de Londres te ha prometido que la sentencia será justa.

Casiodoro tocó el mentón de su esposa.

—Sabes que el rey de España ha puesto precio a mi cabeza. En el fondo, es él quien está detrás de todo este asunto. No tenemos nada que hacer. Sabías, cuando te casaste conmigo, que soy un apátrida, que no tengo una casa fija, como dijo nuestro Señor, ni una piedra sobre la que reposar la cabeza.

Anna le abrazó. Amaba a aquel hombre honesto, entregado siempre a los demás, alegre y justo. No entendía por qué Dios permitía todo aquello, aunque era consciente de que la culpa era de los hombres, siempre intrigando y llenos de envidias.

—Haremos lo que pienses que es mejor para la misión que Dios te ha encomendado.

—Seguiré luchando desde Fráncfort por restablecer mi honor, pero no quiero pasar varios años peleando contra mis enemigos, mi prioridad es que la Palabra de Dios en español esté cuanto antes disponible para todo el mundo.

Unos días más tarde, Casiodoro de Reina escapó hacia Amberes, lo hizo solo, sin contar con Francisco Luis. En cuanto el embajador español se enteró, mandó a varios de sus hombres que lo buscasen por las ciudades costeras de Bretaña y Normandía.

El español se había refugiado en la casa de un marqués y banquero llamado Marcus Pérez, pero las autoridades de la ciudad advirtieron a su protector de que España había exigido la detención de Casiodoro de Reina y que, si no se marchaba de la ciudad, los detendrían a los dos. Marcus Pérez era uno de los benefactores de Casiodoro y le había prometido financiar su Biblia. De hecho, ya había colaborado en el coste, producción y envío de literatura cristiana a España.

En cuanto su esposa llegó a Amberes, ambos se marcharon hacia Fráncfort, mucho más segura para los protestantes que los Países Bajos.

Mientras Casiodoro escapaba de los espías de Felipe II, su amigo Antonio del Corro comenzaba a preocuparse por él. Desconocía lo que había sucedido en Londres y no entendía por qué su amigo no respondía a sus cartas. Por desgracia, la carta había sido interceptada por los amigos de Reina y habían encontrado supuestas pruebas de su herejía. Antonio del Corro le había recomendado y pedido algunos libros que la iglesia calvinista francesa consideraba heréticos.

En cambio, la iglesia calvinista de Fráncfort, de la que era miembro su suegro, acogió a Casiodoro y a los pocos meses ya lo habían propuesto para ejercer como pastor, pero, en cuanto sus enemigos se enteraron, mandaron cartas para que se impidiera su ministerio oficial en la iglesia.

Casiodoro dedicaba parte del día a ayudar a su suegro en la tienda de telas que tenía, mientras por la noche intentaba terminar y repasar su traducción.

—He recibido una carta de Antonio —comentó Reina a su esposa tras regresar de la tienda de su padre.

—Me alegro mucho, no sabías nada de él desde hacía tiempo.

—Me ha recomendado que viaje a Orleans. Al parecer, podemos reunirnos con Gallars. Él piensa que, si convencemos al conocido pastor de mi inocencia, este intercederá por mí en Ginebra.

—Es muy peligroso dejar Alemania. Hemos logrado escapar muchas veces de los espías del rey de España, pero nuestra suerte puede acabar.

Casiodoro frunció el ceño.

—Nosotros no creemos en la suerte. Si nos hemos librado hasta ahora, ha sido por la misericordia de Dios.

—Pues viajaré contigo. Si te sucede algo, no podría soportarlo.

—No, es demasiado peligroso.

Un día más tarde, salieron camino de Orleans. Llegaron antes que Antonio y se alojaron en la casa de Gallars, que se mostró más amable con ellos de lo que esperaban.

Al tercer día de su estancia en la ciudad, llegó Antonio desde Bergerac, donde era predicador, a pesar de las leyes francesas que prohibían tener pastores extranjeros.

El encuentro fue muy emotivo, pues llevaban años sin verse, aunque habían mantenido el contacto a través de su correspondencia. Ambos se abrazaron.

—¡Cuánto os he echado de menos! Gracias por estar siempre a mi lado, a pesar de la distancia que nos separa —comentó Casiodoro.

Aquella noche, los tres hombres se reunieron para intentar desmontar las acusaciones en contra del español.

—Querido Gallars, os aseguro que todo lo dicho contra mí es falso. Hace unas semanas envié a un amigo a la casa donde se esconde Jean de Bayonne, el chico que me acusa de ese pecado tan terrible. El muchacho estaba muy asustado y confesó que fue instigado por su padre, que al parecer había tenido celos de mí porque creía que estaba pretendiendo a su esposa. El padre le dijo al crío de quince años qué debía contar, pero después se arrepintió de ponerlo en peligro, ya que el delito de sodomía está penado con la muerte y por ello le mandó a los Países Bajos.

—Nunca he creído que vos hicierais tal cosa —comentó Gallars.

—Hace poco visitó al joven otra persona, Jacques de Croix, y el chico volvió a negar las acusaciones y comentó que varios españoles le habían obligado a hacerla contra mí por odio.

—Mi querido amigo Casiodoro es inocente —insistió Antonio.

El francés se quedó pensativo.

—Sé que Casiodoro es inocente de sodomía, pero el resto de los cargos, me refiero a los teológicos, estoy convencido de que vos los admitís.

—Siempre he defendido la Trinidad, con respecto a la Cena del Señor, mis ideas se acercan a las de Lutero...

—Y el bautismo de adultos os parece aceptable, lo que autorizaría a ese grupo de lunáticos, los anabaptistas, que quieren revertir el orden social y natural de las cosas.

—¿Intercederéis por Casiodoro ante Beza? —preguntó Antonio, que esperaba que su buena fama animara al francés.

—No puedo, creo que vuestro amigo está en el límite mismo de la ortodoxia, no sé cuánto tiempo más permanecerá fiel a la verdadera iglesia. No puedo comprometer mi nombre y honor en este asunto.

Ambos amigos decidieron aquel mismo día salir de Orleans hacia Bergerac.

En Bergerac, Antonio gozaba de la protección de varios nobles hugonotes, como Jean d'Escodéca y de Jeanne d'Albret, reina de Navarra.

Tras la llegada a la ciudad, Casiodoro y Anna conocieron a la esposa de Antonio. Disfrutaron de unos meses de tranquilidad, hasta que las autoridades reales descubrieron que dos extranjeros estaban ejerciendo de pastores ilegalmente y estuvieron a punto de detenerlos. Gracias a la protección de Renata de Francia, dejaron la ciudad y Antonio se convirtió en capellán personal de la noble.

La comitiva de la noble francesa pasó por Orleans de nuevo y ambos amigos decidieron ir a visitar a Juan Pérez de Pineda, que terminó marchándose con ellos al castillo de Montargis.

Apenas llevaban los tres una semana en Montargis, cuando Juan Pérez de Pineda discutió con Casiodoro. El grupo estaba paseando por el campo y Juan le comenzó a reconvenir por lo sucedido tantos años antes.

—Lo siento, querido amigo, pero debo deciros que muchas de las cosas que os han sucedido en estos años han sido por vuestra soberbia. ¿Os creéis mejor que Juan Calvino? Parece que vuestro comportamiento es bueno y el de todos nosotros es complaciente con los poderosos. Si os hubierais comido vuestro orgullo, la Palabra de Dios ya estaría en manos de nuestros compatriotas.

Casiodoro se quedó sorprendido al escuchar aquellas palabras de su viejo amigo, pensaba que todo aquello estaba olvidado.

—Puede que tengáis razón, yo mismo me he cuestionado en muchas ocasiones. Mis errores son más notorios que mis virtudes, pero os aseguro que jamás he actuado con soberbia, aunque siempre oro a Dios para que me perdone los pecados que me son ocultos. Sea como sea, os pido perdón por haberme marchado de Ginebra de aquella forma.

—Acepto vuestras disculpas.

—Amigos, eso fue hace mucho tiempo, y creo que todos hemos cometido errores. Cuando salimos de España desconocíamos lo que nos íbamos a encontrar. Nos sentíamos confusos y angustiados por lo que habíamos vivido.

Casiodoro permaneció el resto del camino en silencio. Después le comunicó a Antonio que debía regresar a Fráncfort para reunirse con su esposa.

La despedida no fue sencilla. Tras notificar su partida a su noble protectora y a Juan Pérez de Pineda, Antonio le acompañó hasta las afueras de la ciudad.

—Gracias por vuestra eterna amistad —dijo Casiodoro a su amigo.

—Hemos andado por caminos distintos, pero en el fondo siento que hemos tenido vidas paralelas. Nadie os entiende mejor que yo.

—Eso es cierto.

—Por eso os animo a que terminéis la traducción de la Biblia y a que, cuando podáis, regreséis a Londres para recuperar vuestra reputación.

—¿Qué es la reputación? ¿La honra que te dispensan los demás? La única opinión que me importa es la de Cristo.

Antonio lo miró, algo triste.

—Dios no nos hizo hijos suyos para que viviéramos solos la fe. Claro que no necesitáis la opinión de los demás, pero debéis dar ejemplo a todos, como decía el apóstol Pablo. Esto no es por vos, sobre todo es por amor a la Palabra de Dios y al testimonio que dejemos a la posteridad. Puede que nadie se acuerde de nosotros dentro de cien años, cuando ya seamos de nuevo polvo, aunque sé que mi

Redentor vive y me levantará de ese polvo para resucitarme. Pero, entre tanto, que las generaciones que nos sucedan vean en nosotros un ejemplo de fe y conducta.

—¿Pensáis que nuestra amada España se acercará algún día a Dios y escapará del yugo de sus gobernantes?

—Sí, pero para ello necesita tener la Palabra de Dios en una lengua que pueda entender.

Mientras Casiodoro de Reina se alejaba del castillo, siguió escuchando en sus oídos el eco de las palabras de su amigo. Sin duda, la traducción de la Biblia era más necesaria que nunca, ahora que el velo de oscuridad había caído por completo sobre su amada España. Mientras regresaba a Fráncfort se prometió a sí mismo que no cejaría en su intento de alumbrar entre aquellas tinieblas por medio de la Palabra de Dios, mientras tuviera un hálito de vida.

Capítulo 45

Artes de la Inquisición

«En Egipto se llamaban las bibliotecas el tesoro
de los remedios del alma. En efecto, curábase en
ellas de la ignorancia, la más peligrosa de las
enfermedades y el origen de todas las demás».[46]

Fráncfort, febrero de 1565

Anna comenzó a mirar el trabajo de su esposo por encima de su hombro. Él terminó de escribir las últimas letras y después levantó la vista.

—¡Ya está! —exclamó, emocionado. Llevaban más de un año tranquilos en la ciudad, ella dedicada a cuidarlo y él a terminar de traducir la Biblia.

—¡Me alegro mucho! Has hecho un gran trabajo —contestó Anna.

—Debo repasar algunas anotaciones y pasar correcciones, pero debería dedicarme cuanto antes a buscar un impresor y financiación para hacer el mayor número de ejemplares posible.

—Si Dios ha permitido que llegues hasta aquí, no tardará en dar buen fin a esta empresa.

Era domingo y decidieron vestirse para acudir a la iglesia. Al terminar el servicio se le acercaron unos hermanos franceses.

—¿Sois Casiodoro de Reina?

—Sí, ¿por qué lo preguntáis?

El español no se fiaba de nadie, su cabeza aún tenía puesto precio.

—Uno de nuestros hermanos os ha escuchado predicar en varias ocasiones y, además, conocemos al pastor Antonio del Corro, que nos ha hablado muy bien de vos. Nos preguntábamos si estaríais interesado en convertiros en nuestro pastor.

Casiodoro y su esposa se miraron, ella sabía que él siempre había deseado servir a Dios con ese ministerio y que aquella era una de las cosas que anhelaba desde hacía años.

—No sé qué responder. Dejadme que ore por el asunto y os daré una respuesta pronto.

Mientras regresaban a su casa, los dos parecían muy emocionados.

—Pastor en Estrasburgo, me encantaría ejercer ese ministerio —comentó Casiodoro.

—Si Dios lo quiere, seguro que lo permitirá.

El español se encogió de hombros.

—Todas las acusaciones que vertieron sobre mí en Londres me persiguen donde quiera que voy. En cuanto mis enemigos se enteren, no tardarán en actuar.

—¿Confías en el hombre o en Dios? —dijo Anna.

Unos días más tarde, Daniel de Écija fue a visitarlos. Había dejado Londres para seguir los pasos de una joven llamada Margarite, que había abandonado la ciudad para acompañar a sus padres a París, donde le habían elegido pastor.

—¡Cuánto nos alegra veros de nuevo!

—A mí también. Muchas veces pensé en venir a visitaros, pero los caminos ya no son seguros en ninguna parte.

—Eso es cierto. ¿Cómo se encuentran mis padres y mi hermana?

Daniel agachó la mirada, después le entregó una carta de Ana.

Casiodoro la leyó con lágrimas en los ojos. Sus padres habían muerto de peste unos meses antes. Su hermana había estado muy enferma, pero había logrado superar la enfermedad.

—Lo lamento mucho —dijo su amigo.

—Ahora están con su Señor.

Su esposa lo abrazó.

—¿Quieres que mandemos llamar a tu hermana?

—No, en Londres se encuentra más segura que aquí —contestó Casiodoro, secándose las lágrimas. Tras la noticia, sintió una profunda sensación de orfandad. Llevaba mucho tiempo sin verlos, pero para él siempre habían sido sus raíces, de las pocas cosas que le ataban a este mundo. Ahora percibía la levedad de las cosas, lo inútil de aferrarse a nada.

—Es peligroso ir a París, la última guerra entre protestantes y católicos ha levantado muchos odios —dijo, algo triste, Casiodoro, que había vaticinado muchos años antes que eso ocurriría.

—La iglesia del padre de mi prometida es clandestina, pero debo estar a su lado.

—¡Es una locura! En cuanto vean que sois español, os entregarán al rey Felipe —comentó su esposa.

—Me arriesgaré, ya sabéis cómo es el amor —contestó Daniel.

—Pues, ya que os marcháis a París, yo os acompañaré hasta Estrasburgo. Una iglesia allí me ha propuesto para el pastorado y quiero visitarlos.

—Es una buena idea, aunque antes debo daros otra mala noticia.

Su amigo le entregó un fajo de cartas atadas con un cordel.

—¿Qué es esto? —preguntó al ver los sobres amarillentos, con los bordes desgastados por el tiempo.

—Llegó a Londres uno de los monjes de San Isidoro, Samuel Fajardo. Traía toda una relación de lo sucedido en aquellos años oscuros en Sevilla, lo que había visto y lo que le habían contado algunos de los que lo vivieron. Me dijo que os lo entregara, que vos sabríais qué hacer con ello.

Cuando Daniel miró los ojos de su amigo, las lágrimas ya los anegaban, como un mar embravecido en medio de la tormenta. En los últimos años, apenas había pensado en sus tiempos en San Isidoro, en el descubrimiento de la fe, en la dulce caricia que Cristo había usado para tocar su alma atormentada. Él, como un pequeño Lutero, se había empeñado en agradar a Dios, pero sin conseguirlo, obedeciendo como un hijo a un padre severo y cruel. Sentía que todos aquellos años de decepciones y sobresaltos, de acusaciones y huidas, habían minado su relación con su amado Salvador.

—¿Por qué lloras, esposo mío? —preguntó Anna, asustada.

—¡He traicionado a Cristo! —exclamó entre sollozos.

—No digas eso, llevas años sirviéndolo, has traducido su Palabra, anhelas el pastorado.

Las palabras de su mujer no podían consolarlo. Se había empeñado en hacer las cosas por sus fuerzas y en dejar que su orgullo inflamado echara a perder demasiadas veces la obra de Dios.

—Si nuestro Señor quiere y me da fuerzas, escribiré la historia de mis hermanos y hermanas sevillanos, para que el testimonio no se pierda y, un día, los honren los hombres y mujeres de toda nuestra amada nación.

Daniel abrazó a su amigo. Entendió lo que decía, él mismo había perdido ese primer amor que había sentido aquella noche que, de rodillas, desesperado, se había postrado ante Dios. Él, un niño que anhelaba algo más profundo que lo que le prometía la vida, sintió el abrazo de un Dios que lo amaba desde antes de ser concebido.

Al día siguiente, se marcharon hacia Estrasburgo. Tenían planeado pasar antes por Heidelberg para conocer a Gaspar Olevianus. El famoso predicador los hospedó en su casa. Tras pasar todo el día hablando de la Palabra de Dios, Gaspar invitó a algunos amigos teólogos como Johannes Sylvanus, Franciscus Mosellanus, Boquinius y Ursinos.

La cena dejó paso a una nueva discusión, pero esta vez Olevianus empezó a atacar a Casiodoro y a preguntarle por las doctrinas supuestamente torcidas que tenía en cuanto a la eucaristía y a la Trinidad.

—Querido hermano, ya no pretendo saber nada, solo a Cristo.

—Eso es un subterfugio. Responded claramente, no podéis ser pastor en Estrasburgo con esas ambigüedades.

—Mentís, como hicisteis en Londres.

Casiodoro decidió terminar la conversación, a pesar de la insistencia de su anfitrión, pero este, en cuanto se fue a la cama, escribió una carta para condenar las ideas del español.

A la mañana siguiente, los dos españoles se marcharon en paz, incluso Olevianus le ofreció algo de dinero, ya que sabía que Casiodoro siempre andaba en una mala situación económica, pero este lo rechazó.

Cuando llegaron a Estrasburgo, la carta de Olivianus ya había llegado a la iglesia y los miembros discutían entre sí. Parecía que algunos ya no querían que fuera pastor en la ciudad, hasta que Johan Sturm, el director de la escuela de la iglesia, se puso en pie y defendió a Casiodoro. Tras la asamblea, Daniel y su amigo se despidieron. El primero marchó a París y el segundo regresó decepcionado a Fráncfort. Desde allí escribió a Beza, para que intercediese por él y dejara atrás las disputas de todos aquellos años. Teodoro de Beza le contestó poco tiempo después, volviendo a acusarlo de nuevo de heterodoxo.

Casiodoro pidió permiso a la ciudad de Estrasburgo para trasladarse a ella con su esposa. No podría ser pastor, pero necesitaba estar cerca de Basilea para intentar publicar la Biblia en español cuanto antes. El consejo de la ciudad de Estrasburgo aceptó su solicitud y el matrimonio vivió humildemente, mientras Casiodoro buscaba recursos y un impresor para su traducción, a la vez que intentaba calmar su espíritu y acabar con todas las polémicas que rodeaban su vida.

Capítulo 46

BASILEA

«Es necesario esperar, aunque la esperanza haya de verse siempre frustrada, pues la esperanza misma constituye una dicha, y sus fracasos, por frecuentes que sean, son menos horribles que su extinción».[47]

Basilea, mayo de 1566

Estrasburgo se convirtió con el tiempo en un remanso de paz para Casiodoro y su esposa. Johan Sturm entabló una profunda amistad con él, además de presentarlo a amigos como Conrad Hubert y Girolamo Zanchi. Su vida transcurría entre tres ciudades: Estrasburgo, Basilea y Fráncfort.

El español viajaba mucho a Basilea con la intención de encontrar un impresor. Allí conoció a dos pastores luteranos, Simón Sulzer y Huldrich Koechlein, con los que entabló amistad.

En uno de sus viajes, su amigo Conrad Hubert lo acompañó y le presentó al impresor Johan Herbst, al que todos conocían por el sobrenombre de Oporinus. Al principio, el impresor no estaba muy convencido, había leído un folleto muy agresivo que había escrito Casiodoro de Reina contra la Inquisición, pero Hubert le convenció.

Casiodoro comenzó a buscar fondos para la publicación e intentó encontrar a alguien para que le ayudase a preparar el material, pero todos los candidatos que encontraba eran demasiado caros para su pequeño presupuesto.

Un año más tarde, Casiodoro escribió a Diego López y Balthasar Gomes, que habían ayudado durante años a Juan Pérez de Pineda con sus libros, ambos se encontraban en París. Únicamente logró localizar a López, que se animó a llevar el Nuevo Testamento de Juan Pérez e ir a ayudarle.

Casiodoro convenció a su mujer para que se trasladasen a Basilea, para poder agilizar los trabajos de impresión, pero ella no pudo en ese momento debido a la necesidad de seguir trabajando. Oporinus había llegado a un acuerdo muy generoso con él. Imprimirían mil cien ejemplares, quedándose doscientos y dándole el resto al español.

Los primeros meses en la ciudad fueron frenéticos, Casiodoro se matriculó en la universidad de la ciudad y, al mismo tiempo, negoció con las autoridades la publicación de su Biblia, ya que desde hacía unos años estas únicamente permitían la impresión de libros en latín, griego, hebreo y alemán.

Casiodoro le escribió a Hubert pidiendo que le pidiera a Sturm que recomendara a las autoridades de Basilea la impresión de la Biblia en español. Mientras tanto, el español entabló amistad con algunas de las autoridades de la ciudad, que comenzaron a ver con buenos ojos que se publicase la Biblia.

Una carta de su esposa le hizo dejar de inmediato Basilea y regresar a Estrasburgo: estaban esperando su primer hijo.

Unos meses más tarde, nació Marcus. La pareja estaba emocionada por la bendición de su esperado primogénito, cuando recibieron de los labios de su amigo Hubert la noticia de que la ciudad de Basilea había aprobado la impresión de la Biblia.

Casiodoro regresó a la ciudad a principios de 1568. Tenía la esperanza de ver muy pronto su proyecto llegando a buen puerto, pero las cosas se iban a complicar.

Capítulo 47

OBSTÁCULOS

*«Dios susurra y habla a la conciencia a través
del placer, pero le grita mediante el dolor: es su
megáfono para despertar a un mundo sordo».*[48]

Basilea, julio de 1668

En cuanto llegó a la ciudad, comenzó a sentirse mal. Acababa de llegar de Estrasburgo, pero tuvo que estar en cama durante cinco semanas. Al final, su viejo amigo Marcus Pérez había pagado al impresor el coste de la impresión de la Biblia. Las prensas estaban preparadas y él agonizaba en la cama.

Una de las noches en las que peor se sentía, rogó a Dios que le permitiera ver terminado el resultado de su trabajo de años y que después podría llevárselo. Tras su oración, empezó a mejorar poco a poco, hasta que logró salir de la cama. Una mañana, recibió la visita del sobrino de su impresor Oporinus.

—Estimado amigo, tengo malas noticias.

Casiodoro miró al hombre sin saber qué responder.

—¿Qué sucede? ¿Algún problema con los costos de impresión?

—No, mi tío ha muerto. Se puso enfermo hace unos días y falleció anteayer.

—Lo lamento —comentó, compungido, Casiodoro.

—Cuando hemos abierto los libros de cuentas hemos descubierto que acumulaba una deuda de quince mil florines. Ahora todos sus acreedores demandan los pagos.

—Nosotros adelantamos los cuatrocientos florines de la impresión —comentó Casiodoro, incrédulo ante lo que estaba sucediendo. Ahora que la traducción de la Biblia estaba tan cerca, todo volvía a irse al traste. Hubiera preferido morir que curarse para descubrir la triste noticia.

Al día siguiente, acompañó al sobrino de Oporinus a su imprenta. Ambos estuvieron revisando los documentos para averiguar qué habían hecho con los cuatrocientos florines y descubrieron que había encargado el trabajo a un impresor llamado Thomas Guarin.

Los dos visitaron al impresor. Al parecer, este no había recibido ni un florín y se negaba a continuar el trabajo hasta que toda la deuda fuera pagada.

—Lo siento, señores —les contestó—, no puedo trabajar de balde, tengo una familia que alimentar y vuestro tío me dejó más libros por pagar.

—Conseguiremos el dinero, se lo aseguro, pero no deje de imprimir.

El impresor lo miró con cierta incredulidad.

En cuanto salieron de la imprenta, Casiodoro escribió una carta a sus amigos en Fráncfort pidiéndoles ayuda. Se hicieron colectas para recaudar dinero, pero no podían enviarle la cuantía a él, por lo que tuvieron que hacerlo a través de su amigo Hubert. Este utilizó como intermediario a un italiano que llevó parte del dinero hasta Basilea. No era la cuantía exacta, pero con aquel adelanto el impresor hizo las primeras pruebas a la espera del resto del importe. Casiodoro tenía que conseguir el resto de los fondos cuanto antes. Mientras esperaba, pidió a Sturm que intercediera por él ante la reina Isabel de Inglaterra, a la que quería dedicar su Biblia, pero su amigo le aconsejó que no lo hiciera, ya que podía perjudicar aún más que los libros entrasen a España. Todo parecía encaminado, ya nada podía salir mal.

Capítulo 48

La Biblia del Oso

*«Amad a esta Iglesia, permaneced en esta
Iglesia, sed vosotros esta Iglesia».*[49]

Basilea, 6 de agosto de 1569

Llegó a la imprenta con cierto nerviosismo. Saludó a los emplea-
dos y se dirigió al despacho del impresor. El hombre le recibió
con una sonrisa, algo que le hizo sentir incómodo e hizo que el corazón se le acelerara.

—Venid conmigo.

Casiodoro lo siguió hasta un salón, allí se acumulaban cuatro
barricas llenas. El español se acercó a la primera y sacó un grueso
libro que olía a papel, tinta y piel recién grabada. Cerró los ojos y dio
gracias a Dios antes de mirar la portada. En ella, un oso se encara-
maba a un árbol para alcanzar un panal de miel.

—He incluido el grabado que tanto os gustaba, el logotipo de
la imprenta.

Casiodoro miró las primeras páginas y comenzó a llorar como
un niño. Aquel trabajo tantas veces acariciado llegaba a su fin. Por
un lado, sentía alivio, muchas veces había pensado que no lo conse-
guiría; por otro, una gran alegría, acompañada por cierta sensación
de desazón, como si su vida hubiera dejado de repente de tener sentido y propósito.

—¿Os gusta el ejemplar?

Casi no tenía palabras, él que jamás callaba.

—Es una edición muy hermosa, pero lo es más su contenido, ojalá muchos españoles la lean.

El impresor sonrió de nuevo.

Casiodoro le dio órdenes de mandar la mayoría de los ejemplares a Estrasburgo, aunque planeaba con su esposa regresar a Fráncfort. Su situación económica era muy mala.

Después se dirigió a su humilde casa, su mujer estaba dando de comer al niño.

—Anna —dijo en cuanto cruzó el umbral.

Ella miró hacia la puerta y Casiodoro abrió el libro en sus manos, corrió hacia él y se abrazaron. Su esposa le besó y sintió en su cara las lágrimas saladas de su esposo.

—Volvamos a casa —le pidió.

—Sí, ya hemos terminado.

Mientras apretaban la Biblia entre sus cuerpos, por la mente del español pasaron todos aquellos años de exilio. Recordó a Egidio y Constantino Ponce de la fuente, a Garci-Arias y los hermanos de San Isidoro, a los creyentes de la iglesia chica de Sevilla, a los miembros de la iglesia italiana de Ginebra, a los amigos de Londres, la acogida en Fráncfort y en Estrasburgo. Después pasaron por su mente los rostros de Antonio, Cipriano y Daniel. Aquellos amigos fieles que siempre habían estado a su lado. Besó de nuevo a su esposa y al niño, mientras agradecía a Dios todo lo que había sucedido en su vida, ya que todo aquel sufrimiento lo había convertido en quien era y ahora podía decir como Job: «De oídas te había oído, mas ahora mis ojos te ven».

EPÍLOGO

Fráncfort, año de 1593

Culminada la ceremonia en que Casiodoro fue nombrado oficialmente pastor auxiliar de la congregación luterana, todos en la iglesia se pusieron en pie. Su esposa y sus hijos se sumaron al aplauso. Era la tercera vez en su vida que lo nombraban ministro. La primera fue en Londres y tuvo que huir para evitar graves acusaciones; la segunda, en Amberes, y tuvo que partir al ser invadida la ciudad por las tropas de Felipe II; y la tercera, en la ciudad que le había aceptado como ciudadano.

Subió al púlpito y comenzó a hablar:

—La vida es muy corta, queridos amigos, os lo aseguro, sobre todo para perderla en frivolidades. He recorrido medio mundo, he conocido a gente de todo tipo y condición, he ejercido decenas de oficios para sacar adelante a mi familia junto a mi amada esposa. Sé lo que es pasar hambre y tener abundancia, en todo estoy enseñado, como decía el buen apóstol Pablo. Me han perseguido por mi fe los de mi nación, también aquellos que se llamaban mis hermanos. He sido calumniado, he escapado en varias ocasiones de la muerte. Me han asaltado, robado, insultado y elogiado. Todo lo he sufrido por amor a Cristo. Puedo afirmar que he corrido la carrera, que he peleado la batalla y guardado la fe. Lo único a lo que aspiro es al encuentro con mi Señor.

Mientras terminaba aquellas palabras, vio cómo se acercaba al púlpito un hombre anciano. Al principio no lo reconoció, hasta que estuvo a poco más de un metro. Era su amigo Cipriano de Valera.

Se abrazaron, mientras toda la congregación comenzaba a aplaudir en pie.

—Querido hermano, todavía recuerdo Sevilla —le dijo Cipriano.

—Sevilla, España, algún día volveremos, cuando todo esto desaparezca y la justicia y la verdad reinen para siempre.

Algunas aclaraciones históricas

Palabras de fuego es una novela basada en hechos reales. Hay muchas lagunas en la vida de Casiodoro de Reina y otros personajes contemporáneos, en especial de su etapa en San Isidoro, pero también nos faltan muchos datos sobre su vida en Ginebra, Londres o Fráncfort, por eso algunas de las escenas han sido reconstruidas, pero son verosímiles.

La mayoría de los personajes descritos son reales, a excepción de Daniel de Écija y algunos personajes secundarios, como las personas que ayudan a los monjes en Italia o al atravesar los Alpes italianos.

Los hechos narrados en Sevilla son verídicos, en especial los autos de fe de 1559 y 1563.

Los detalles de las vidas de Cipriano de Valera y Antonio del Corro también están basados en hechos históricos.

El desagrado de Casiodoro de Reina con lo acontecido a Miguel Servet ha sido comprobado a través de su correspondencia, aunque su salida precipitada de Ginebra está recreada de manera novelesca.

La situación de los españoles protestantes en Inglaterra fue compleja. Todo lo narrado de esta etapa es real. La relación de Casiodoro con la reina Isabel I es ficticia, aunque sabemos que se llegaron a conocer y que esta concedió una pensión al español, y que la retiró muy enfadada cuando Casiodoro se casó.

Las acusaciones contra Casiodoro en Londres son reales. El español regresó a Inglaterra en 1578, se presentó a juicio y fue absuelto de todos los cargos que se le imputaban. A pesar de todo, la persecución de algunos líderes calvinistas contra su persona continuó.

Es verídica la forma en que consiguió traducir la Biblia y la narración de lo que sucedió posteriormente, menos el encuentro final del epílogo, cuando Cipriano visita a Casiodoro.

Breve biografía de Casiodoro de Reina y Cipriano de Valera

Casiodoro de Reina.

Nacido en Montemolin, en el año 1520; según Menéndez Pelayo, de origen morisco. Desde muy joven dedicó su vida a la religión. Cursó estudios en Salamanca y fue destinado por su orden al convento de San Isidoro en Sevilla. El monasterio pertenecía a los jerónimos, una comunidad dedicada al estudio de la teología y las Sagradas Escrituras. Tal vez por su carácter «intelectual», atrajo a gran número de hijos de conversos judíos, que encontraban en el estudio una forma de escapar de la exclusión social a la que estaban sometidos. Casiodoro convivió durante varios años con un reducido grupo de religiosos, sin que nos haya llegado noticia de que su comportamiento fuera en ningún momento desleal o inmoral. El convento estaba gobernado por un abad amable pero rígido, amigo personal de Constantino Ponce de la Fuente y de Egidio, a los que hemos dedicado un capítulo anteriormente, su nombre era Garci-Arias. El rigor que aplicaba este hombre a su propia vida lo exigía también de sus hermanos, mas supo acompañarlo del estudio bíblico, la esperanza redentora en Cristo y el consuelo de la gracia. El ambiente no podía ser más propicio para profundizar en las creencias que la Inquisición llamaba «heréticas», pero que en los corazones de los monjes jerónimos de San Isidoro tomaron forma de verdad. Al estudio de la Biblia hemos de añadir un número indeterminado de libros protestantes traídos del extranjero por Julianillo.

El sueño de una reforma sevillana se escapó de golpe cuando la Inquisición encarceló a dos decenas de evangélicos. El exilio, la muerte o la ocultación de la fe eran las únicas salidas para los protestantes españoles. Una docena de monjes de San Isidoro optó por el exilio, ya que veían inminente su encarcelamiento y condena. Entre los huidos destaca el mismo Casiodoro y dos amigos suyos, Cipriano de Valera y Antonio del Corro.

El viaje debió de ser, cuando menos, peligroso. Los inquisidores les pisaban los talones, sus hábitos delataban su condición religiosa y su vulnerabilidad ante asaltadores de caminos y bandidos. Los espías imperiales vigilaban algunos de los caminos más importantes. El historiador Gordon Kinder enfatiza la segunda parte de este texto, donde se ve la implicación del rey Felipe II en la captura de reformados españoles expatriados.

La ciudad elegida fue Ginebra, lo que nos dice que los exjerónimos tenían más tendencias calvinistas que luteranas, como defendían sus acusadores. La ciudad de Calvino era en aquel momento la punta de lanza del protestantismo europeo. En las aulas ginebrinas se fraguaban los futuros líderes de Francia y otros países, produciendo una nueva generación de evangelistas que extenderían rápidamente las ideas reformadas.

Al llegar a la ciudad, el grupo se deshizo, cada uno buscó una salida a su precaria situación. No olvidemos que este grupo de compatriotas nunca había vivido fuera de las tapias de un convento y nunca se había tenido que procurar su manutención. Casiodoro, por su parte, se unió a la Iglesia italiana de la ciudad. Entre sus primeros proyectos, vemos el de unir a todos los creyentes hispanos de la ciudad en una comunidad nueva. Por aquel entonces, Casiodoro pasaba los treinta años y sus fuerzas, aún intactas, llevaron con éxito la empresa, pero al poco tiempo dejó la ciudad para dirigirse a Fráncfort, en 1558, donde se unió a la iglesia calvinista francesa. En la ciudad alemana, su situación económica empeoró y decidió emprender un nuevo viaje, esta vez hacia Inglaterra. El Reino Unido se había abierto a los evangélicos del continente, ya que las nuevas reformas emprendidas por la reina Isabel favorecían las creencias protestantes y la libertad de culto.

Su llegada a la isla parecía un paso acertado; allí fue bien recibido por compatriotas y por los hermanos de la iglesia calvinista de la ciudad de Londres. Empezó a congregarse en la iglesia de habla francesa. En la capital de Inglaterra había un pequeño grupo de evangélicos españoles repartidos entre la iglesia francesa y la italiana, por ello decidió formar una iglesia nacional con sus compatriotas. La luna de miel entre los calvinistas francófonos y Casiodoro estaba a punto de terminar. El español escribió una *Confesión de fe* con el fin de dar una base doctrinal al grupo que estaba formando, pero esta sería usada más tarde para acusarle de heterodoxo y difamar su persona. Menéndez Pelayo le llega a acusar de espía de la reina, justificándolo con la renta que recibía de esta. Ignoramos el interés que podría tener la reina en que espiara su propio territorio, tampoco consta ningún documento que corrobore este dato.

Casiodoro decide dejar la isla y regresar al continente, la situación queda sin resolver y las acusaciones de sus enemigos lo seguirán durante toda su vida. Nos cuestionamos el origen de esta decisión. Algunos han querido ver en su huida la justificación de su culpa, mas esta fue impulsada por otro hecho. El español se había unido en matrimonio y temía que la reina le retirara su favor, ya que esta no estaba a favor del matrimonio de los pastores. Nuestro protagonista sabía que sus enemigos podían fácilmente poner en su contra al poder civil.

Al principio se instaló en Amberes, para luego dirigirse a Fráncfort. A comienzos de 1565 fue propuesto para el pastorado en la iglesia calvinista de Estrasburgo. La oferta era muy ventajosa, ya que en el corazón de Casiodoro había un gran deseo de dedicarse a pleno tiempo al ministerio de la Palabra, pero varios teólogos calvinistas dieron al traste con sus esperanzas, le acusaron de heterodoxo y esgrimieron las acusaciones de sus hermanos londinenses.

Es difícil ponerse en el lugar de Casiodoro y de la gente de su época. El dogmatismo imperante en los bandos católico y protestante provocaba la marginación de todos aquellos que no compartieran sin discusión todos los dogmas de fe. Nuestro protagonista no encajaba muy bien en este engranaje uniforme y su discrepancia doctrinal era anatema. Casiodoro escribió una defensa para contestar a sus acusadores, pero su declaración fue manipulada y retorcida, por lo que en 1566 tuvo que escribir una nota a la iglesia de Estrasburgo para explicar sus puntos más claramente. El resultado final fue la declinación de la oferta y su vuelta a Fráncfort.

Después de este fracaso, Casiodoro se centrará en un proyecto que hacía tiempo que estaba madurando: la traducción de la Biblia completa al castellano. Nuestro protagonista, al igual que muchos de sus compatriotas evangélicos, veía en la divulgación de las Sagradas Escrituras el medio para llegar a la sociedad española y convertirla a la fe evangélica.

Tras un arduo trabajo de investigación, tradujo el Antiguo Testamento y lo llevó a la imprenta de Oporinus en Basilea, mas la repentina muerte de este vino a retrasar su publicación. Casiodoro recibió el apoyo de otros dos amigos luteranos: Simón Sulzer y Huldrich Köchlein.

En el otoño de 1568 se publicaba el Antiguo Testamento; a principios del año siguiente se imprimía la primera Biblia completa en castellano (que se sumaba a la traducida en época de Alfonso X el Sabio y a las ediciones del Antiguo Testamento realizadas por los sefardíes). La primera edición se agotó rápidamente, a pesar de las prohibiciones acerca de la lectura y posesión de la Biblia en lengua vulgar. La introducción corrió a cargo de otro amigo de Casiodoro, Sturm, quien, a petición del traductor, dedicó el trabajo a la reina Isabel de Inglaterra, seguramente con la intención de recibir su apoyo económico y logístico para una más amplia y eficaz distribución de la obra.

Casiodoro volvió a Fráncfort con la satisfacción del deber cumplido, aunque su situación económica no era muy buena. Ya no era aquel joven decidido que salió de España, ahora tenía a su cargo a varios niños y a su esposa. Para ganarse la vida tuvo que hacer de mentor de algunos hijos de las ricas familias judías. Se mantuvo fiel a su confesión calvinista, asistiendo a la iglesia que esta tenía en su ciudad, pero al gran número de detractores que tenía se unió Beza, sucesor de Calvino y uno de los hombres más poderosos del movimiento protestante francés. Este pidió repetidas veces que se expulsara a Casiodoro de la congregación, pero el consistorio de la iglesia se negó a hacerlo.

La década de 1570 supuso un periodo de paz y tranquilidad. Las cosas marchaban mejor e incluso recibió la oferta de ser pastor en una iglesia en Polonia, oferta que declinó. En 1578 se le ofreció la posibilidad de pastorear una iglesia en Amberes. Tras aceptar la oferta de pastorado, Casiodoro decidió viajar a Londres para aclarar su situación. Seguramente, la decisión vino determinada no tanto por su futura congregación, dado que esta era luterana, sino con el fin de estar en buenas relaciones con las iglesias calvinistas de la ciudad donde iba a pastorear. En Inglaterra se creó una comisión que investigó el caso y determinó que era inocente de herejía. En estos momentos difíciles recibió el apoyo de un viejo amigo: Cipriano de Valera.

De vuelta en Amberes, se enteró de que sus viejos enemigos de la isla no aceptaban el veredicto. Su nueva congregación le aceptó de buen grado, aunque hubo un pequeño grupo que le acusó de ser ocultamente calvinista. La entrada de Parma en el año 1585 a la ciudad obligó a los evangélicos a tomar el camino del exilio; entre ellos estaba la familia de Casiodoro.

Las últimas palabras que conocemos de Casiodoro son su declaración de fe luterana en el año 1593. De hecho, los luteranos habían sido los únicos que le habían aceptado tal como era. Tras su muerte, el pastorado pasó a manos de su hijo.

Su vida fue una interminable carrera de obstáculos, escapando constantemente de enemigos y detractores. Su nombre fue difamado e incluso tuvo que sufrir el olvido en su propia versión de la Biblia, ya que su nombre fue excluido de posteriores reediciones de esta. Hasta hace pocos años, el nombre de Casiodoro no aparecía estampado junto al de Cipriano de Valera, quien a lo sumo solo repasó su versión, de modo que Reina vivió en el anonimato para varias generaciones de compatriotas. En la actualidad, la Biblia Reina-Valera es la más leída y vendida en los países de habla hispana.

Cipriano de Valera.

Cipriano nació en Sevilla en el año 1531. Realizó estudios de dialéctica y filosofía en su ciudad. Cipriano se había convertido a la fe evangélica y tuvo que huir a Ginebra junto a los personajes referidos en los dos capítulos anteriores. Él mismo nos relata su huida en el libro Los dos *tratados del papa y la misa*, donde nos cuenta que, junto a otros monjes, escapó de la mano de los inquisidores. Entre estos se encontraban el prior, el vicario de San Isidoro y el prior de Écija. Con respecto a los que decidieron quedarse, nos dice que algunos lograron escapar de la muerte y salir absueltos de sus cargos.

Cipriano pasó unos meses en la ciudad de Calvino para viajar más tarde a Inglaterra atraído por el nuevo viento de reforma que soplaba en la isla. Nuestro protagonista, a diferencia de Casiodoro y de Antonio del Corro, no se relacionó con la nobleza y la alta sociedad. Cursó estudios en las universidades de Oxford y Cambridge. Contrajo matrimonio en Londres, donde ejerció un trabajo literario y un ministerio pastoral. Al parecer, su matrimonio le hizo perder un cargo de profesor en Cambridge, lo que no le impidió seguir desarrollando su ministerio en otras áreas de la iglesia.

El sevillano tuvo que acudir a la enseñanza privada para poder sostener a su familia, convirtiéndose en el mentor de los hijos de varias familias pudientes de la ciudad. En el año 1568, Valera pasó de la iglesia calvinista francesa a la italiana. Después del altercado de Casiodoro con los franceses, muchos españoles prefirieron reunirse con los italianos. Valera estuvo del lado de sus hermanos españoles, especialmente de Casiodoro, pero en 1570 se enfrentó a Antonio del Corro. Al parecer, en el enfrentamiento medió el antiguo prior de los dos, Francisco Farias, que terminó dando la razón a Antonio y amonestando a Valera por su ambición desmedida por el pastorado. Al final se produjo una reconciliación. La situación económica y social de Cipriano fue mejorando progresivamente.

Una de las aficiones de Cipriano era la escritura, a la que dedicaba gran parte de su tiempo, aunque también se ocupó de otras tareas, como la asistencia espiritual a los prisioneros españoles capturados en la batalla contra la Armada Invencible. En 1602 se traslada a Holanda, al parecer con la intención de editar su revisión de la Biblia de Casiodoro de Reina. Primero intentó realizar su empresa en Ámsterdam, donde, después de algunas vicisitudes, logró coronarla con el éxito.

Valera fue, ante todo, un pensador y un escritor. Dedicó buena parte de su vida al estudio. Su concepto doctrinal siempre fue ortodoxo dentro de los estrechos conceptos calvinistas, tal vez por ello siempre recibió el apoyo y ayuda de estos. Algunas de las obras más significativas del sevillano son: *Los dos tratados del papa y de la misa, Enjambre de falsos milagros, Aviso a los de la Iglesia romana sobre la indicción del jubileo*, e introdujo el libro *El español reformado* y la traducción al castellano de la *Institución cristiana* de Calvino.

La obra por la que es más conocido es su versión de la Biblia al castellano. Esta se publicó en Amberes en 1602 y es una revisión de la traducida por Casiodoro de Reina. Cipriano apenas modifica nada de la Biblia de Reina. En *Los dos tratados del Papa y de la misa* (1588), Valera afirma que lo que le impulsa a escribir es el deseo de que un día haya en España libertad de conciencia. En el libro se relata la vida de todos los papas hasta Clemente VIII. El tema está tratado de una manera un tanto partidista, ya que entre muchas verdades el autor mezcla algunos rumores e historias imaginarias que divulgaba la gente común.

En el año 1597 aparece la traducción de la *Institución de la religión cristiana* de Juan Calvino. El libro lo dedica a todos sus compatriotas, que siguen viviendo bajo *el yugo de la Inquisición*. Coincidiendo con la celebración del año jubilar de 1600, Cipriano escribe un libro titulado *Aviso a los de la Iglesia romana sobre la indicción del jubileo*. Su revisión de la Biblia no añadió nada muy significativo a la de Casiodoro, pero consiguió que esta fuera de nuevo sacada a la luz y que algunos españoles, sobre todo los que residían en el extranjero, disfrutaran de ella.

Protestantes en otras áreas geográficas de la península ibérica.

Menéndez Pelayo incluyó a algunos reformados en su capítulo «Nuestros protestantes expatriados», como Adrián Saravia, al parecer de padres españoles pero nacido en Flandes; Juan Nicolás y Sacharles, del que se duda si realmente existió; Fernando de Tejada, que sale de nuestro cuadro cronológico del siglo XVI, al igual que Melchor Román y Ferrer y Aventrot, junto a otros. Al igual que hizo De Castro en su libro *Historia de los protestantes españoles perseguidos por Felipe II*, Llorente añade la persecución de reformados en Portugal, América, Sicilia y Nápoles, los Países Bajos y otros territorios bajo dominio del rey de España. En el tomo tercero de su *Historia crítica de la Inquisición en España* incluye los procesos contra teólogos como don Pedro Guerrero, don Francisco Blanco, don Francisco Delgado, don Andrés Cuesta, Melchor Cano, entre otros. Pero un número importante de reformados anónimos, con mayor o menor conocimiento de las ideas fundamentales protestantes, murió en numerosos autos de fe en la península ibérica y América. Del norte al sur de España, decenas de ciudades fueron testigos de la persecución, tortura y muerte de decenas de evangélicos durante el reinado de Felipe II. La tendencia de gran parte de los investigadores ha sido, durante años, minimizar el número de protestantes españoles y su supuesta relación con los reformados de otros países.

Durante los años 1560 a 1570, fueron numerosos los evangélicos ajusticiados en España. En la mayoría de los autos de fe celebrados, al menos uno de los acusados era condenado por practicar las doctrinas protestantes.

En la región de la actual Castilla-La Mancha, la Inquisición se había instalado en 1478. El primer tribunal fue el de Guadalajara, seguido por el de Ciudad Real (1483). Lo más lógico hubiera sido que el tribunal principal se hubiera ubicado en Toledo, pero la presión de los poderosos conversos de la ciudad lo impidió. Las tres zonas en las que se dividían las jurisdicciones y que ocupan la región de Castilla-La Mancha eran Cuenca, Toledo y Murcia. Los tribunales de esta última región se encargaron principalmente de casos contra moriscos, conversos y todo tipo de acusaciones secundarias, durante las dos primeras décadas del siglo XVI. Después del año 1521, la atención de los inquisidores se empieza a centrar en los posibles protestantes. El papa León X avisa a los nuncios españoles del peligro luterano en la península y Adriano de Utrecht ordena la entrega de todos los libros protestantes. En el año 1523 se registra el primer caso de «luteranismo». El acusado es Luis Vega, vecino de Alcaraz, detenido por defender ideas luteranas sobre la confesión y la salvación. El prisionero fue liberado al contraer una enfermedad y escapó misteriosamente. Tan solo se produce un pequeño número de casos hasta la década de los cuarenta, multiplicándose a partir de esta. En 1545 se juzga a Francisco del Río, panadero de profesión, que afirmaba que si Lutero viniera a España todos se harían luteranos. En estos años se puede destacar al alemán Pedro Pul, y a un tal Juan de Flandes, pero hasta la década de 1550 no se van a encontrar grupos organizados. En Cuenca y Toledo se abren varios procesos.

En la década de 1560, un buen número de los acusados son extranjeros, especialmente franceses. En Toledo también hubo persecución contra numerosos evangélicos. En la ciudad se produce la detención de Claudio Bisson (1564), en cuya casa se encontró una pequeña congregación luterana, compuesta en su mayoría por extranjeros, aunque en realidad debía de ser calvinista, ya que se hallaron en su poder varias obras de Calvino. En total fueron procesados 128 protestantes y se desconoce el número de personas que pudieron practicar la fe protestante sin ser descubiertos.

Uno de los autos de fe presididos por Felipe II y su familia fue el acontecido el 25 de Febrero de 1560 en Toledo. Al año siguiente, en esta misma ciudad, cuatro frailes fueron condenados a ser quemados en la hoguera, mientras otros diecinueve fueron reconciliados. En 1565 murieron algunos protestantes en la ciudad.

En Zaragoza, el número de protestantes fue preocupante para las autoridades. Los hugonotes que se introducían por la península producían un buen número de seguidores. La mayor parte de estos protestantes franceses se dedicaban al comercio, lo que les facilitaba la entrada al país.

En las provincias vascongadas y Navarra hubo varios casos de luteranismo. En Logroño sobrevivió durante un tiempo un pequeño grupo de evangélicos, creado por Carlos de Seso. La comunicación entre los protestantes españoles y franceses era una realidad. Por ello la Inquisición actuó reprimiendo al grupo de esta ciudad por medio de un auto de fe celebrado en 1610, aunque desde 1540 eran corrientes las denuncias por luteranismo de algunas de las personas investigadas. En 1564 fue detenido un evangélico significativo en la zona, Diego Jiménez de Enciso, que había mantenido relaciones con los protestantes de Valladolid. La investigación en los puertos de mar vascos produjo la detención de numerosos extranjeros que profesaban doctrinas reformadas. En el auto de fe de 1570, diez de los cuarenta y dos procesados lo eran por sus ideas protestantes; en 1571, eran ocho de cuarenta y ocho.

En el área mediterránea, en ciudades como Valencia, en el año 1572 se reconciliaba a un cartujo que había sido acusado de protestante. Las primeras muestras de luteranismo aparecen hacia el año 1524, año en el que la «Santa» Inquisición detiene al mercader Blay, pero el primer español procesado en este tribunal es Martín Sanchís.

En Murcia también, los rigores de la Inquisición persiguieron a moriscos, conversos y protestantes. Establecido el primer Tribunal de la Inquisición en el año 1488, en 1506 se unifican los tribunales de Cuenca y Cartagena. En esta región fueron procesadas más de setenta y cinco personas por el tribunal de Murcia, extendiéndose los procesos desde 1560 a 1597, lo que demuestra que el protestantismo español sobrevivió a los autos de fe de los años cincuenta. Al parecer, los autos de fe en Murcia fueron muy frecuentes y en ellos perecieron numerosas víctimas. En los años sesenta fueron procesadas cuarenta y nueve personas. De todos los procesados, treinta y dos eran naturales de Murcia.

En Cataluña, en el año 1481, el embajador español en la Santa Sede solicitó la autorización para implantar varios tribunales de la Inquisición en los reinos de Aragón. En Barcelona hubo una feroz resistencia a que dicha institución se implantara en su territorio, pero el 3 de Julio de 1487 entró en la ciudad el primer inquisidor. En la primera mitad del siglo XVI hubo un intento de penetración protestante bastante intenso desde el sur de Francia. El paso de libros luteranos y calvinistas era algo muy común. Un proceso de 1561 terminó con la vida de veintiún protestantes de origen francés, también hubo catalanes acusados de luteranismo. De hecho, el mismo Felipe II escribió al virrey de Cataluña para prevenirle del peligro evangélico que se estaba introduciendo por la frontera. Al parecer, uno de los métodos usados por los hugonotes para atraer a la población era realizar una serie de cenas llamadas «gracia de los hugonotes», que tuvieron gran aceptación en algunas zonas fronterizas. En ellas, además de comer se hablaba de temas bíblicos. Aparte de los franceses, los marineros ingleses también sufrieron gran persecución por sus creencias. En el siglo XVI se procesó en Cataluña a unas 338 personas. Su capital, Barcelona, vivió un auto de fe presidido por el mismo rey Felipe II, en el año 1564, donde murieron quemados ocho evangélicos y el resto fueron enviados a galeras (la mayor parte de ellos eran franceses).

En las islas Baleares también se encontraron protestantes españoles y extranjeros. Mallorca es una isla abierta a la cultura mediterránea, cuna de muchas civilizaciones y escala de multitud de viajeros, donde se recibe al extraño con afecto y curiosidad, sin contagiarse demasiado por sus ideas. En Mallorca, las causas contra luteranos o evangélicos fueron pocas, pero, sin fijarse tanto en el número, lo que más llama la atención es la disparidad de lugares donde se produjeron procesos inquisitoriales.

En las islas Canarias también llegaron a convertirse al protestantismo algunas personas. Si bien los casos aparecieron más tardíamente que en otras zonas de España (1557), hubo un buen número de ellos.

Algunos datos apuntan a que durante todo el siglo XVI más de 1.995 personas fueron acusadas de protestantismo en España; de ellas, 335 eran nacionales y el resto extranjeras. En datos de Werner Thomas, estas cifras ascienden a 3.117 personas acusadas de luteranismo, 2.557 extranjeros y 560 españoles, pero él extiende su estudio hasta 1648, casi medio siglo más del periodo que nosotros hemos estudiado.

Es indudable que el número de extranjeros es muy alto, pero también debemos destacar dos asuntos principales que han sido discutidos en los dos últimos siglos por estudiosos e historiadores. En primer lugar, que el protestantismo español se extendió por toda la geografía nacional y, en segundo lugar, que, al contrario de lo que algunos sostienen sobre su erradicación en los procesos de Sevilla y Valladolid, podemos verlo desarrollarse durante todo el siglo XVI. Por otro lado, el número de españoles convertidos a la fe protestante fuera del país es difícil de determinar, aunque puede estar cerca del millar de personas.

Notas al final

1   Antonio Muñoz Molina, «La obra maestra escondida», *El País*, 26 Julio 2014
    (https://elpais.com/cultura/2014/07/23/babelia/1406135824_597398.html).

2   Atribuido a Tomás de Kempis.

3   Atribuido a san Agustín de Hipona.

4   Atribuido a Aristóteles.

5   Atribuido a Sócrates.

6   Atribuido a Ovidio.

7   Atribuido a Ovidio.

8   Atribuido a Eurípides.

9   Atribuido a Marco Aurelio.

10 Atribuido a Aristóteles.

11 Atribuido a Torquato Tasso.

12 Atribuido a Dante.

13 Jean Anouilh, según se cita en Luis Señor, *Diccionario de citas* (Barcelona:
    Espasa, 2006).

14 Jorge Luis Borges, según se cita en Bravo, Pilar; Mario Paoletti. *Borges verbal*
    (Buenos Aires: Emecé Editores, 1999) p. 77.

15 Atribuido a Apuleyo, según se cita en Palomo Triguero, Eduardo. *Cita-logía*
    (Madrid: Punto Rojo, 2013).

16 Atribuido a Cicerón.

17 Gilbert Keith Chesterton, en *El candor del padre Brown*.

18 Atribuido a León Tolstoi, según se cita en Palomo Triguero, Eduardo. *Cita-
    logía* (Madrid: Punto Rojo, 2013).

19 Atribuido a Salustio.

20 Platón, según se cita en Miguel@ifilosofia. *Qué razón tenía Platón: 1001
    pensamientos para triunfar en la vida* (Barcelona: Espasa, 2012).

21 Atribuido a Ovidio, según se cita en Palomo Triguero, Eduardo. *Cita-logía*
    (Madrid: Punto Rojo, 2013).

22　Fénelon, según se cita en *Máximas para todas las ocasiones*. México: Albatros, 1950.

23　Atribuido a san Agustín.

24　Sebastián Castellio, *Contra el libelo de Calvino* (Huesca: Instituto de Estudios Sijenenses «Miguel Servet», 2018).

25　Atribuido a Juan Calvino.

26　Atribuido a Víctor Hugo.

27　Atribuido a Voltaire.

28　Atribuido a Homero.

29　Atribuido al conde de Mirabeau.

30　Atribuido a Martin Luther King.

31　Françoise Sagan, según se cita en Albaigès Olivart, José María, *Un siglo de citas* (Barcelona: Planeta, 1997).

32　Miguel de Unamuno, en su *Vida de Don Quijote y Sancho*.

33　Atribuido a Franz Grillparzer.

34　Atribuido a Jonathan Swift.

35　Martín Lutero, según lo registra Jules Michelet en *Mémoires de Luther, écrits par lui même* (París: Hachette, 1837).

36　Atribuido a Isabel I de Inglaterra.

37　Atribuido a Cicerón.

38　Atribuido a san Agustín.

39　Atribuido a Tennessee Williams.

40　Atribuido a William Shakespeare.

41　Pascal, pensamiento 352 de sus *Pensées*.

42　Atribuido a John Fitzgerald Kennedy.

43　Atribuido a Leonardo Da Vinci.

44　Laurence Sterne, según lo cita Camilo José Cela en *Papeles de Son Armadans*, nº 92, p. 4.

45　Atribuido a Philip Gibbs.

46　Jacques Benigne Bossuet, según se cita en Ossa, Felipe, *Historia de la escritura y la letra impresa* (Barcelona: Planeta 1993).

47　Atribuido a Samuel Johnson, según se cita en Palomo Triguero, Eduardo. *Cita-logía* (Madrid: Punto Rojo, 2013).

48　Clive Staples Lewis, *El problema del dolor* (Nueva York: Rayo, 2006), p. 97.

49　Atribuido a san Agustín.